近现代书信丛刊 002

关德栋师友书札

关家铮 编

图书在版编目(CIP)数据

关德栋师友书札 / 关家铮编. -- 杭州 : 浙江古籍出版社, 2020.1

(近现代书信丛刊)

ISBN 978-7-5540-1640-4

Ⅰ. ①关… Ⅱ. ①关… Ⅲ. ①书信集－中国－当代
Ⅳ. ①I267.5

中国版本图书馆CIP数据核字（2019）第273043号

关德栋师友书札

关家铮　编

出版发行　浙江古籍出版社
（杭州市体育场路347号　邮编：310006）

网　　址　www.zjguji.com

责任编辑　陈小林

整体装帧　刘　欣

责任校对　余　宏

责任印务　楼浩凯

照　　排　浙江时代出版服务有限公司

印　　刷　浙江新华印刷技术有限公司

开　　本　710 mm × 1000 mm　1/16

印　　张　15.75

彩　　插　4

字　　数　230千字

版　　次　2020年1月第1版

印　　次　2020年1月第1次印刷

书　　号　ISBN 978-7-5540-1640-4

定　　价　58.00元

关德栋（1920～2005）

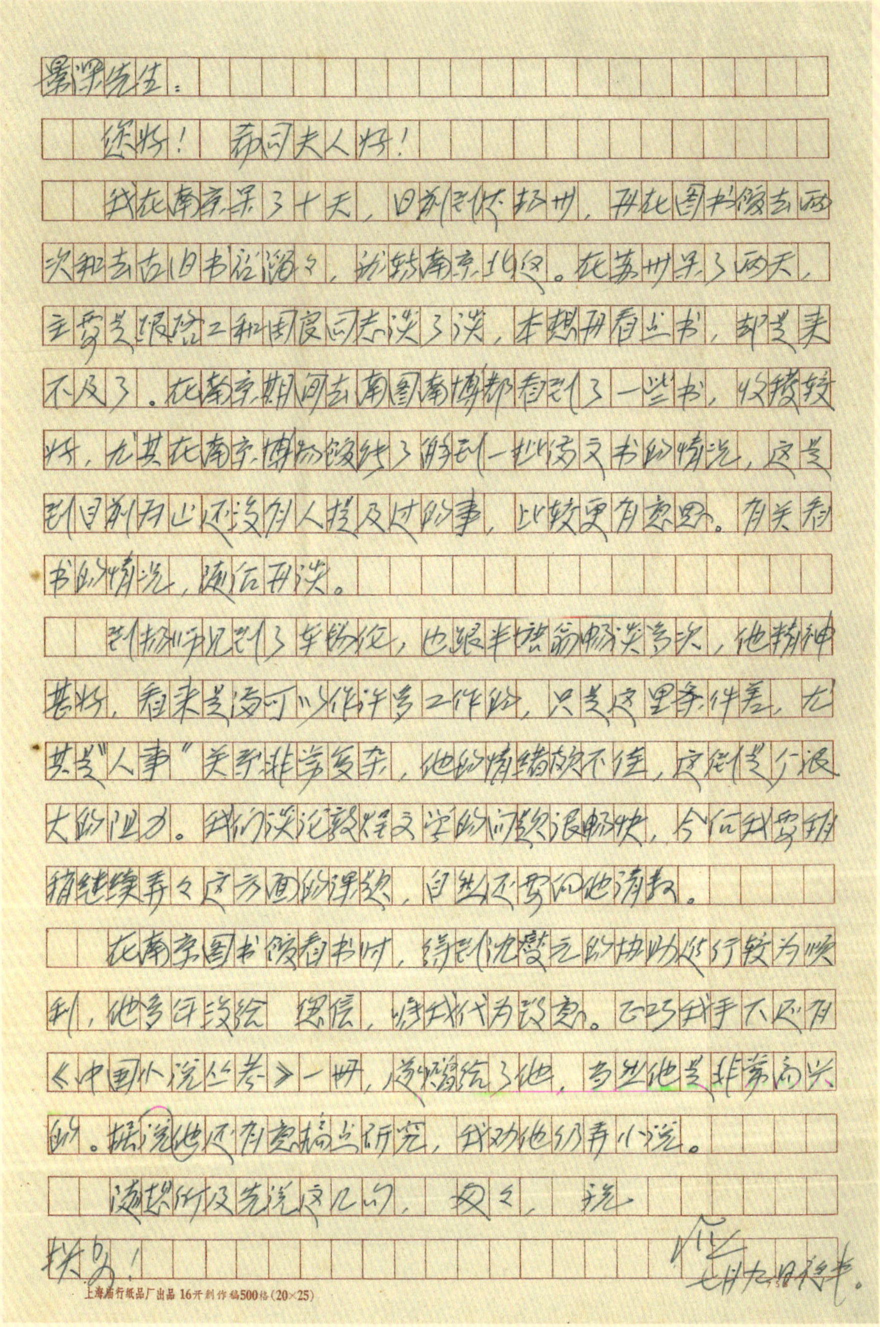

景深先生：

您好！并问夫人好！

我在南京呆了十天，目前住在扬州，再在图书馆去两次和去古旧书店溜溜，就结束南京之行。在苏州呆了两天，主要是跟路工和周良同志谈了谈，本想再看些书，却是来不及了。在南京期间去南图、南博都看到了一些书，收获较好，尤其在南京博物馆得了解到一批满文书的情况，这是到目前为止还没有人提及过的事，比较更有意思。有关看书的情况，随后再谈。

到扬州后见到了车锡伦，也跟半塘翁畅谈多次，他精神甚好，看来是还可以作许多工作的，只是这里条件差，尤其是"人事"关系非常复杂，他的情绪颇不佳，这给他个很大的阻力。我们谈论戏曲文学的问题很畅快，今后我要稍稍继续弄弄这方面的课题，自然还要向他请教。

在南京图书馆看书时，得到沈燮元的协助进行较为顺利，他多年没给您信，嘱我代为致意。正巧我手下只有《中国小说丛考》一册，送赠给了他，当然他是非常高兴的。据说他还有意搞些研究，我劝他仍弄小说。

随想所及先说这几句，匆匆，祝

撰安！

德栋 七月九日扬州。

上海海行纸品厂出品 16开创作稿500格（20×25）

关德栋手迹

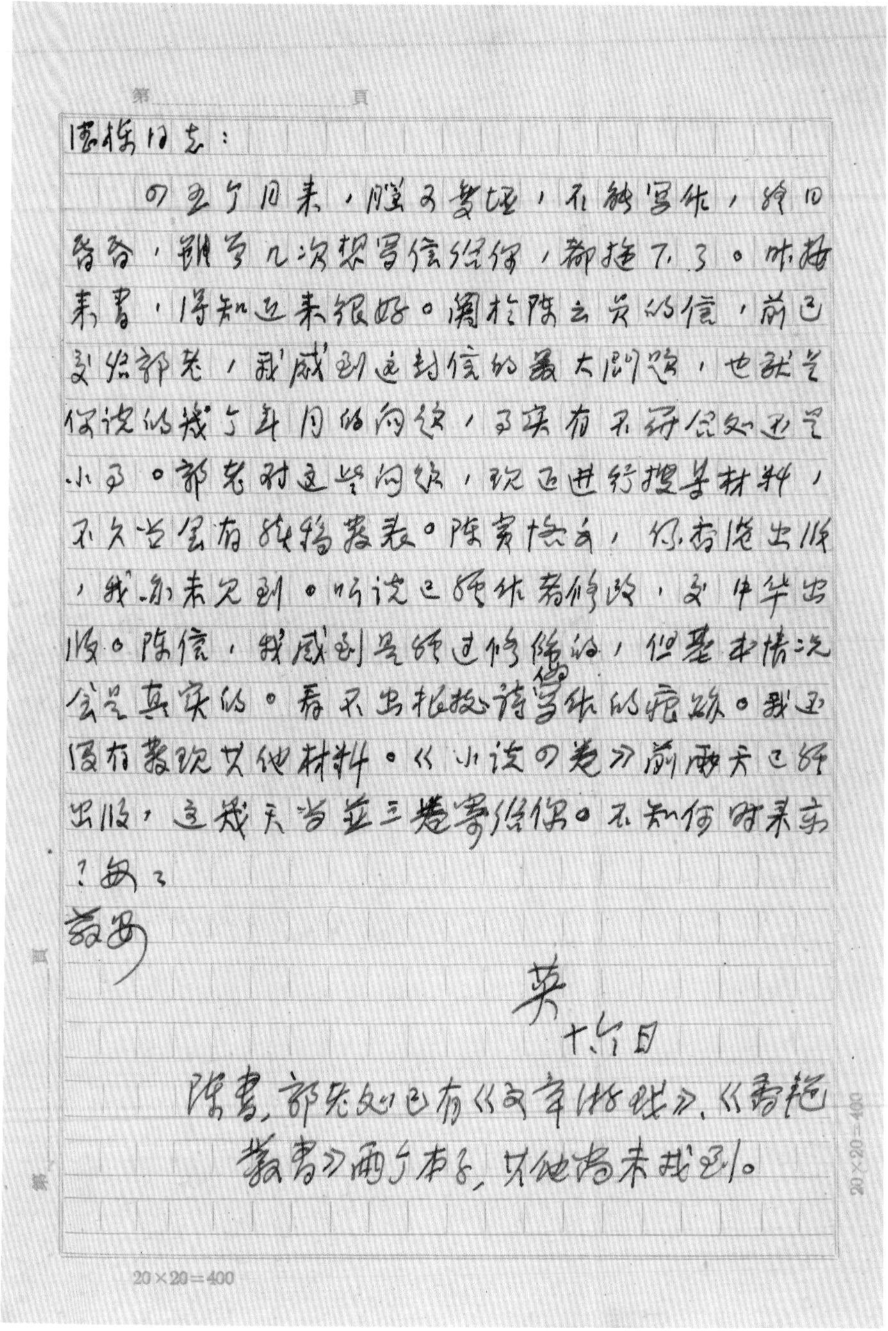

德栋同志：

　　四五个月来，脑子失灵，不能写作，终日昏昏，期间几次想写信给你，都搁下了。昨接来书，得知近来很好。关于陈云贞的信，前已交给郭老，我感到这封信的最大问题，也就是你说的几个年月的问题，可实有不符合处，还是小事。郭老对这些问题，现正进行搜集材料，不久当会有续稿发表。陈寅恪文，闻香港出版，我亦未见到。听说已经作者修改，交中华出版。陈信，我感到是经过修饰的，但基本情况会是真实的。看不出根据诗写作的痕迹。我还没有发现其他材料。《小说四卷》前两天已经出版，这几天当并三卷寄给你。不知何时来京？匆匆

敬安

英
十六日

陈书，郭老处已有《文章游戏》、《香艳丛书》两个本子，其他尚未找到。

阿英致关德栋书札

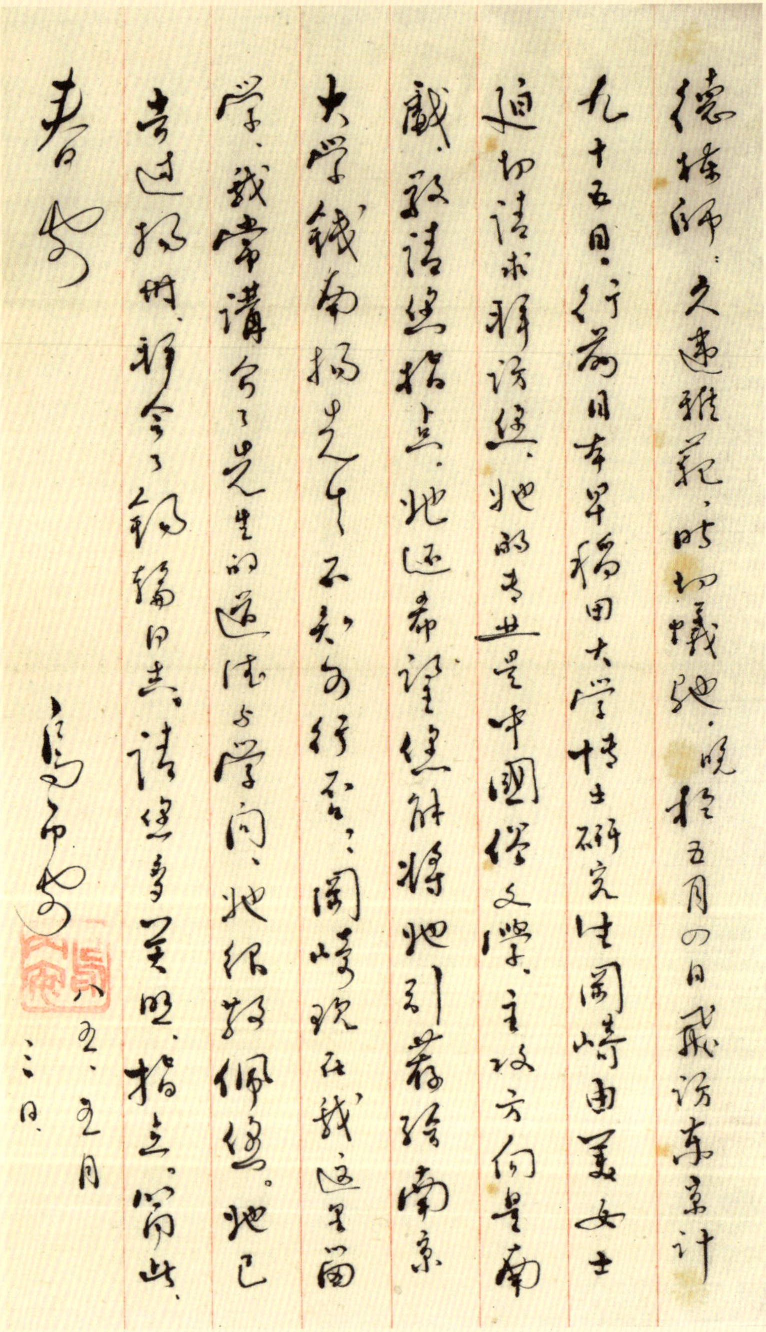
德棟師：久違雅範，時切懷馳。曉於五月四日飛訪東京，計
九十五日。行前日本早稻田大學博士研究生關崎由美女士
迫切請求拜訪您，她的專業是中國俗文學，主攻方向是南
戲。我請您指點。她還希望您能將她引薦給南京
大學錢南揚先生。不知可行否？關崎現在我這里留
學，我常講到先生的道德與學問。她很敬佩您。她已
讀過拙作、拜念了錢編日書，請您多關照、指點。篤此，
春安
烏丙安
五、五月
三日

乌丙安致关德栋书札

编辑说明

1. 本书选编家父师友书札 224 通，并附家父书札 3 通，均以阿拉伯数字编号。

2. 书札按照写信人姓氏拼音字母顺序排列；同一人的书信，按照书写时间顺序排列，无准确年月时间的，则依据书信中内容或考订相关线索后，用括号形式补注；括号中年份加问号的，表明年份不确定。

3. 书札以原件为主，编者仅对格式、标点稍作处理，以符合出版规范。原札无法辨认的字，用“□”代替；漏字、错别字（下加小圆点标记）在“〔 〕”中补正。

4. 除写信人单列小传、不另注释外，原札中出现的部分有关人物，编者在其首次出现的位置用脚注形式予以介绍。

5. 原札中数字的用法依照原文，不作统一处理。

6. 个别涉及个人隐私或有违作者意愿、不便发表的内容，以“某”“某某”或“……”处理。“某”“某某”“……”均加“〔 〕”，以示此为编者的处理，非原信如此。

7. 编者在注释中提到前辈时贤，为避繁文，统一不加“先生”。

目录

一、阿英　4通

阿英（1900.2.6. ~ 1977.6.17.），原名钱德富，又名钱德赋，改名钱杏邨，笔名阿英、丁君吾、钱谦吾、魏如晦等，安徽芜湖人。“太阳社”成员，“左联”常委。中华人民共和国成立后，任天津市文化局局长、华北文联主席等职。有《阿英全集》行世。

1

德栋先生：

有一件事想麻烦你。已经读过了你的《曲艺论集》。在《张采芝》篇内，知道你见到过拙著《女弹词小史》。当时写好此稿（一九四一）不久，我即去解放区，没有看到这小册子出版，解放后亦遍觅不得。如果你有，不知能否借抄一下。 只要一周时间，即可寄回。我的住处是：北京交道口棉花胡同甲24号。匆此即致

敬礼

阿英　二十七日

如不便寄出，可否请你就近找人代抄，需款，示知后当即寄来。又及。

2

德栋同志：

尊函并《女弹词小史》已收到，谢谢。现已付抄，抄校后即行寄回。《小

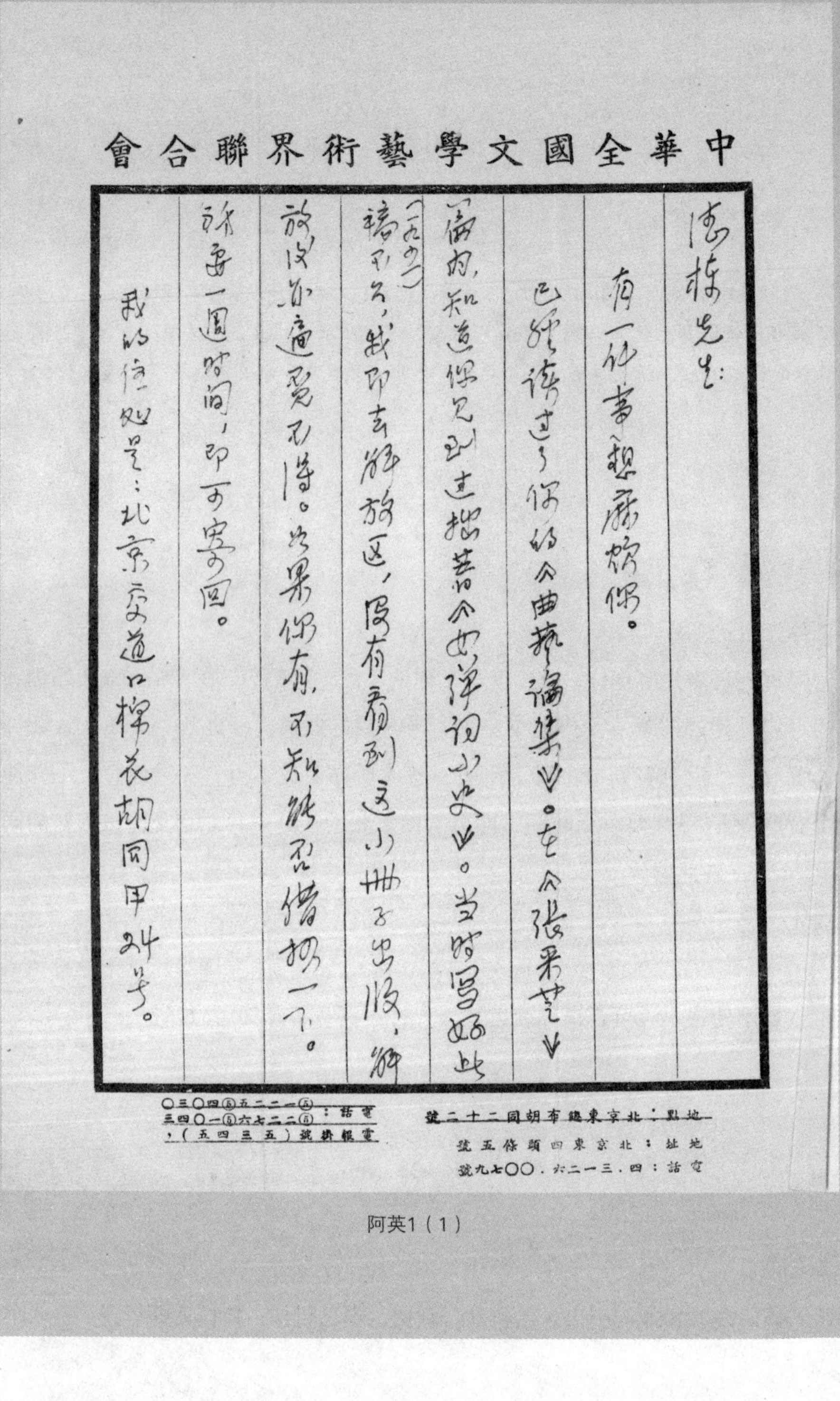

中華全國文學藝術界聯合會

德栋先生：

有一件事想麻烦你。

已经读过了你的《曲艺论集》。在《张采芝》篇内，知道你见到过拙著《女弹词小史》。当时写好此稿那年（一九四二），我即去解放区，没有看到这小册子出版，解放后亦遍觅不得。如果你有，不知能否借抄一下。约要一周时间，即可寄回。

我的住处是：北京交道口棉花胡同甲24号。

電話：(五)一二二五(五)四〇三〇，(五)二二七六(五)一〇四三

電報掛號（五三四五），

地點：北京東總布胡同二十二號

地址：北京東四頭條五號

電話：四・三一二・六〇〇七九號

阿英1（1）

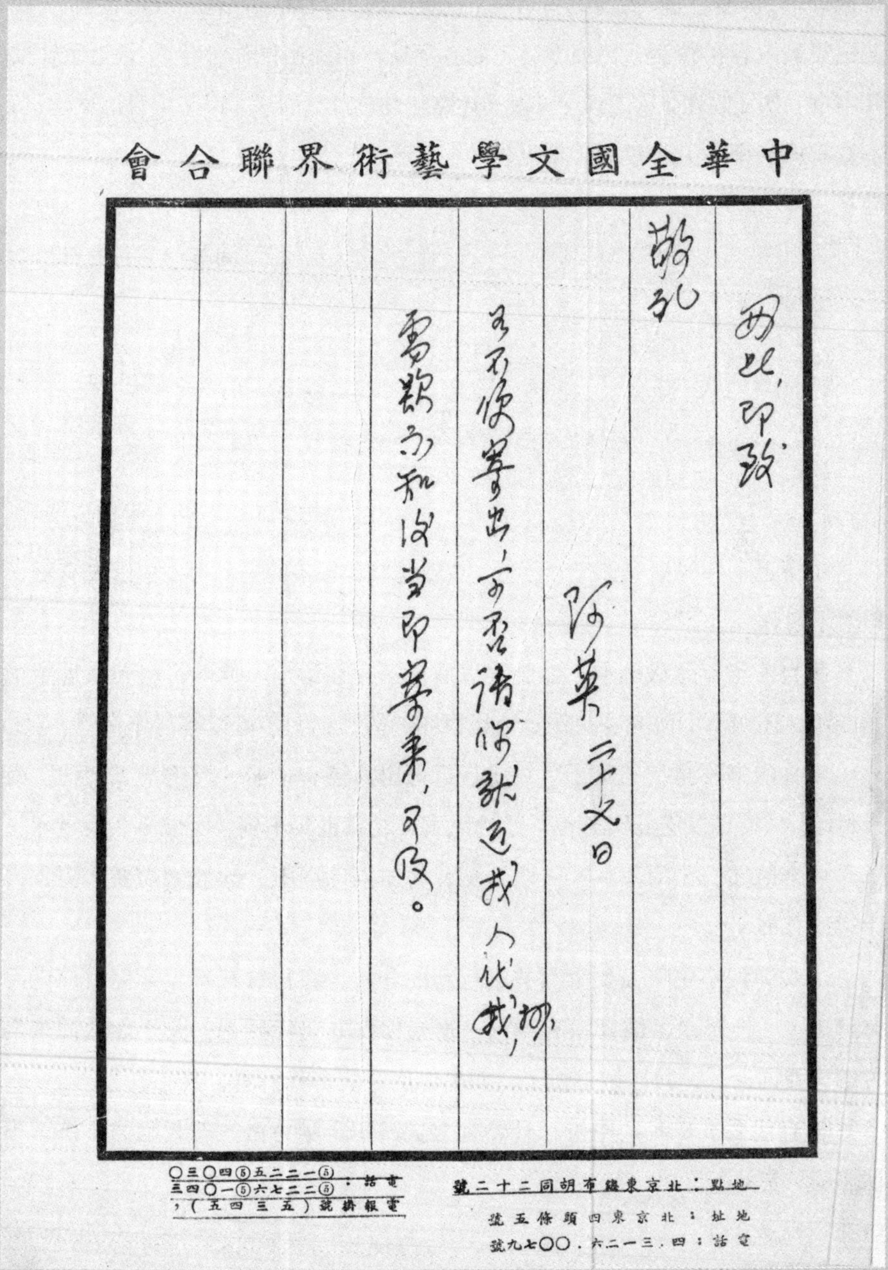

中華全國文學藝術界聯合會

如此，即致
敬礼
阿英 二十七日
如不便寄出，可否請你就近找人代我抄，
需款多知後当即寄来，不误。

電話：⑤一二二五⑤四〇三〇
⑤二二七六⑤一〇四三
電報掛號（五三四五），

地點：北京東總布胡同二十二號
地址：北京東四頭條五號
電話：四・三一二六・〇〇七九號

阿英1（2）

说搜奇录》没有存稿，究竟写些什么，也想不起了，你能借给我一抄，甚感。《曲艺论集》内容很踏实，待细看后，如有意见，当提出供你参考。最近重印的几本书，如《闲谈》《二谈》《报刊述略》及鸦片、中法、甲午中日诸文学集，不知有那〔哪〕几种没有，望见告。匆此

敬礼

阿英　三月九日

3

德栋同志：

由于近来一时期身体又复不好，主要是脑力没有恢复，很多信都没有复，很对不起你。

我自前年年尾破脑取“血肿”以后，一直在治疗、休养，脑至最近始稍稍能用，还谈不上研究和写作。记忆很坏。估计到明年可以有写作希望。

寄你的书不全，“庚子”二册最近可出，还有一册“反美华工禁约”尚未付印。《晚清文艺报刊述略》手边无书，北京也买不到，听说不久要重印，那时再寄给你。《闲谈》《二谈》没有增加稿件重版。你处如需要，望告，手边还有书。

《女弹词小史》需要重写并进行新的分析，新得材料不少，但目前尚无此脑力。《搜奇录》缺篇没有找到，不知你有办法代抄否？关于你这回来信说的《弹词论》，我已记不得了，如果你便，能寄我一看，甚感。

你有什么事托我，望告。只要有力量，一定尽力做。恕我脑力不济，不能多写。匆此

敬礼

阿英　四月十四夜

4

德栋同志：

四五个月来，脑又变坏，不能写作，终日昏昏，虽曾几次想写信给你，都拖下了。昨接来书，得知近来很好。关于陈云贞的信①，前已交给郭老，我感到这封信的最大问题，也就是你说的几个年月的问题，事实有不符合处还是小事。郭老对这些问题，现正进行搜集材料，不久当会有续稿发表。陈寅恪文②，系香港出版，我亦未见到。听说已经作者修改，交中华出版。陈信，我感到是经过修饰的，但基本情况会是真实的。看不出根据诗伪作的痕迹。我还没有发现其他材料。《小说四卷》前两天已经出版③，这几天当并三卷寄给你。不知何时来京。匆匆

教安

英　十六日

陈书，郭老处已有《文章游戏》《香艳丛书》两个本子，其他尚未找到。

---

① 即《陈云贞寄外书》，见缪良编《文章游戏初编》，《香艳丛书》第十一集以及《梦厂杂著》等书收录。此信尚有清乾隆间满文译本，现藏美国芝加哥大学图书馆。

② 陈寅恪 1954 年写了一篇论《再生缘》的文章，自费油印若干份，后在香港排印。其后订补为《论再生缘》，刊载于《中华文史论丛》第 8 辑，上海古籍出版社 1978 年版。

③ 指《晚清小说丛钞·小说四卷》。

二、卞孝萱　5通

卞孝萱（1924.6.20. ~ 2009.9.5.），江苏扬州人。南京大学中文系教授。有《卞孝萱文集》行世。

1

德栋同志兄：

久未晤教，时劳萦怀，近维撰述日新为颂。萱曩承金静庵丈介绍①，入近代史研究所工作，先后为范仲沄、章行严两丈助手②，今三丈俱作古人，曷胜哀痛之至。

萱之老母、稚子，均在故乡，自去年起，请调扬州师院工作，以便兼顾家庭，双方组织已同意，正在办理手续，争取六月底回扬报到。今后仍请常赐教言为幸。

山大《刘禹锡诗文选注》出版后，请惠寄一册，以便学习，扬城偏僻，恐不易购到也。耑此，顺颂

---

① 指金毓黻（1887.7.19. ~ 1962.8.3.），又名毓绂，号静庵，辽宁辽阳人。历史学家。著有《渤海国志长编》《东北通史》《中国史学史》等。

② 范仲沄指范文澜（1893.11.15. ~ 1969.7.29.），字仲沄，浙江绍兴人。历史学家。有《范文澜全集》行世。章行严指章士钊（1881.3.20. ~ 1973.7.1.），字行严，生于湖南善化县（今长沙市）。曾任中央文史研究馆馆长。有《章士钊全集》行世。

文安

弟孝萱谨上　6.4（1976）

江苏扬州市旧城五巷子十二号。

2

德栋同志兄：

您好！

我于六月廿七日由北京动身，因书籍等物需转运，在南京稍耽搁，七月初回扬。我的工作，师院原有“学报编辑部”“中文系”“词典组”三种设想。不久前，国家出版事业管理局在沪召集苏、浙、皖、鲁、闽五省同志开会，要抓紧《汉语大词典》工作。会后，扬州师院加强词典组，指定我在该组工作，我爱人为该组秘书。目前，五省一市同志从五百几十部古今书刊中“选词”，我的工作是从《隋书》中“选词”。

乍回故乡，应酬稍多。词典组草创，工作较忙乱。尚未写信给您，请谅之。从七月廿七日到八月十六日二十天的时间是暑假，在此期间，我准备向各地友人逐一写信，首先是和您通讯。

七月十二日所寄大示拜读。承询今后科研方面的打算，我深悔过去杂而不专，今后准备以业余时间，增补《刘禹锡年谱》，并为《刘集》作《指要》，只做这两件事。工作中肯定会遇到困难，随时向您请教。

您们所搞的两部《刘选》，一定请惠赐。北京友人有询及萱者，请代致候。暑热，请加珍卫。此致

敬礼

弟 孝萱 上　七.廿七（一九七六）

附注：如关德栋同志已回济南，请将此函转去。

3

德栋同志兄：

您好！

八月廿九日所寄之信，已拜读。唐山地震波及京、津，您受了惊，闻震警尚未解除，仍请多加防备，以策万全。自唐山、四川地震之后，扬州震情亦甚紧张，有震中之说，全城居民，都在户外搭棚，食宿其中。此信即在防震棚中所写。

北京、山东两本《刘选》出版后，均请惠寄一册，以便学习。这里最大的不便，就是书少。您的新研究成果，并请源源见示，以扩见闻。

弟在防震棚中研读隋史，除为《汉语大词典》"选词"外，对于研究刘禹锡，亦有一些帮助。举例来说，前撰《刘谱》，认为刘是胡姓，其证据之一，即刘之祖先，拓跋魏时领民酋长。顷于《隋书》中看到，凡是拓跋魏时领民酋长，皆胡姓，无汉人。可作旁证。今后在工作过程中遇到困难，随时向您请教，幸勿见拒。

承关心扬州震情，至以为感，舍间平安，请释远念。耑此拜谢，顺颂

中秋佳节愉快，健康！

弟 孝萱 谨启 中秋（1976）

4

德栋同志兄：

您好！

不通音敬，又旬月矣。人民文学出版社及山东人民出版社两《刘禹锡选集》，消息如何？时在念中。出版后请各惠赐一册，早读为快。

我于业余，着手增订《刘禹锡年谱》，您所编刘年表油印本，请寄下一读，定能得到启发，不胜感盼。在增订过程中，陆续将草稿寄呈斧正，请勿见拒。

近闻京津今冬明春可能地震，不知确否。扬州震警仍未解除，防震防寒，麻烦不少。

僻处扬城，消息闭塞，首都学术界消息（出版新书），便中请示一二为感。耑此，顺颂

著安

弟 孝萱 敬启 10.27（1976）

如关先生到济南，务请将此信转去。

江苏扬州市旧城五巷十二号。

5

德栋先生：

您好！

扬州别后，转瞬数月，近维您老教学、科研双丰收为颂。

萱已调京，民建中央新设史料工作部，叫萱主持其事，今后请多指教，以匡不逮。

在扬时，发现郑板桥家书一本，乃伪造者，然必须指出其伪造痕迹，方不致谬种流传。拟从两方面进行考辨，一为事实不合，二为语言不合。今先将伪书中所出现之名词，摘录若干，请您审阅一下，哪些名词不可能在雍乾时出现，即为晚清或民国时人伪造之证。您老是俗文学权威，故特远道请教，务求拨冗赐答，即在原纸上批示，以省笔墨。俟拙稿写成，仍当寄请斧正也。耑此，顺请

撰安

孝萱 拜上 10.28（1982）

才干 比较 研究 因此 锦标 结束 将来 消遣 扫除 恶作剧 坚固 建筑物 驱逐 生活 资本 避免 灵魂 价值 干涉 稀少 一般 所以

至于　设法收买　医生　便利　误会　主张　最近 平均　意见　根据　费用　文学家　肉麻　创办　自卫　编制　专家　原因　统一　正确　小学界　家庭　检查　损失　顾虑　布置　面粉　游戏　心理　劳动　材料　利益　详细　如果　时间　嗜好　介绍　拒绝　安插　运动　补救　成绩　教师　现在　同意　聘书　营业　一切　招待　活泼　健康　野蛮　责任　事实　教育　儿童　时代　预防　地位　维持　地方公益　义务　人民　抵抗　守财虏　卑鄙　行为　规定　实际　经验　恐慌　进步

三、陈古虞　1通

陈古虞（1919 ~ 1990.12.3.），号凤雏，河北安新人，出生于北京市。上海戏剧学院中国戏曲史教研室主任、教授。主要著述有《元明杂剧全本曲谱集成》《桃花扇传奇全谱》和《清忠谱传奇全谱》等。

德栋学兄：

多年未晤，十分怀念！接到老友，又是老同学的来信，知道了您的近况，深感欣慰。经过“文化大革命”，在工作上虽然我们都焕发了革命的青春，可是时光流逝得太快，转眼间我们都是六旬左右的老人了。看到手示非常高兴，您能搞满文专业（在接您信前已听景深先生谈到过），学有专长，而且这门专业恐怕目前会的人不多了吧？这样可以安心搞一门学问，这比象〔像〕我们至今无所是〔适〕从，到底还不知搞什么的人就好得〔多〕了。听到您获得满文《西厢》旧钞本，很感兴趣，过去只听说《三国》有满文译本，这部《西厢》不知是何时译的，译笔怎样，我想不仅在文学方面，可能在民族文化交流上也有很大价值，希老兄能深入研究，作出评价。

我们搞的戏曲史是在批林批孔时成立了个搞儒法斗争的小组，不久招进了理论班的学员十人，学院领导决定搞开门办学，主要是由学生和工厂师付〔傅〕写的，时间仓促，许多问题都未深入全面讨论，非常粗糙，问题很多，因此有待于向各方面听取意见，进一步修改，现在还只能算新生事物，实际上是很不象〔像〕样子的。我们派出了两个小组，一南一北，一个以北京、山东为主，一个以南京、杭州为主，到各地征取意见，主要由中年教师和学生、工厂师付〔傅〕组成，照顾老年教师，所以我们都没出去。希您和山大的老朋友能提出宝贵意见，多方面加以指教。

不知您是否常去北京，是否了解北京的情况？前数年因有北京来沪出差的我们工学院的老同学，告知我不少北京的情况，我们的系主任徐祖正先生健在[①]，而且身体很好，李啸仓同学从“文化大革命”就患半身不遂[②]，据说相当严重。现在文艺研究所戏曲组的领导是俞琳[③]，是我们的同学，从前叫俞允璘，比啸仓低一班，不知您认识否？又听到传闻俞平伯先生也瘫痪了[④]，不知是真是假。山大的情况如何？见高兰兄时请代致问[⑤]，又李曼茵兄是否仍在山大[⑥]？如在亦请问候。

我近年身体尚好，最大的问题就是不知搞什么好，旧的没有底，新的不敢动，文艺危险论仍未很好肃清，可是又不愿闲着。前一年跟着大家开门办学编戏曲史，近两月来较空闲，探索一下译莎士比亚的工作，先是节译，上月开始译《驯悍记》，已差不多译完了，遇到的问题很多，但极有兴趣，莎

---

① 徐祖正（1895.1.21. ~ 1978.5.11.），字耀辰，笔名有实中、祖正等，江苏昆山人。北京大学东语系日语专业教授。著有长篇小说《兰生弟的日记》、剧本《生日的礼物》等。

② 李啸仓（1921 ~ 1990.10.28.），笔名粟沧、江浦、晓苍、瑢子，生于天津，祖籍河北宁津县（今属山东）。从事俗文学、戏曲研究。主要著作有《曲艺谈》《宋元伎艺杂考》《李啸仓戏曲曲艺研究论集》等。

③ 俞琳（1926 ~ 1989），原名允璘，祖籍安徽婺源（今属江西），生于北京。戏曲评论家、教育家。曾任中国昆剧研究会副会长、文化部振兴昆剧指导委员会副主任、中国戏曲学院院长等职，为戏曲研究、教育事业作出了重要贡献。

④ 俞平伯（1900.1.8. ~ 1990.10.15.），原名俞铭衡，字平伯，浙江德清人。古典文学研究家、红学家、诗人、作家。有《俞平伯全集》行世。

⑤ 高兰（1909.10.11. ~ 1987.6.29.），原名郭德浩，笔名有黑沙、郭浩、浩、齐云等，祖籍黑龙江瑷珲，生于辽宁锦州。曾任山东省文联副主席、山东作协副主席。著有《高兰朗诵诗》《高兰朗诵诗新辑》《诗的朗诵与朗诵的诗》等。

⑥ 李曼茵（1912 ~？），笔名黄雨、黄陇西，广东潮安人。沦陷时期任北京大学文学院研究所研究员。著有散文集《雪》、诗集《果树园》等。

氏戏剧过去都译成散文，怎样用诗翻译是个新的课题，以后还有不少问题要向您求教。先写到这里，今后我们应多通信联系，耑此即颂

安好

古虞　1976.6.2

因有一些工作任务赶办，未能即复，希见谅！

四、陈汝衡 3通

陈汝衡(1900.12.25. ~ 1989.2.11.),名钧,字汝衡,江苏扬州人。长期从事古典小说、戏曲及民间文学研究。著有《陈汝衡曲艺文选》《说书史话》《说书艺人柳敬亭》《说苑珍闻》等。

1

德栋兄:

四月十三日大函奉到。

我于四月十二日偕同内子乘飞机赴京，应中国曲协之邀，参加盛会。内子作为照顾伴侣，准予同行。住在京中“西三旗饭店”，为远郊区由农民建筑的一所大旅馆。小桥流水，环境清幽，惟距市区太远，乘汽车需一个半小时，颇难外出。

四月廿七日晚间，与上海曲协人员同机返沪，抵家方见足下来书，无法早覆，谅荷鉴原。

何南希女研究生欲来上戏完成博士论文[①]，并就学于余，我定可予以适当帮助。学院已直接致函于伊，嘱其准备各项手续。今天特往院办公室探询，

① 何南希（Nancy Jane HODES）是美国哈佛大学韩南教授指导的博士生，来中国进修。家父建议她去上海戏剧学院找陈汝衡指导，她本人考虑到专攻中国民间故事《珍珠塔》和《三笑姻缘》，要为撰写博士论文收集资料，改去苏州大学进修，调研中国讲唱文学。

据称尚未接覆。

汉士教授来华，至表欢迎，未悉彼现在何处，请转告舍下地址并来访日期，以便在家等候。专此，即请

撰安

弟陈汝衡　4.29 午后（1985）

2

关德栋教授我兄：

暑氛逼人，谅尊况佳胜，为颂为慰。历奉手书，备悉为切。

日本冈崎由美及桥本文子两女士已来沪[①]，住在音乐学院。今日上午由学院安排，在院外宾室和她们洽谈甚欢。从关作《拜月亭》谈到南戏《幽闺记》，再谈到地方戏如昆剧、湘剧、桂剧等，再对各剧本内容同异何在，为何由金人王镇改为宋人黄复，等等，就我所知，略作说明。谈话两小时，冈崎阅过资料不少，并以足下在外国所录稀见图书目录见示。她是个好研究生。

美国何南希女士迄未与上戏联系，学院嘱她在美办好应行各事，不知何以她未见照办？她也未有信给学院和我。

本人《曲艺文选》四十万字，已阅好校样寄京，《元明说书史》一稿已交上艺出版社。匆匆奉覆，顺颂

暑安

陈汝衡　7 月 10 日（1985 年）

盼常赐教。

---

① 冈崎由美（1958～　），现为早稻田大学文学部教授，主要研究中国俗文学。时为辽宁大学高级进修生，由乌丙安教授指导。桥本文子时为在辽宁大学攻读中国民间文学的日本研究生，也由乌丙安教授指导。

3

关德栋同志：

入冬谅清健安好为慰。拙著《陈汝衡曲艺文选》出版。我在 10 月 30 日将是书挂号寄赠。时阅一月有余，未曾接到覆信，至为怀念。是否尚未收到，请即函告。印刷品挂号，一向邮寄迟缓的，但不致这么长。

又美国女学生何南喜，原拟来上戏进修，学院给她信，嘱将所在学校证函先行寄来，许久未接她来信。但她却进入了苏州大学。最近特来上海看我。有人陪她来我家，我说苏州评弹发达，对她是适合学习之处。我赠送她几种评弹书刊，她很高兴。专函奉告，即颂

近安

陈汝衡　1985.12.5

候回玉。

五、段宝林 1通

段宝林（1934.1.6. ～ ），笔名肖宝、白丁、陈真、林中，江苏扬州人。北京大学教授、中国俗文学学会副会长。著有《中国民间文学概要》《立体文学论 民间文学新论》等。

德栋先生：

收到您惠寄的《曲艺论集》与《子弟书丛钞》，十分感谢。

您多年来，一直热心于俗文学研究，做了许多有益的工作，为我们后学提供许多方便，这是令人铭感不忘的。这两部书搜集了丰富的材料，力图以马列主义观点作实事求是的科学分析，精益求精，这种治学精神值得很好学习。可能因成书较早，似乎有些“左”的痕迹，如《丛钞》序言第10页将“对圣君贤相、忠臣孝子、节妇烈女的赞美”笼统地列为封建糟粕，似嫌过宽，因一些进步的爱国的帝王将相、忠臣烈女似乎还是可以肯定的。不知尊意若何？当然，这只是个别提法问题，无关大体也。

我正在进行民间文学与俗文学的学习，觉得作家文学与民间文学的结合是文学史上的重要规律，这种“结合律”体现在俗文学上特别明显，因此，俗文学不但在遗产中是非常重要的组成部分，而且它还有着远大的发展前途。目前俗文学广受欢迎，不是偶然的。当然，如何引上正路，使它的格调不降，则是一个重要问题。许多问题需要向先生请教，请您多多关照。

最近身体如何？忙什么呢？盼多来示，幸甚。专此，即颂

教安

宝林 上 （19）85.4.18

六、胡忌 3通

胡忌（1931.11. ~ 2005.4.8.），曾用名胡仲平。原籍浙江奉化县，生于绍兴上虞。戏剧史家、词曲学家。著有《宋金杂剧考》《菊花新曲破：胡忌学术论文集》等。

1

德栋学长：

来信拜悉。很不凑巧，这次我出差去上海晚了几天，没能在景深先生家会晤请益。当我于八月廿六日到赵府上时，赵先生劈头第一句就提起说您刚离开上海，又错过了一次共聚的机会。下次尊驾南来，望于金陵下马；自然，我若有北上机缘，亦想在济南专程拜访。

《大百科辞典·戏曲卷》条目草案他们在上月已寄给我了。近因事忙，还未细看（其实，看了也未必能提出什么意见来）。这个工作很重要，但想做好并不容易：戏曲史上的问题即有许多疑难处，很难解决。《曲艺卷》想也如此。我对曲艺可说完全外行，只是在五年前因实在"闲得无聊"，做了点唱赚的笔记。有些地方尚未清理出头绪，离著述十万八千里。不想承先生推荐撰写这个条目，心里实在没有底。直至今天，他们也未来过公函，就此作罢也好。我仍希望将主要精力放在戏曲史研究上。唱赚因为和词曲的关系实在密切。我才不能轻易放过它。实际情况就是这样。

目前我的工作重点是计划给"传"字辈老师表演艺术录象。这项工作很有意义，愿望能做得完善一些。回信拖延了数天，请鉴谅！敬祝

中秋佳节身心两健

晚 胡忌　九月十九日（一九八〇年）

2

德栋学长：

收到大札忽忽已过了十几天。我的为老艺人录象工作第一阶段已告一段落，录了沈传芷、郑传鉴、周传瑛三位的十几个戏的片段[①]。下一阶段的工作将在十一月中继续，但愿计划不改变，临时不发生困难。——阿弥陀佛。

对《大百科全书·戏曲卷》的意见已略作准备，待北京方面来人面谈。但不知他们来的是“甚等样人”。不管怎么说，条目本身的出现已说明他们工作有了成绩。但《戏曲卷》存在的问题恐仍不少，哪一个专项里都有；特别是戏曲美学、表演体系的研究基础太差。本着走一步总比不走的强这一信条，我们有必要多做努力。不过，各卷的专职班子人员很重要，在不少情况下起决策的作用！别的单位的同志能抽出相当多时间专门考虑其中的一些问题，是不易做到的。——我们要正视现实！

今日见报(《光明日报》10月12日第3版)载齐鲁书社出版图书目录一大批，弟看到其中有《蒲松龄年谱》《聊斋俚曲选》《重辑李清照集》三目，很想购读。广告上写明“寄书及时，服务周到”，但没有写明寄费该由谁负责。为此，特请您代买以上三书（或请代告齐鲁书社，先代弟付款2.15元），书款当不日奉还不误。麻烦之处，请恕一二。（南京书店中齐鲁书社出版的来书极少，不知如何。）

波多野太郎近寄给钱南扬先生一厚册新出版的关于子弟书(影印原材料)

① 沈传芷（1906～1994.5.6.），本名葆荪，字仲谋，原籍无锡洛社，生于苏州。昆曲演员，昆剧传习所出科。祖父沈寿林，父亲沈月泉，伯父沈海珊，大叔沈斌泉，小叔沈润福，皆为清末苏州昆班名角。郑传鉴（1910～1996.7.6.），本名荣寿，字镜臣，江苏苏州人。昆剧演员，昆剧传习所出科。周传瑛(1912～1988.2.16.)，原名根荣，江苏苏州人。昆剧界代表人物之一。曾任浙江省昆苏剧团、浙江昆剧团团长。著有《昆剧生涯六十年》（洛地整理）等。

研究的书[①]，不知已见到否？书名及出版年月下次补给您，我上次去他家一时忘了摘录，很是抱歉。即问
撰安

弟 胡忌　十月十四日（一九八〇年）

3

德栋学长：

承寄尊著《聊斋俚曲选》和路大荒同志《蒲松龄年谱》各壹册，于年初收到，特表谢意！

齐鲁书社出书质量在印刷、字体、版面、书影方面均甚注意，颇难得。《俚曲选》中有些字很怪僻，居然不嫌麻烦，笔画清晰，在目前有些出版社印书中甚难做到。这是值得我等编写人赞赏的。不过，我前托先生代买之书，必得付书款，方始安心；否则，下回就不敢再次出口求助了。——能买到所求之书，已经是莫大高兴的了。请万勿客气。

前不久收到北京曲协来约为《大百科辞典·曲艺卷》撰写条目一信，内列“赚词”“鼓子词”及“宋代歌舞剧曲录要”三个条目，但不知限于几时交货，又不知此三条规格列为大、中、小哪一类（字数差别甚大）。我当抽空去信问问清楚。承先生年前绍介美意，弟只得勉强“上马”，望不致贻笑大方，幸甚！

近日已届隆冬，昨晚飘大雪。南方之冬不如北边好过，室内提笔，难免呵冻，故近来懒得写几句，只是还还信债而已。春暖时节，盼南来一游。即贺
强健

学弟 胡忌　元月六日（一九八一年）

---

① 波多野太郎（1912 ~ 2003），自称湘南老人，出生于日本神奈川县。广岛文理科大学（今广岛大学）文学博士，日本著名汉学家。

七、胡士莹　15通

胡士莹（1901.4.4. ~ 1979.3.8.），字宛春，室名霜红簃，浙江平湖人。杭州大学教授。主要著作有《话本小说概论》《弹词宝卷书目》《宛春杂著》等。

1

德栋先生：

在很早以前，我就在景深兄所编的“俗文学”上读到了您的文章，知道您对讲唱文学很有研究，特别是关于变文方面。

非常感谢您给我许多指示和补充。傅惜华先生的《宝卷总录》[①]，过去，我从未听到过，真是孤陋寡闻得很。现已函京友设法借阅，不知能弄得到否？

最近，在《文学遗产增刊》四辑上看到李世瑜先生的《宝卷新研》[②]，他对宝卷提出了新的看法，值得我们研究的。

您提供的增补目中，有几点还要向您请教。

①《平安宝卷》与《生死牌宝卷》内容是否相同？恐即是拙目中的《抢

① 傅惜华（1907.6.15. ~ 1970.12.23.），又名傅宝泉，字仲涵，号涵庐，别署寒山，笔名傅大兴、蒲泉等，室名碧蕖馆，自署碧蕖馆主，北京人。满族，正白旗。戏曲理论家，藏书家。著有《缀玉轩藏曲志》《中国小说史略补编》，编有《子弟书总目》《宝卷总录》《白蛇传集》等。

② 李世瑜（1922.2. ~ 2010.12.29.），天津市人。天津社会科学院研究员。著有《现代华北秘密宗教》《宝卷综录》等。

德棣先生：

在很早以前，我就在景深先生所编的"俗文学"上读到了您的文章，知道您对讲唱文学很有研究，特别是关于变文方面。

非常感谢您给我许多指示和补充。傅惜华先生的"宝卷总录"，过去我从来没听到过，真是孤陋寡闻得很。现已函京友设法借阅，不知能弄得到否？

最近，在文学遗产增刊四辑上看到李世瑜先生的"宝卷新研"，他对宝卷提出了新的看法，值得我们研究的。

您提供的增补目中，有几点还要向您请教。

①"平安宝卷"与"生死牌宝卷"内容是否相同？恐即是拙目中的"捨生死牌宝卷"（第100页）

②"萬里长城宝卷"或许就是"长城宝卷"。（90页）

③"黄氏女宝卷"或许就是"三世修道黄氏宝卷"（74页）

④"青龍楼宝卷"或许就是"龍楼宝卷"。（112页）

可惜得很，化了二十多年搜集来的这些弹词宝卷，已于三年前让给别人了。原因是因为我的爱人患了极其难治的重病，多方张罗医药费，结果还是人财两亡，真是我一生最痛心的事！

拙目中有是弹词而误收进去的一定不少。"榴花梦"是根据阿英的记载，我并没有见过。在这些方面，还希望您多多教益。此颂

著安

胡士莹 三月四日

赐示请寄杭州文化区浙江师范学院

胡士莹1

生死牌宝卷》。（第100页）

②《万里长城宝卷》或许就是《长城宝卷》。（90页）

③《黄氏女宝卷》或许就是《三世修道黄氏宝卷》。（74页）

④《喜鹊桥宝卷》或许就是《鹊桥宝卷》。（112页）

可惜得很，花了二十多年搜集来的这些弹词、宝卷，已于三年前让给别人了。原因是因为我内人患了极其难治的重病，多方张罗医药费，结果还是人物两亡，真是我一生最痛心的事！

拙目中不是弹词而误收进去的一定不少。《榴花梦》是根据阿英的记载，我并没有见过。在这些方面，还希望您多多教益。此颂

著安

胡士莹　五月四日（一九五七年？）

赐示请寄杭州文化区浙江师范学院。

2

德栋先生：

好久不通信了。我校反右斗争一直到八月中旬才告一段落，不久我就到上海去，走访了赵景深兄，知道您已回青岛了。您这次有没有到北京，傅惜华的“宝卷目”检到否？您上次开给我的弹词目，没有注明收藏者，是您自己所藏，还是山大所藏？请见告。

回杭以后，校里虽然还没开学，可是零星的事情却很多，直到今天才寄给您这封信。

日前，友人赵万里见告[1]，从《永乐大典》中（原本在国外）觅得《薛仁

---

① 赵万里（1905.4.4. ~ 1980.6.25.），字斐云，号芸盦、舜盦，浙江海宁人。现代著名版本、目录学家。著有《北平图书馆善本书目》《馆藏善本书提要》《海源阁遗书经眼录》等。

贵征辽事略平话》，拟加标点出版，这是一个新的发见，值得注意。此颂
撰安

弟 胡士莹　九月十二日（一九五八年？）

3

德栋先生：

我因事去上海多日，昨回杭获诵手教，欣悉大著即将出版，并有补弹词目，极盼先睹为快。拙编弹词目，去年补充后交去，以第一版未售完，再版尚无期。薄古厚今，古典文学书籍，出版者骤少，且业务忙录〔碌〕，亦无暇此及也。

我也在搞文学史工作，主要是小说、戏曲部分。晚清文学，大纲由我起草，以材料缺乏，一时难以搞好。

我近拟搜求一些晚清戏曲方面的书，不知您有没有收藏。现在要访求的主要是下面的几种，您如见到或收藏，希示知。

1.《海国英雄记传奇》；2.《武陵春传奇》；3.《安乐窝传奇》；4.《轩亭血传奇》；5.《鬼燐寒传奇》；6.《迷魂阵传奇》；7.《人天恨传奇》。[①]山大图书馆不知有藏本否？

这几天，啰嗦的事情很多，恕不能详谈了，祝您工作顺利。此致
敬礼

弟 胡士莹　1月5日（1959年）

我校已改名“杭州大学”。（另有“浙江大学”，校址相去不远。）

---

① 原信列出8种，其中第3种与第4种重复，皆为《安乐窝传奇》。

4

德栋先生：

承赐大著《曲艺论集》，谢谢。

拙编《弹词宝卷目》，确甚粗糙。弹词目因孔、凌、郑诸家原目均简[①]，因亦仿其体例。又因资料复查为难，只好如此。先生所补，完备多矣。去年弟曾根据先生所示及赵景深、谭正璧诸兄所藏[②]，补录不少，版已排就，但以第一版未销完，搁置至今，尚未闻有再版之期。（《杨乃武奇案》第一回下书听雨楼主人编，先生亦漏列。《十二美人玉蟾奇缘》，弟藏有一部，当初误以为小说，故未列入。《玉楼春》系小说，弟亦知之，深恐有同名者，故仍之。）

先生所释“变”字之义甚确。

《十六不谐》，明代已有之，见冯梦龙《山歌》卷一“睃”字条附录。冯梦龙幼时已闻此曲，则较《十和谐》更早三四十年矣。总之，此等小曲，故为明代产物。产生年代，当在嘉靖前后，不知先生以为何如？匆复，即颂

著安

弟 胡士莹 上　一月十九日（一九五九年）

---

① 孔、凌：指凌景埏《弹词目录》，见于《东吴学报》3卷3期（1935年7月），共录弹词181种（包括马廉经手，向北京孔德学校购进车王府弹词部分）。郑：郑振铎的《西谛所藏弹词目录》，见于《小说月报》17卷（1927年6月）的号外，共录弹词117种。

② 谭正璧（1901.11.～1991.12.），字仲圭，笔名谭雯、佩冰、璧厂、赵璧等，上海嘉定人。著有《弹词叙录》《曲通蠡测》《评弹通考》等，有《谭正璧学术著作集》行世。

5

德栋兄：

今天接到您的信，知道您又出去了一趟。想是很辛苦了。

我的《吟风阁》注释工作，基本上已完成。（年底交稿。）札记前面的引论，我预备就作为《吟风阁》的序言。因此，希望您能把《红牙小谱》中的两个短剧早日抄下，以便可能补充进去。这是不情之求，希见谅！如果兄实在没有时间抄，可以托人抄（抄费照算）。

您准备把戴书重新标点付印，很好。希望早日完成这个工作。

《弹词宝卷书目》的补订，早已完毕。从原来的128页，大约可增至200以上，约增一倍弱。不过补订稿已为友人携去上海，不在手头，具体内容，未能奉告。（此书短期内恐无再版希望。）

西谛兄过去曾搞一本弹词选，未印出。今夏听说中华要约人搞，恐怕还没有人吧。弹词，一般说来思想性较强的作品少，搞起来有困难。倘做研究工作，的确存在着不少问题。

话本文章是否写得成，还是问题，如果能写出，一定就教高明。此颂

著安

弟 莹 上　十一月廿三晚（一九五九年）

6

德栋先生：

您59年除夕和在沪写的信都收到了。由于这几天工作特别繁忙，稽复为歉！

您这次南来，我一直在等候着，不料您因时间匆促，未能来杭，使我失望。杭地旧书并不多，但也可以看看，以后希望能抽空来一游。

《红牙小谱》的曲牌（您上次写给我的），最近我和钱南扬研究一下，

觉得跟南戏没有什么关系，疑是梆子腔之支流。因此，不抄原文也没关系。但我对于曲牌未作深入研究，已函询景深兄，如果确与戏文无直接关系，那就不必抄了。承您关切，谢谢！

此间同学拟选一本冯梦龙的《山歌》，要写一篇序言，苦于从元代以来民歌发展的材料很少，着手为难，您于这方面研究有素，能否加以指示？匆复，即颂

著安

弟 莹 上 （19）60 年 1 月 4 日

7

德栋先生：

一月七日的信早已读到。《红牙小谱》不必抄了，原因是它里头的两个短剧，牵涉到地方戏，比较复杂，不易搞清楚，因此不预备写进《吟风阁》序言里去了。

我对于“梆子腔”不太明白，你这方面的常识比我丰富得多，将来还要请教。关于元以来民歌发展材料，如有，有暇时请示知。明代这些小曲，是不是从金元散曲发展来的呢？还是别有来源？两者之间的关系又怎样，是不是可以单从曲调上研究出它的发展规律来？这些问题，我有些模糊，有空时祈赐教。学期正在结束，忙得很，下次再谈。此致

敬礼

弟 莹 上　1 月 18 日（1960 年？）

8

德栋先生：

好久不通音问，殊以为念，不知您近来写些什么书？弟本学期脱产搞《辞

海》的编写工作，也很忙碌。

日前山东柳子戏剧团来杭演出，此间同学均不知柳子戏的源流和演变，我手头也没有此项材料，希望您把柳子腔的产生和发展情况[①]，约略示知为感。（有何作品及参考书？）

学期行将结束，又极忙迫，一切容后再谈。即颂

著安

弟 莹 上　二月一日（一九六一年）

回函请寄杭州松木场教师宿舍四幢六号。

9

德栋我兄：

手教敬悉。出乎意外，本学期我被派到上海搞《辞海》的集体编写工作，匆匆于上月十九日就道，来此已旬日，开会忙，尚在务虚阶段，稍缓即正式开始修订工作。此次集体编写，系集合华东区专家及大专教授百四五十人于一堂，（也有从北京来的。）可谓洋洋大观。郭绍虞、赵景深、刘大杰均在内[②]，弟不同组，尚未遇见。为期约三个月，或许更长些。工作殊为艰巨。

兄手书昨由内人转来，柳子戏材料邮递较慢，而内人适下厂（短期），恐须稍缓才能转来也。

"夜读短书"的名称很好，内容必更可观。札记性质的书出版的很少，其实这类书颇有用，但未必合青年人脾胃。弟亦颇想写些笔记之类的东西（抄抄而已），但时间少，欲做"文抄公"而不可得，更谈不到著作了。《吟风阁》

---

① 收到信封背面记"复，寄上《柳子戏介绍》一册。2月21日"。

② 郭绍虞（1893 ~ 1984.6.23.），复旦大学中文系教授。刘大杰（1904 ~ 1977），笔名大杰、雪容女士、绿蕉、夏绿蕉、修士、湘君、刘山等，室名春波楼。复旦大学中文系教授。

交稿后将排印，由于搞《辞海》的经验，发现某些注释有问题，顷已收回。抽空修改后再交去。匆复即颂

撰安

弟 莹 上　三月二日晨（一九六一年）

通讯处：上海黄浦路 15 号浦江饭店 303 室。

10

德栋道兄：

前复一信，谅邀台览。弟因事于前日返杭，始得看到柳子戏材料。惟因在杭时间短促，此间工作又极紧张，拟将此材料暂置弟处，为时约一个月，以便细阅或摘录，不知尊意以为何如？

景深兄因复旦课忙未参加，绍虞、大杰均因病未来。弟参加语词组，实非其所长也。匆颂

撰安

弟 莹 上　三月廿一日（一九六一年）

11

德栋道兄：

前承您赐借“柳子戏介绍”，于数日前读毕，已由邮奉还。谢谢。弟于柳子戏，系初次接触，谈不上研究。但觉得跟民歌的关系很密切。

这几天，私事特别多，白天忙着编写，晚间私人酬应多，因此，您的来信，迟迟未复，一搁就是半个月。

《辞海》的工作，领导上说争取五月底完成，根据最近的进度来看，完成的可能性不大。我们语词组约有三万余条，二十余人工作。的确，我参加

语词组是工作本身的需要，（文学史组由复旦包办。）也由于各单位的分工。最近我校领导来信要我提早返杭，因有两个专题报告要我担任。如此间同意，我或许在五月中旬回校。匆匆，即颂

撰安

弟 莹　四月十日晨（一九六一年）

12

德栋道兄：

手教敬读。《辞海》工作，迄今闻尚未结束，弟被临时调回，讲课外，又有毕业论文（研究班）指导工作，因此，不能再去沪参加矣。弟所讲专题，一为“中国古典白话小说的民族传统和艺术特征”，一为“说唱文学”，均东拼西凑，不印讲义，提供一些材料而已。

姚梅伯《今乐府选》，多年前有人曾以两册样本见示，索价甚昂，册数多少，不肯说明。风闻梅伯书散出后颇有缺失，此书虽已残阙，仍极有价值，因介之浙馆，成交后，检点册数，较预料者缺少更多，所收罕见本并不多，不免失望。冯梦龙《挂枝儿》似系选本，唯当时翻检匆促，尚未细察，一俟校务稍暇，当去一查。知关锦注，先此奉闻。即颂

撰安

弟 莹 上　6月26日（1961年）

13

德栋道兄：

手书敬悉。《挂枝儿》阙少部分，遵嘱不再抄了。闻该书现已付排，兹将着手整理冯氏《山歌》。趁假期的空暇，姚书目录，已匆匆录出，但子目

仅录“第几出”，出名亦不遑迻录。

《嘤求全集》，也已草草读一过。此公一生潦倒，书信中大都是酬应语及呼吁之辞，且不记年月，只能约略推知他的行踪。（没有什么事迹可以摘录。）晚年却与妓女多所接触，有好几封信是给妓女写的。这些信，《文章游戏》中想已有之。

郭老的研究是肯定的[1]，但他说陈云贞就是陈端生，似可商酌。一般人认为《再生缘》是陈端生髫龄所写。郭老亦认为陈文述“以寄别凤离鸾之感”为不可靠。我却以为陈文述的话是值得注意的。《再生缘》未必是端生髫年之笔。盖在丈夫充军的情况下，如果明显地表现“别凤离鸾”之感，恐怕也有忌讳。因此，她放出了烟幕，逐回叙明年月（慎重其事地），以作回避。陈文述所说，倒是实情。“婿不归，此书无完全之日”，不是相符了么?

偶阅孙楷第《东京书目》[2]，谓《文苑楂橘》内有《负情侬传》及韦十一娘事。韦十一娘故事，除《文苑楂橘》外，不知尚见于他书否？所谓清末四大奇案，我仅知其二，即杨乃武与张汶祥，其他不知何指。山大图书馆对于小说戏曲方面的书籍，有什么罕见本，便希见示。

浙图藏潮州唱本及长沙唱本各一套，约共三四百种，鼓词很少，弹词约百余中〔种〕（大部分系我的旧藏）。潮州、长沙等地唱本，华东师大（1960年）曾印有目录，我校也有之，但不全。三处所藏唱本内容大约相同，不过种数容有差参〔参差〕。

暑期很快即将过去，您青岛避暑大约也将期满了吧。这封信仍寄在济南，或许不致延搁吧。此颂

撰安

弟 莹　八月廿七日（一九六一年）

姚书目及嘤求尺牍内容，另邮挂号寄奉。

---

① 指1960～1961年郭沫若对于《再生缘》的研究。

② 孙楷第（1898～1986），字子书，河北沧州人。古典文学研究专家。著有《中国通俗小说书目》《日本东京所见小说书目》《小说旁证》《也是园古今杂剧考》等。

14

德栋道兄：

前后两信均收到。您患慢性的神经性溃疡，应该多多疗养，保重身体为要！

缪的尺牍，看来是非常失望的，其中都是些通常酬应语，不是喊穷，就是谋事情，丝毫也找不到说唱史料，不过略略知道一些他在粤的活动和生活情况而已。缪的作品，有《四书对语》《一瓻笔存》，我没见过，“香艳丛书”也收有两种。《藕花庵诗词钞》，迄未找到。缪的为人，我看绝不像蒲松龄，才情相差很远，似不可同日而语。

您对《山歌》所提的五点意见都很好，我觉得《山歌》既然有明刊本流传，当然应以刊本作为底本，再校以其他抄本。

浙馆所藏北方说唱材料，有是有一点的，据说并不多，而且分散各处，没有集中起来，也没有目录。我曾托馆方抄目直接寄给您，他们办事非常拖拉，恐怕要迁迁〔延〕时日吧。（材料分散，我无法抄录。）

《文苑楂橘》和《花影集》的确应该重印出来。暑假期内，上海古籍书店派人来杭，征求重印古书意见，我曾提了一些意见。（上海古籍书店除业务外，还负有重印古籍的新工作。）您不妨把您所认为应该重印的罕见本写信给上海古籍书店，或者中华书局。

《文史哲》复刊第一期能否买到？（我从第二期起已订。）《天山雪传奇》演李自成故事，值得注意，我没有见过。

山大图所藏旧小说，如有罕见本，希抄目见示。《梧桐影》似系秽亵小说，这类小说，我见得太少了。如字数不多，将来拟录一副本。多年前此间冷摊有一《肉蒲团》刻本，索价三四十元，未购。后来一直没见到过。闻吴晓舲〔铃〕藏此类书很多，不知确否？此颂

著安

弟 莹　九月廿二日（一九六一年）

华东师大印俗曲目录，另邮奉赠。

多年前此间旧书店有《西湖遗事》一种，咸丰刻本，题古冶清波居士编，

为北京东安市场书贾郑某购去，弟欲购无及。此书可能是《西湖一集》之翻刊本，可能不是，疑不能定也。兄去京之便，或可踪迹之。南扬为弟同乡同学，通讯处：南京中央路大钟新村 39 号。

15

德栋道兄：

接到您十月九日从青岛寄的信，知道您为了尊夫人的病而忙忙碌碌，又不知道您在青岛停留多久，因此拖延到现在才作复，很歉！

《中外群英集》，我早已翻阅浙图及校图卡片，都没有这本书，实在令人失望。以后旧书铺里当代您留意。《涂说》也不知道刊行过没有。《招子庸研究》此间也找不到。何惠群[①]，我连名字也不知道，以后当注意他的著作。

晚清文学，无论诗文戏曲小说等，精彩的不太多，但政治倾向性非常鲜明，这是它的特点，是吗？近来买书确实很难，订阅报章杂志也难，许多新书我都没有看到。

郑州大学所藏的书，您前曾提到过有些善本或罕见本，关于小说、戏曲方面的，如果您手头有目录，希寄我一阅。上次寄您的信和华东师大所印俗曲目，想已收到。俗曲目是送给您的，不必寄还。

我最近课事很忙，容后再谈。匆祝

撰安

弟 莹　十月卅一日（一九六一年）

---

① 何惠群，字和先，号介峰，广东顺德人。清嘉庆九年（1804）广东乡试解元，嘉庆十四年（1809）进士。作有《叹五更》与《客途秋恨》《吊秋喜》粤调说唱文学。

八、黄寿祺　3通

黄寿祺（1912.9.14.～1990.7.28.），字之六，号六庵，曾用笔名霞山，福建霞浦人。曾任福建师范大学副校长等职。主要著作有《闽东风俗记》《六庵诗选附蕉窗词选》《群经要略》《黄寿祺论中国古典文学》等。

1

德栋教授兄著席：

小女之丧，远承函唁，至深感谢！

六月末旬，曾接手教，嘱查闽师大馆藏《商君书》板本，以遭丧搁置。顷承图书总馆同志为抄出目录两纸，谨即奉上，惟其中并无善本耳。唐山大地震，波及京津，吾兄亲属在京津各地者，有受其影响否？便中幸乞示慰！

弟近日血压尚不甚高，但四肢发麻，医书及医生均云须防备中风，近在服药中。拙书迟日写就，当即奉寄，必践宿诺也。手此，即祝

俪福

弟 黄寿祺　（19）76.8.22

附　家父致黄寿祺函

之六教授兄：

您好！

前寄一信谅已见到，近来工作忙否？身体如何？均甚念念。

这里《商君书》注释组的同志，最近在搞《商君书》的校勘和集注工作，对《商君书》的板本问题进行搜集研究，据说目前还有四种已知的板本还没见到，因而很想了解一下各地图书馆《商君书》的庋藏情况，以便必要时予以检读。福师大和闽省图书馆藏书均甚丰富，入藏《商君书》的板本品种必多，敬请在方便时代为查阅一下，至为感盼。

这里所需知道的，仅只是关于《商君书》的板本和入藏馆别，其他可从略。事儿很琐碎，麻烦您了，多谢多谢。耑此，敬问

笔健

弟 德 上　六月十二日（一九七六年）

再，令嫒病体谅已康复，为颂。德又申。

2

德栋我兄俪鉴：

前时嫂夫人来榕，未能悉心招待，至为愧歉！

今日，弟所招收之研究生张善文、梅桐生、翁银陶、杨际德等四位同志，前赴京、沪、宁、杭等地参观访问，搜辑论文资料，因嘱其过济南时晋谒台端，代候起居，希接见并予指导是荷！

济南图书馆有亡友卢松安所赠《周易》书籍 1000 多种[①]，张生等拟去阅读抄录，乞兄千万费神亲为介绍，感同身受。

前承嘱写诗稿，以诗字俱劣，久未遵命，昨日勉强写一小幅托张生等奉呈，希哂正！又香烟一小包，近作诗稿一纸，并请督纳！手上，兼候

俪安

① 卢松安（1898～1978），名荣林、榕林，别号松庵，晚年自号易万卷庐主人，北京人。北京市文史研究馆馆员、藏书家。1978 年将其一生收藏的《易经》类图书 1000 余种，全部捐献给山东省图书馆。

弟 黄寿祺 拜手　1981年4月15日

六庵近作诗稿

住院杂咏六首

去年八月二十七日，余以患“三消”疾，进入福建省立医院治疗，至今年一月八日出院，记住院四月有半。病中偶有所作，题为《住院杂咏》，以志书生结习之难忘云尔。一九八一年一月十日，六庵识。

（一）

少未凌云赋子虚，老教消渴似相如。健身治学俱无得，惭愧文园作计疏。

（1980年9月12日作）

（二）

庭园片石勒登云，长白燕山署桂君（注）。千骑高牙徒往事，于今谁识故将军？

（注）桂良，字燕山，正红旗满洲人，贡生，嘉庆十九年任闽浙总督。

（1980年10月11日作）

（三）

蕙折兰摧已四霜，我家娇女岂能忘。伤心重过三区地，犹见当年旧病床（注）！

（注）吾女幼严一九七六年六月二十二日殁于此院第三区内科病房。

（1980年10月19日作）

（四）

驻防旧署建医坊（注），小苑寒花寄兴长。凤尾鸡冠齐秀发，岂徒丛菊耐秋霜！

（注）此院旧址原为八旗驻防福州将军衙门。

（1980年11月14日作）

（五）

赠陈桐雨医师

幼幼传家更出新，一经妙手便回春。如君世世多阴德，合是婴儿保护神（注）！

（注）吾乡人视巫、马两将军为“婴儿保护神”，故云。

（1980年12月29日作）

（六）

与胡剑青老同志在福建省立医院过新年赋赠

闽海湘江各一方，何时相遇在医坊。谈诗我愧无佳作，论政君应笑外行。垂老情怀惟望治，新年景物更增光。延安革命精神好，元旦雄文意味长。

（1981年元旦作）

辛酉春节文艺界茶话会即席赋绝句三首，迭韵

（一）

旧年辞岁正逢春，革故万家喜鼎新。四害尽除民载福，从今可作太平人。

（二）

繁荣经济庆新春，浩荡乾坤雨露新。隔绝多年宜统一，台澎原是自家人！

（三）

榕城盛会数今春，艺苑文坛一派新。济济满堂来俊秀，更欣后起足诗人。

（1981年2月6日作）

3

德栋教授兄著席：

一别三十年，何幸饱经浩劫之后，犹得在济南晋谒梁孟讲舍，既读等身

著作，又见佳子女成行，快愉之忱，诚非笔墨之所能宣。祝贺！祝贺！

离济后，在蚌埠住一宿，会见老友郑荫庐家四代人。翌日即购得京闽直达车票回闽，今已逾两月矣。赴泰国事，闽省委文教办拖拖拉拉，迄今行止不定，不知症结何在。有人推测云闽省委正在进行机构大改革，人事将大换班，或与之有关，亦不知所推测可信否。

在济所拍照片，张、阙两生已为洗出，兹奉上两张，乞哂存。另三张，乞费神为转交殷孟伦教授、李风〔峰〕馆长、张长华同志[①]。又徐迅副校长、张可礼主任、牟世金同志[②]，如晤见时，并乞为致意。

弟年逾七十，任副校长已满四年，已坚决向上级辞职，并表示愿望得到退休。各系主任年上六十者闻均将换班，俞元桂兄亦逾六十[③]，且去年即上辞呈，大概也有可能免去中文系主任。

罗郁正先生是否仍在山大[④]？弟回榕之日，即与外语系负责同志商量，盼能请罗来榕讲学，迄今未得回话，这大概也和各系主任要换班事有关。罗之侄妇戴瑛同志，亦早见到并将罗之情况详告。戴瑛云即将与罗联系，亦不知果否。如兄遇到罗时，盼酌为转告。

---

① 殷孟伦（1908 ~ 1988.12.14.），字石臞，四川郫县人。山东大学教授、古汉语教研室主任。著有《中国语文学概说》《汉魏六朝百三家集题辞注》等。李峰时为山东大学图书馆馆长。张长华（1927 ~ 2017）时为山东大学图书馆业务研究室主任。

② 徐迅时为山东大学副校长。张可礼（1935.9. ~ ），山东荣成人。山东大学中文系主任、教授。主要著作有《东晋文艺系年》《建安文学论稿》《三曹年谱》等。牟世金（1928.7.19. ~ 1989.6.19.），四川忠县（今属重庆）人。山东大学教授，中国《文心雕龙》学会第一届常务理事、秘书长。

③ 俞元桂（1921.7.6. ~ 1996.1.15.），笔名吴钧、吴刚，福建莆田人。福州师范大学教授、中文系主任。主要著作有《作品分析丛谈》、《中国现代文学总书目》（与贾植芳合作主编）等。

④ 罗郁正（1922 ~ 2005），福建福州人。印第安纳大学东亚语文系主任、终身教授，并担任斯坦福大学、爱荷华大学东方研究学院、新加坡国立大学、山东大学等高校的客座教授。著有《辛弃疾研究》等。

弟回榕两月余，虽未赴泰，但仍日无暇晷，夜常待旦，可以说是整天“瞎忙”！不知有何妙法可治此病，幸兄有以教之。

附上《六庵近作》小诗数首，乞哂正。夜深了，恕不多写了。手上，即叩

俪安！并贺

春釐

弟 黄寿祺 拜手　1983年2月8日下夜2点1刻写

嫂夫人嘱为向丁汉波副校长致意[①]，已照办了，送俞兄礼物也照转了，丁、俞均嘱向贤伉俪致谢。又及，同夜。

六庵近作

参加北师大纪念先师吴检斋先生大会感赋绝句四首

（一）

绛帐风徽忆昔时，白头弟子感相知。五千里外来追念，四十年前事足悲。

（二）

抗敌图强志靡移，天津避难久明夷。何期洪水添灾厄，一病伤寒竟不支。

（三）

岂徒皓首尚穷经，博览群书总未停。唯物史观研礼典，首开新路辟门庭。

（四）

曾为蓟汉记微言，风谊当年世共尊。晚岁终成新战士，长教后辈吊英魂。

一九八二年十月三十日于北京

① 丁汉波（1912.11.3. ~ 2003.3.7.），福建古田人。1949年获美国俄亥俄州立大学理科哲学博士学位。1951年回国，时任福建师范大学副校长。主要著作有《脊椎动物学》等。

登历山远眺

昂首登高忆梦天，齐烟九点岂虚玄（注①）。历山惜已无千佛，泺水嗟难剩一泉。郭外长河犹似带，湖边冬柳尚含烟。济南风物罗胸际，只恨灵岩未结缘（注②）。

注①：历山上有“齐烟九点”牌楼，取李贺《梦天》“遥望齐州九点烟”诗意。

注②：闻灵岩寺有“塔林”，惜未一游。

济南谒辛稼轩纪念堂

济上奇男数稼轩，美芹十论岂危言。剧怜不遂平戎志，空老铅山忆故园。

济南谒李易安纪念堂

一代词宗说二安（注），齐名谁继信才难。未缘婉约殊豪放，珠玉同留千载看。

注：“二安”指李易安、辛幼安。

符离感怀

魏公旧事忆符离（注），志大才疏费品题。千古兴亡谁管得，行人只记买烧鸡。

注：南宋张浚北伐，为金人大败于此。

寿朱铁苍教授九十

燕溪相见记当年，横舍如今已几迁。问齿欣知登九十，及门定卜过三千。全闽史事君能述，大易玄言我待研。但愿神州臻统一，追随老马共扬鞭。

（以上各篇 1982 年 12 月作）

九、黄芝冈　3通

黄芝冈（1895.5.27. ~ 1971.6.12.），原名黄衍仁，字德修，曾用笔名有黄素、黄伯钧、黄芝岗、芝冈、芝岗、罗复、拨古等，湖南长沙人。曾任文化部戏曲改进局编审处副处长、中国戏曲研究院学术委员、中国民间文学研究会理事等职。著有《中国的水神》《从秧歌到地方戏》《汤显祖编年评传》等。

1

德栋兄：

好久以前收到您的《曲艺论集》，最近又得到您一封信。因为相隔太久，通信地址不明，在收到《曲艺论集》以后不曾回信。这回得到来信，又延迟了好几天，称今天是星期日回您这封信。

您教民间文学，我感到很有兴味，这是一种富有创造性的课程，可惜我近来已经没有多的时间考虑这种学问了。近来有一个民间文学是否文学正统的问题，有人说是正统、是主流，有人说民间文学和文人的写作同是主流。我认为这问题还当入细、深入，是不是应当好好考虑一下？

我去年写《汤显祖年谱》，到现在已集稿十四万字，将来脱稿可能到十六七万字。近来徐朔方出版《汤显祖年谱》[1]，他用的是年谱的写法，我的写法却实是一篇评传，我想把书名改为《汤显祖编年评传》。近仍在写作中，

---

① 徐朔方（1923.12.1. ~ 2007.2.17.），原名徐步奎，浙江东阳人。浙江大学教授。著有《晚明曲家年谱》等。

希望〔得到〕您的帮助。

孙作云兄久不通信[①]，不知近况何似？

敬礼

黄芝冈　四月五日（一九五九年）

我的通讯处：东四八条十号。

2

德栋兄：

接到您的信已经很久，因为工作忙，要说的话也多，所以不能及时回信。

您谈到民间文学的主流问题，我认为应当是中国文学的民间主流问题。应当有一部以民间文学为主流的中国文学史，而不应再写什么民间文学史和以前的中国文学史争主流。

很明显从园诗说起，再看到屈原、司马迁、古乐府，以及唐代诗人和民间的不可分的关系，再看到柳永的词，元人的曲，明代的《挂枝儿》给文人的影响等，从中国文学史的民间一面看问题，中国文学的基点却在民间，民间是中国文人诗人的最基本的养料，像鱼和水一样。

如果说中国的民歌、快板都是好的，文人写作都很不好，唐代的标准诗是黄巢的诗，李杜都不算什么，又怎样全面掌握中国文学遗产？

您说中国民间文学比苏联丰富，因为中国这多民族的国家情况十分复杂。最早说春秋战国时代就有秦、楚、胡、越和中原民族不相同的文学发展，汉

---

① 孙作云（1912.2.23. ~ 1978.5.23.），字雨庵，号龙举，辽宁复县人。曾任沈阳博物院研究员、中国历史博物馆设计员、河南大学历史系教授等。著有《蚩尤考》《泰山之礼俗的研究》《诗经与周代社会研究》《天问研究》等。

开西域以后到南北朝，中国的文学发展不当只是汉民族的文学发展，却应当是新加入中国的各民族和南方小民族文学发展和汉民族的文学发展。无论是民间文学史也好，文学史也好，只看见汉族就简单，注意到中国各民族问题就非常复杂。汉族文学史能写一本，但以中国各民族为基点写一部中国文学史就能够写它十本。但这种创造性的东西却并不容易，我们算摸得多一些的，但一些不懂民间或不懂古书的先生们就只能主观用事了。

《鸟枪诉功》抄好寄来[①]。抄的人不肯抄满文，我自己描下来，也还是不像样，希望您能校正一下。

我的《汤显祖编年评传》写成了十七八万字，快完功了。算不久能吐上一口气。颂

文绥

弟 芝冈 六月七日夕（一九五九年）

3

（前原阙）诗中言语都将不能理解。又如《蜀大藏经序》，前云“蜀法师某”，则后云“如某者”当即指蜀法师言。编者却认“某”为汤自称，于是就断定汤曾在长干寺缮经，在清凉寺升座说法。如此类不止一处。我认为编者对这个责任虽勉强完成，只是一个个考订年月的人，却不能是汤诗的笺注者。

我近来对《编年评传》的进一步的努力就在这些地方。新写的书都有过开门见山的布置，如写汤生就从初明写到汤出生时的时代变化，写汤的理学基础就先介绍初明到当时的理学变迁，写汤的八股文就先介绍有明一代的八股文和汤的关系，写汤的诗文就先写有明一代的诗文变迁，写张居正就先介绍张居正的政治得失，写达观就先介绍达观的佛学根基等，这工夫是够我做的。

---

① 《鸟枪诉功》是满族说唱文学中的牌子曲，满汉语混合作品。全曲有 225 行，是目前所见清代最长的牌子曲作品。

可惜您不能在北京，有话没人说，写长信又时间不许，如何，如何？颂
文绥

弟 芝冈　十日（一九五九年？）

一〇、季羡林　6通

季羡林（1911.8.6. ~ 2009.7.11.），字希逋，笔名齐奘，山东清平（今临清）人。北京大学东方语言文学系教授、系主任。有《季羡林全集》行世。

1

德栋兄：

手示奉悉，正如您所说的，目前我的确是很忙，除了学校的工作外，外面工作也很多，今年十月又到德国去了一趟，这是今年第二次出国了。

研究工作，很少有时间来搞，目前仍想在中印文化交流方面作一点工作。

《梵文初步》的确印过，但是现在北大出版部早已与北大脱离关系，这一批书不知流落到什么地方去了。李德启先生仍在北京图书馆①。余再谈，即祝

近安

弟 羡林　十一月八日（一九五五年）

① 李德启（1904 ~ 1986），1928年4月至1966年任北京图书馆兄弟民族语文组组长、编辑。主要论著有《满文书籍联合目录》《阿济格略明事件之满文木牌》等。

2

德栋兄：

几个月以来就写好一个信封，意思是想给你写信，可是一拖就这样久，实在抱歉。

我们好像是许久许久没有通信了，在这期间，我也是“乏善可述”，仍然是整天忙，但是见不到忙的成果，科学研究等于没有进行，以前定的几个题目，除了搜集了一些资料之后，原地踏步，毫无进展。

你的情况怎样？有何新著？如有，祈惠赐一份。余容后陈，即祝

健康

羡林　十月十八日（一九六四年）

3

德栋兄：

示悉。没有想到，我会收到你从遥远的新疆给我来的信。现在国内懂满文的人越来越少了，你能够调到北京来，发挥你的长处，这实在是一件非常值得庆贺的事情。

我将于本月二十日再次到印度去参加那有名的 Historical Conpuso 的大会。一年之内到印度去两次，这在我这是第一次。看来我这一碗印度饭是吃定了。估计明年一月中旬可以回来。同行的有两位同志没有到过印度，我可能还要陪他们参观访问一番。如有可能的话，也希望了解一下印度学术研究机构的情况，给南亚研究所找一些联系的对象，以便将来开展对国外的工作。

我们现在正做出国的准备，所以比较忙。作长篇笔谈只有俟诸异日了。塞外寒风多厉，千祈善自珍摄。即祝

近安

弟 羡林　（19）78.12.10

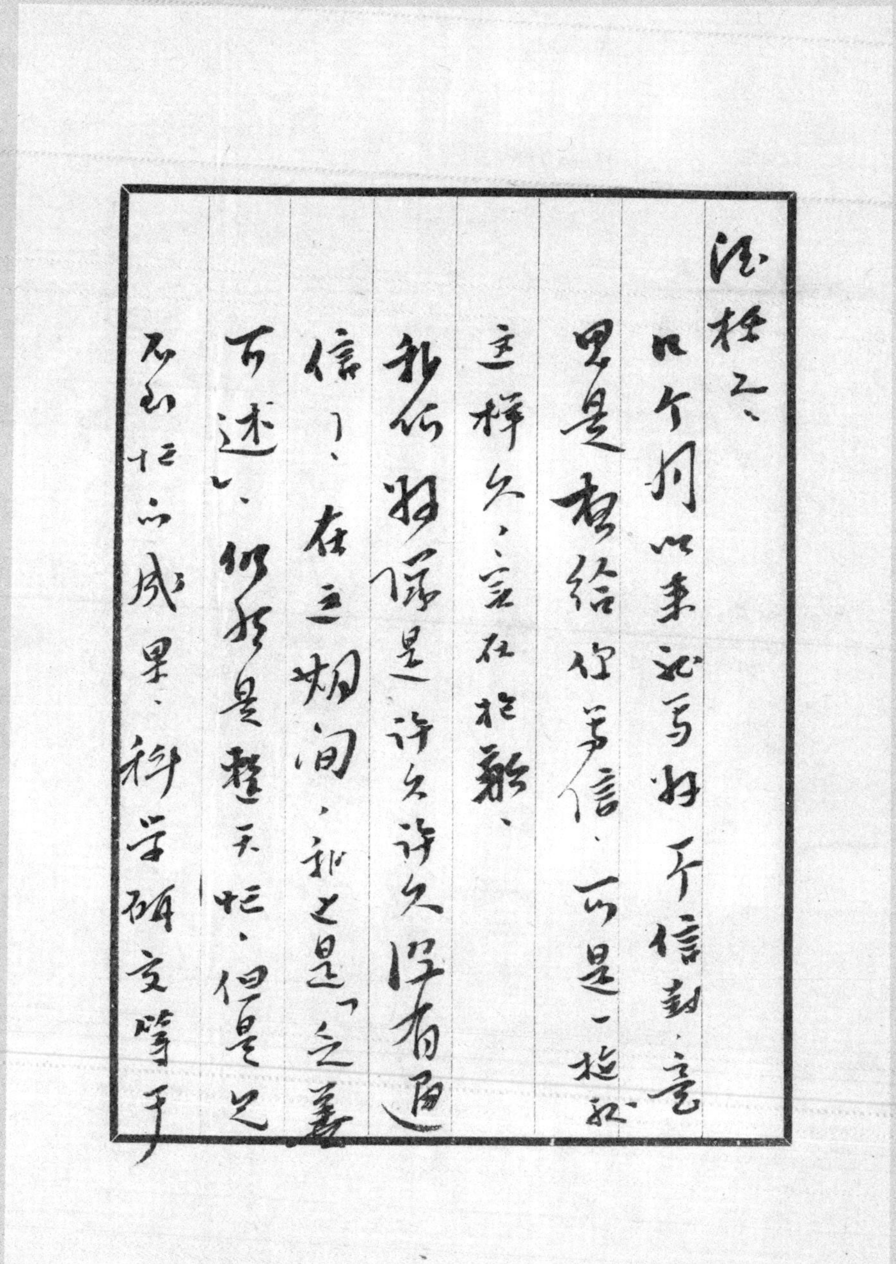
浩林兄：
几个月以来，就写好了信封，意
思是想给你写信，可是一拖就
这样久久，实在抱歉。
我们好像是许久许久没有通
信了，在这期间，我也是乏善
可述。我们是整天忙，但是又
不知忙出成果。科学研究等于

季羡林2（1）

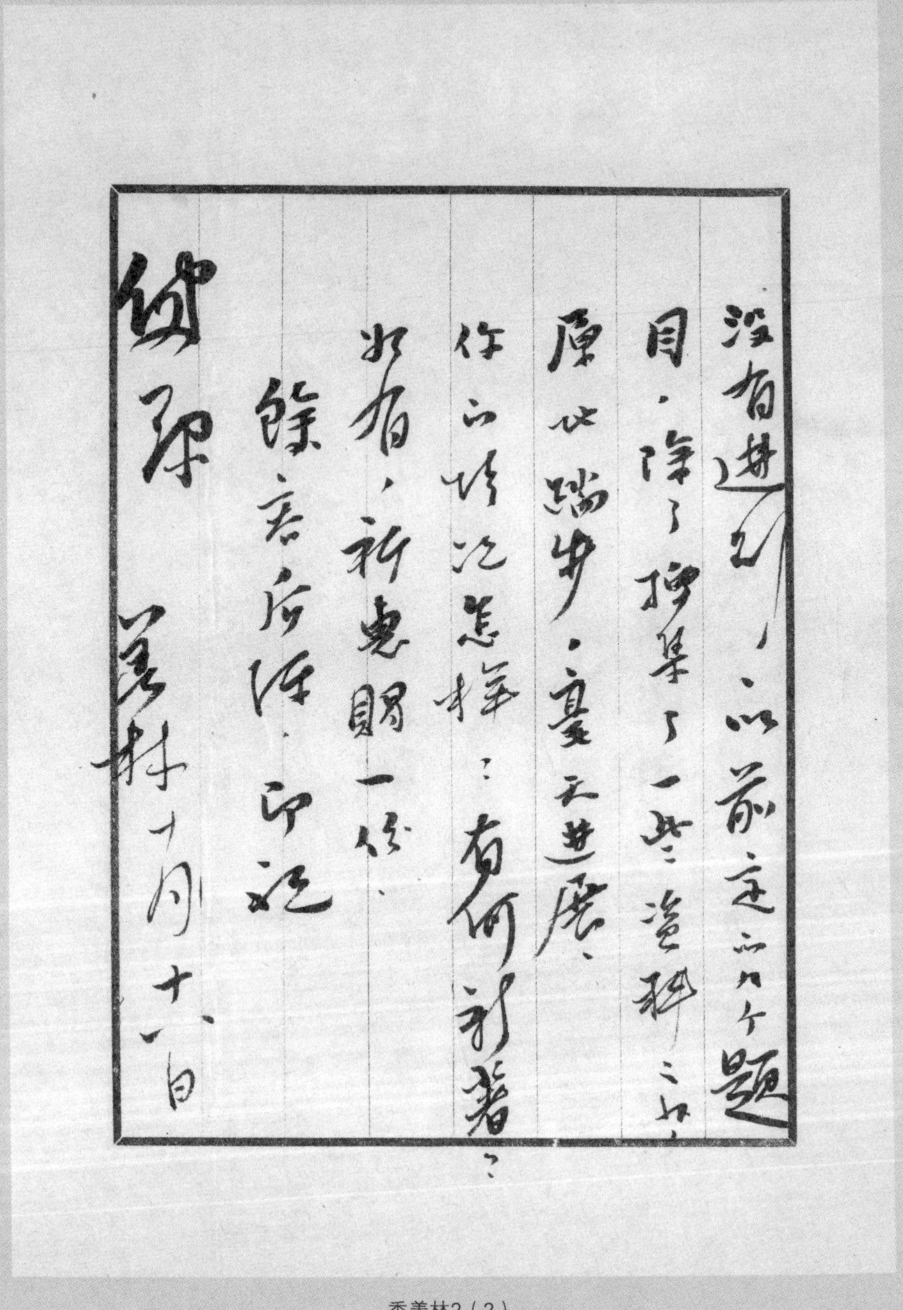

沒有甚麼進步，以前定的幾個題目，除了抄集了一些資料以外，原地踏步，毫無進展。你的情況怎樣？有何新著？如有，祈惠賜一份。餘容后陳，即祝

健康

羨林 十月十八日

季羡林2（2）

4

德栋兄：

赐寄大作已收到，谢谢。去年一年，我几乎有半年没在学校。长期过飘萍的生活，行将一事无成。今年想力矫此弊，但尚不知结果如何。

你什么时候回到济南去的？在北京的任务已经完成了吗？最近工作和身体如何？均在念中。

我今年想把《大唐西域记》的校注工作作完，不知能否如愿。即请

近安

弟 羡林　1981.1.9

5

德栋兄：

久未通函，渴念殊深。弟碌碌如常，乏善可述，差幸不敢偷懒，研究工作仍在进行，可告慰故人耳。

尊著《子弟书丛钞》，是一部很有研究价值的著作，近来北京方面有几位同志正在研究此书，但是尊著遍寻不得，不知我兄手头还有此书否？能否赐寄一部，供北京方面热心研究此书的同志们钻研？

另外寄上一册拙著《原始佛教的语言问题》，仍然是同 F.Edgerton 打笔墨官司的[1]。祝

阖第康吉

弟 季羡林　1987.3.5

---

① 美国著名梵学家艾哲顿（F. Edgerton）在 1953 年出版的 Buddhist Hybrid Sanskrit Grammar and Dictionary（《佛教混合梵语语法及字典》）的导论部分用了大量的篇幅来与季羡林争论。

6

德栋兄：

赐寄大作《子弟书丛钞》已收到，谢谢！

北京有几个同志应曲艺出版社的邀请，想整理出版全部的子弟书。看到了你的书以后，他们心里有点嘀咕：恐怕难以达到你那书的水平。

我现在年逾古稀，但是整天很大一部分时间仍然是“为他人作嫁衣裳”。仍然是沉浸在会海之中，攀登在文山之上。奈何，奈何！

我现在正写一篇论提婆达多的文章，自问颇多新意。出版后当寄赠请教。

祝

阖第康吉

弟 羡林　1987.3.14

一一、金启孮　3通

金启孮（1918.6.7. ~ 2004.4.10.），姓爱新觉罗氏，名启孮，字麓漴，清高宗乾隆皇帝第五子荣亲王七世孙。曾任内蒙古大学任蒙古史研究室副主任、辽宁省民族研究所所长。主要著作有《女真语言文字研究》（与金光平合著）、《女真文辞典》、《清代蒙古史札记》等。

1

德栋师兄：

赐函早已收到，因忙运动和期末考试未能及时作覆，甚歉。您为拙稿提的意见非常好[①]，家父来函并嘱弟代向兄致谢[②]。

近日内大欲将拙稿送中华，令弟收集各位专家对该稿意见一并送往参考，因此又不得不和您商量，希望将您提的意见一并送中华作参考，不知您同意否？如您同意，我们来往信件不专提此事，不便拿出，是否可由弟抄录有关段落，如兄假期有暇，另纸单书数条自然更好（闻兄甚忙，详细的将来我们再研究，领导要此项意见，只在于此稿是否可公开出版，供中华参考），不知您同意那〔哪〕种办法，北京方面由家父联系。

此事理当先征求您的意见，然后再作。

暑假内大放三十天假后可能下乡四清，因此不能回京一行，下学期开学

① 拙稿指《女真语言文字研究》。

② 金启孮的父亲金光平（1899 ~ 1966），本名恒煦，爱新觉罗氏。契丹文、女真文字学家。

即上课四周，所以现在只在备课。下期内大学报，弟写了一篇西蒙古的文章，写的不好，出来当即奉赠以求指正。匆此，即候

近好

弟 启孮 上　8月7日（1965年）

代候阖府安好！

2

德栋兄：

赐函收到，闻您调京成功，甚喜。我近数月一直在病中，无可奉告者，所以长时间未写信。塞外苦寒，且鲜亲友，困难殊多，深盼您调京后，如念昔日同窗之情，代弟谋一在京去处，则感激不尽耳。

现合家均在病中，且无人照拂，科研等事均谈不到，匆匆此复。专此，即致

敬礼

弟 启孮 上　22日（1976年）

问合府安好，不另。

3

德栋兄：

来函早已收到，因我卧病多日，腿上生疮，不能久坐，以致未能及时作复，深为抱歉。闻兄已调北京，特先向您祝贺，素愿已偿，闻之甚喜。来信深为罔怅，

谢谢，弟恐一时回去无望（因带研究生）。小女立志研究满族史或满语文[①]，此次竟分到内蒙师院，如将来您招研究生可否让她考考，但事先要告我以便准备。这里消息十分不灵，北京学术界情形我几乎什么也不知道。北京何处招什么研究生这里也不知。您如印有讲义可否寄我，以便令她学习。深为拜托。此事除赵展同志外不必对别位言及[②]，以免被人破坏。小女素愿如得您二位帮助得以成功，我亦瞑目矣。希暇时以北京学术动态相告。专此，即致

敬礼

启孮 上　28 日（1978 年 6 月）

问阖府安好。

① 金启孮的小女乌拉熙春，史学博士（日本京都大学）、语言学博士（中国中央民族大学）。历任日本立命馆亚洲太平洋大学教授、京都大学欧亚文化研究中心研究员。

② 赵展（1931.7.11. ～ ），黑龙江宁安人。中央民族大学民族学系教授。主要著作有《满族社会历史调查报告》《满族文化与宗教研究》等。

一二、刘魁立 3通

刘魁立（1934.9.4.～ ），河北静海人。中国社会科学院少数民族文学研究所所长、研究员。著有《刘魁立民俗学论集》等。

1

关先生：

您好！

丹东一别，时已两月，北京匆匆一见，未及细谈，不知您近来工作忙不，身体可好？我从丹东回来未久，复去云南出差，月前才回来，但这一月里，忙东忙西，都不是什么正事，所以没有成绩可以向您报告。

此间，在民间文艺研究会隶属下，成立了一家“中国民间文学出版社”，已“开张”一年，出了几本书，质量尚好。社里研究计划，准备把冯梦龙搜集、编纂乃至加工整理的民间文学作品汇集在一起，出一本或几本选集。我提议这件事请您来承担。我想您是这方面的专家，早在六十年代初即将《挂枝儿》整理刊行，现在驾轻就熟，可能不需要花很大的气力。只是不知道您近几个月是不是有别的研究计划，能不能腾出手来做这件事。

出版社方面当然是希望愈快愈好，恨不能十二月就收到稿子发到厂里去。倘您有兴趣、有余暇编这部书，望您来信赐知为感。至于具体的编辑方针、编选内容、交稿时间等等，恐怕还是要以您的意见为准吧。

冬令在即，望您注意身体。此颂

教安

魁立　一九八一年十一月八日

来信请寄中国社会科学院文学研究所。

2

德栋先生：

您好！

接您来信，不胜欣喜！您能承允担负编辑冯集的工作，并能以“倚马可待”的神速来完成这件事，这在我来说是极好的消息。倘使我也能象〔像〕您这样工作有成效，那该多好啊！

我已将您的来信拿给了中国民间文学出版社的一位副社长杨亮才同志[①]，他认为您所设计的两卷集的方案好极。冯集原来就编在“中国古代民间文学作品丛刊”这一套书里面。您的建议和社里原来的计划也不谋而合。

至于您谈到的读者对象、编选原则等项问题，我觉得您可能把出版社的兴趣估计得略微狭隘了一点。您的“不宜太严”的编选原则是完全正确的，但是否仍然保守了一点呢？窃以为倘能保持冯公的庐山真面，不作任何删减，而详加校注，把您想说并且也须说的话淋漓尽致地写在前言或后记当中，这样于读者、于出版社或会更有裨益，因此也更受他们的欢迎；而于历史于后世，或会更有价值，更加成为功德无量的善举；冯公于九泉之下也会感念于您的。这一意见未知当否，请您权定。

您既已答应承担冯集的编辑工作，我想，我的任务至此就算完成了。今后有关本书编选、出版等具体事宜，望您直接与杨亮才同志商洽，您意如何？他的地址是：北京翠微路二号院主楼中国民间文学出版社。距您计划的今年

① 杨亮才（1933.3.10. ~　），原名阿亮，笔名刘青、白木、白乐天，云南大理白族自治州洱源县人。时任中国民间文艺出版社副社长。著有《鼓吹集》《守望民间的人们》等。

年底完稿时间，所余时日已经很有限了，望您早些与他联系才好。如果将来有不便说的话，您就写给我好了。

最近在为上海《民间文学论集》和北京《民间文学论坛》写有关“流传学派”和“世界各国民间故事类型索引”的评述文章，因资料不凑手，并有许多杂事相扰，所以进度很慢，心绪不免焦躁。李福清来京期间曾经见过几次，听他说要去济南同您晤面[①]，不知到了也未？望您常常来信赐教。即颂

冬绥

魁立 谨上 十一月二十日（一九八一年）

3

德栋先生：

久疏问候，今日突然收到您惠寄的《挂枝儿 山歌》集，欣喜之极。我又想起当初民间文艺出版社的设想，如今虽然出版社“人去楼空”，但这个设想却经您的努力变成了现实。在出版业处于艰难时世之际，您做成了这件善事，真要感谢您的奋斗精神。即叩

冬安

魁立 一九九二年十一月十九日

① 李福清（1932.9.7. ~ 2012.10.3.），俄名全译鲍里斯·李沃维奇·里弗京，生于列宁格勒（今圣彼得堡）。著名汉学家，致力于中国神话、民间文学和民俗学的研究。著有《中国的讲史演义与民间文学传统》《中国神话故事论集》《东干民间故事传说集》等。1981 年李福清作为“文化大革命”后第一个破冰访华的民间人士，受中苏友好协会邀请来中国。他列举了一个名单，希望能拜访名单上的人员，家父是其中之一。

一三、刘世德　1通

刘世德（1932.12.～），山西人。中国社会科学院文学研究所研究员、学术委员会委员，中国社会科学院研究生院教授。著有《红楼梦论集》《曹雪芹祖籍辨证》《三国志演义作者与版本考论》《水浒论集》等。

德栋先生：

您承担的为《大百科·戏曲卷》撰写的条目，不知已脱稿否？现在《戏曲卷》的工作正处于定稿阶段，绝大部分条目都已汇齐。您撰写的两条，如已脱稿，务请早日寄下为盼。还有，您为《红楼梦研究集刊》撰写的《红楼梦中的满语》一文，也请早日寄下为盼，《集刊》等着发稿。

《聊斋戏曲三种》一书据说已经出版，但在北京一直没有买到。先生手头如尚有多余的，祈求惠赠一本，不胜感激之至。专此，即祝

新年好

晚 刘世德 敬上　1月1日（1982年）

一四、刘修业　3通

刘修业（1910.7.29. ~ 1993.10.1.），字君寄，福建福州人。王重民之妻。中国科学院历史研究所研究员。著有《古典小说戏曲丛考》等。

1

德栋同志：

九月中捧读惠书，即覆一信，并挂号寄上您在有三生前所写的几封信，原希望您有时间代为摘录，并另写一信写明您曾和有三谈论拟重新修订《敦煌遗书总目索引》之事。想因太忙，致未能再为写信。今我将您上次来信中有关《总目索引》及苏联藏书情况，节录另纸抄寄，请您在百忙中抽空审阅，如可用，即代为修改再寄下，如不妥即删去。

现所编有三《敦煌遗书论文集》已编完，曾送与北大历史系开设“敦煌文书研究”班的领导王永兴同志审阅①。我又写出此《论文集》之目录及编例，寄与中华书局程毅中同志阅看②，他基本上同意所收论文及编的体例，故今要将所编的稿送去中华书局文学编辑室再行审阅。关于有三与朋友们的通讯，是列入集末之附录。

---

①　王永兴（1914 ~ 2008），原名王中九，祖籍山东，生于辽宁昌图。历史学家。著有《唐勾检制研究》《唐代前期西北军事研究》《敦煌经济文书导论》等。

②　程毅中（1930 ~　），江苏苏州人。中华书局前总编辑、编审，中央文史研究馆馆员。著有《古小说简目》《唐代小说史话》《宋元小说研究》等。

今所抄寄之信您如觉不妥，则待您有时间再补写。此《论文集》还要审阅，大概明年才能发稿付印，印出初样校定更晚，想您或能在待暇写出，在初样样印出再补入，当来得及。

近因《历史研究》1982年4期发表有胡道静撰的《谈古籍的普查和情报》一文[①]，已将有三生前拟重新修订《总目索引》的计划说明了，因他在有三在世时常通讯，我即写一信与他，托上海古籍出版社一个编辑（是有三学生，认得胡道静）代转。想不久即可得覆信，他在那篇文字中已说明了，只要加以引用即可，故请您将我上次寄给您胡道静一封信，再挂号寄回，以便连同第二次信一起收入附录。

在今年九月中，我正忙于校对有三长篇遗稿《中国善本书提要》（此书在上海古籍出版社印行，明年当可出版），即因当时太忙，故没时间将您以前信细心阅读，加以摘录，径即寄上。今请您如有时间将信中较为重要的，用笔划出，再寄回，我可再行摘录，写成一封信。

在北京图书馆《文献丛刊》编辑部出版《中国当代社会科学家》传记，已出版第一辑，中收有三《别传》。今另将抽印本寄奉，至于有三致死之由，中已说明。但用刷挂恐要晚到几天。余再谈，即颂

文安

修业　12.3（1982）

前几天兰州市社会科学院文学研究室有一位赵以武同志来看我[②]，据说中华书局现正拟重新修订《敦煌遗书总目索引》，我想可能您已知道，他们或请您助同编《总目索引》。又及。

---

① 胡道静（1913～2003），祖籍安徽泾县，生于上海。上海人民出版社编审，古文献学家、科技史学家。著有《梦溪笔谈校证》《中国古代的类书》《农书与农史论集》等。

② 赵以武（1945～2015），山西原平人。先后任职于甘肃省社会科学院、嘉应学院。

2

德栋同志：

奉十二月八日大札，欣慰之至！我知道您是太忙，是能谅解您。但因中华书局又催着要稿。故不得〔不〕又去信麻烦您。我在挂号《别传》中写的便条说另信“关于有三拟修订《总目索引》的材料”，即指与《别传》同时寄上那封信，中抄有您第一次寄来信所谈与有三曾谈到“重新修订《敦煌遗书总目索引》一书，补入苏联藏书卷目”等等。因我想您太忙，即抄出前信，以便您抽空加上您和有三谈的具体计划。想您定读到任二北写的那篇《在国内敦煌学研究亟待展开第三时期》，他对有三和向觉明均加以指摘[①]，故我此次编有三《敦煌遗书论文集》，后附有三与朋友们通讯，调查苏联藏书情况及拟修订此《总目索引》的计划，为有三辩白。您曾与有三谈过修订具体计划，故必须求助于您。

近中华书局又拟修订再版《敦煌遗书总目索引》，曾派人来北大与我联系。我已告他您曾与有三谈过修订的计划，据说已另去信向您请教，想此信当已收到。

关于敦煌吐鲁番学会，我想大概是由周一良主持，去年他赴美，又转托由山西大学调来的王永兴同志。他们是在北大历史系中古史研究生开设一个“敦煌文书研究”这门课，今年5月曾出版一册《敦煌吐鲁番文献研究论集》，中多收入研究生写的关于敦煌文书的论文，卷端有我整理的有三遗稿（短篇）四则，后有王永兴、张广达等研究文字[②]。但不知您已读到否？此书是由中华书局影印的，因整理原则，仍保持敦煌卷子条文原有行序，故他们先请人用

---

① 向觉明即向达（1900 ~ 1966），字觉明，湖南溆浦人。北京大学教授，历史学家，敦煌学家。著有《唐代长安与西域文明》《伦敦所藏敦煌卷子经眼目录》《中西交通史》等。

② 张广达（1931 ~ ），河北青县人。北京大学教授，历史学家。著有《大唐西域记校注》《海舶来天方，丝路通大食——中国与阿拉伯世界历史联系的回顾》等。

毛笔抄写，影印出来。

我的住址是“北京大学十公寓 107 号”，您此次来信写为十八公寓，幸我有朋友住十八公寓，代为转来，故今特去信请您注意。但如写北京大学，邮局当能代查，因我住北大已数十年，当不至遗失。如寄您写与有三谈修订《总目索引》的具体计划，以挂号为妥。信忙发，余容再谈，即颂

冬安

修业　12.13（1982）

我前后连同此信共去四封信。第一次是寄附有王仲荦的信，第二次是挂号，第三次是平信内附有我抄您寄给我的信，第四次即是此信。第三次信如未收到，请只要示知数行，我再抄您寄给我的信，说与“有三谈修订《总目索引》的事”再寄上，以便您抽印加上谈的计划即可。

3

德栋同志：

您好！

去冬屡次去信麻烦您，实在罪过。现我所编有三《敦煌遗书论文集》已送去审阅，特写此信请您放心。兹将要告您的事简述如下：

①《论文集》是寄中华书局文学编辑室审阅，据覆信说已安排为今年重点发稿的任务。今将所收的论著目录，另抄一份寄阅，您觉得所收及编排是否合适？看完可不必再寄回。

②中华书局正拟修订再版《敦煌遗书总目索引》，程毅中同志已派人来舍和我商谈，已告他有三在生前已和您谈过重新修订《总目索引》的计划，要补入苏联藏卷目录。关于苏联卷目的编译由您承担，他们说已另信给您，故现收入此《论文集》的信，只抄您已和有三所谈拟修订《总目索引》补入新内容一段。至于具体如何进行，您可直接去信告知中华书局文学编辑室，但您如没时间，可待以后再议。

③以前挂号寄上几封信，中有一封胡道静短信。近胡道静曾撰一文《谈古籍的普查和情报》。此文说明《总目索引》未收入苏联藏卷目，因为1963年以前苏联是秘而不宣其沙俄时代奥登堡劫经之事，所以无从加入，已在《历史研究》1982年4期发表。我意可将他那封短信，收入有三《论文集》附录中，在信后注明他所撰之文字，亦可为有三申屈。但您如觉可不必再收此信，或是以前寄上信，已不易找到，即作罢。

④我所整理有三长篇遗稿有《中国善本书提要》，约收有四千四百余篇的提要，是在上海古籍出版社印行，去冬已校完二校，今年可以出版。此外即《敦煌遗书论文集》及《中国目录学史论丛》（此是北大图书馆学系授课的讲义，后附他撰的有关目录学史短篇论著）。此二书均由中华书局约稿，大概明年可出版。

⑤现已迁居北大燕东园34楼401号，今另纸抄寄，以供您剪贴通讯本上。您如有事来京，有时间可来舍下一叙。但我想您每次出差均很忙，恐不能抽空来，则只好笔谈。今您如忙，可不必覆信。专此，即颂

新春愉快

刘修业　2.18（1983）

一五、路工　25通

路工（1920.11.27.～1996.10.24.），原名叶德基，又名叶枫，笔名群明、叶萌、向阳，浙江慈溪人。曾任文化部研究员、北京图书馆研究员，同时又担任文化部的访书专员，专职为国家搜集古旧书籍，兼及古字画、古砚之类。著有《访书见闻录》《梁祝故事说唱集》等。

1

德栋同志：

中国书店已去过，满文书已被人买去。近日买书，只要有用的书，在书店是摆不住的。我买了三种散曲：《太霞新奏》六册（影印本）、《杨升庵夫妇散曲集》（铅印）、《江东白苎》、《续江东白苎》（刻本）二册。

满文的《尼布楚条约》签定经过，是否能在一月内翻译出来？我编的《清代反对帝俄侵略诗文录》一书中可能〔收〕，要是能译出来，我通过出版社印进去。请回覆。

您夫人和您是否在星期六下午到我家，我请您俩到新侨饭店去聚餐。祝工作好！

路工　八月二十四日（一九七六年）

2

德栋同志：

信收到。

《明代散曲集》一事需要即做准备工作，不管中华现在同意不同意，我想总有一天会同意出版的。因为明代散曲，实是文化遗族中重有民主性的一部份〔分〕作品，其中有不少作品，为当时劳动人民中所喜爱[①]，反映了劳动人民生活和斗争，同时从这些作品中，可以看出资本主义思想、意识的萌芽，在当时起过反封建的作用。

我不久就要调离图书馆，所以乘现在我们商定一下，那〔哪〕些需要复制或照照卷，赶快办好。当然中华能予〔预〕支稿费很好，不能予〔预〕支我想就自己暂填，先做好这个开始的工作。不知尊意如何，请星期日上午来吧！我因前年患过胃穿孔，所以不大出远门，对不起，只好请驾临为盼！

路工　六月二十二日（一九七八年）

3

德栋同志：

初步计划条例和目录，均已写好，请您补充、修改。

我有的散曲集想不起来了，目录估计约有一百种，是需要查一下《散曲业〔丛〕刊》和饮虹簃所刻散曲，当然我们所编种类已远远超过前两种，但前两种中恐还有我没有列入的书目。

现在需要解决问题：一、中华是否付照像、抄写、买书费用？要是他们照付，就好办了，要是他们不付这些费用，那末稿费需要订下来。因我给他们编的《清代反对帝俄侵略诗文集》，他们明确说不付一切费用，因有稿费。所以这一

① “中”字似为衍文。

问题要明确肯定下来。二、要是他们付一切费用时，那请他们先予〔预〕支四百元；他们不付一切费用时，先予〔预〕支一千元。三、要是他们不付一切费用时，只给稿费时，要确定稿费为每千字弍元稿费，因我们要付出费用约两千元之数，这需要向中华说明。这个问题解决了，这个工作完成才有保证。

请谈好后，告知。最好请接信后，抽个时间，找他们一下。

交稿日期，我们争取明年年底搞完，或先发一部份〔分〕稿件，到后年上半年全部交完。不知您的意见如何，请考虑决定。

北图照相放大，需要中华书局给北图党委写封信，信中要开明我在目录中划圈的书名。据北图负责复制组同志说，不能一次照那么多书，需要分批照相放大。我看每次照十种，这样分期分批照，争取明年上半年照完。所以您和中华谈好，此工作我立即要跟复制组联系。中华要是确定做这项工作时，请他们即写封要求照相复制的信。

中国书店是有一些散曲集子可以购买，因此您和他们谈好后，立即予支稿费。恐散曲集子买走后，也不好找到。祝

好

路工　七月五日（一九七八年）

诗文集中有散曲　待查阅

△ 唐六如居士集（有一卷散曲）　明万历刊　唐寅

△ 青门稿（有散曲）　沈青门

其他集中有散曲　待查

△ 词谑（有散曲）　嘉靖年刊　李开先

△ 真迹日录（题画中有散曲）　清抄　张丑

以上目录有遗漏，待补正。

目前打圈者，均需照像（拷贝）放大，北图照一米价陆角，放大一张价弍角。

需要照像放大的书约五十余种，每种平均一百页算，共五六千页，约化〔花〕照像放大费用壹千弍百元。（因均为善本，不准复制，只准照像。）

目前打三角者需抄写，打五角星者需要购买影印本或其他刻本进行校刊，此两项费用，约五百元。

散曲集

○诚斋乐府二卷　宣德九年刊　朱有燉

☆○碧山乐府三卷　正德年刊　王九思

☆○碧山新稿一卷　嘉靖年刊　王九思

☆○碧山续稿一卷　嘉靖年刊　王九思

○浒东乐府　嘉靖年刊　康对山

△海浮山堂词稿　嘉靖年刊　冯惟敏

☆○王西楼先生乐府　嘉靖年刊　王磐

○南曲次韵　万历年刊　李开先、王九思

○中麓小令　清抄本　李开先

○卧病江皋　清抄本　李开先

○四时悼内　清抄本　李开先

○陶情乐府四卷　嘉靖三十年刊　杨升庵

○续传一卷　嘉靖三十年刊　杨升庵

○拾遗一卷　嘉靖三十年刊　杨升庵

○杨升庵夫人乐府词余五卷　明刻　黄峨

○乐府余音一卷　嘉靖年刊　杨廷和

○秦词正讹二卷　嘉靖年刊　秦明〔时〕雍

○醉乡小稿一卷　嘉靖年刊　高应玘

○玲珑唱和　明刊　杨慎等

○笔花楼新声　万历年刊　顾正谊

○坐稳〔隐〕先生精订梨云寄傲二卷　万历年刊　陈铎

○秋碧轩稿一卷　万历年刊　陈铎

○可雪斋稿一卷　万历年刊　陈铎

○月香亭稿一卷　万历年刊　陈铎

○滑稽余韵一卷　万历年刊　陈铎

○明农轩乐府　万历元年刊　殷士儋

○林石逸兴十卷　万历年刊　薛论道

○坐稳〔隐〕先生精订江东白苎二卷续二卷　万历年刊　梁辰鱼

○萧爽斋乐府　万历年刊　金銮

△秦王词　清刊　朱载堉

△苑洛集　韩邦奇

△柏斋先生乐府　何瑭

△步雪初声　张瘦郎

△山居咏　王徵

△山居咏和　张炳濬

○双溪乐府　旧抄　张鍊

○山水吟一卷　梁孟昭

○鞠通乐府三卷　沈自晋

○程仲叔先生集二卷　程可中

○瘦吟楼词一卷　沈时栋

△芳茹园乐府一卷　明刊　赵南星

△丁采小令　清抄

△娑罗馆逸稿一卷　万历年刊　屠隆

○三径闲题二卷　清抄　圻山山人

○良辰乐事　康熙二十九年刊　刘效祖

○词脔　康熙年刊　刘效祖

☆○秋水庵花影集　乾隆十七年刊　施绍莘

○续小令集　崇祯十三年刊　丁惟恕

○流楚集　清初刊　佚名

△诗径 × 曲、诗旨曲（名忘记）　清抄本　张煌言

△万古愁散套一卷　吴梅抄本　归庄

○北雅三卷　万历二十年刊　朱权

总 集

△雍熙乐府　嘉靖年刊　（摘抄明人作品）

△万花集　同上

☆△盛世新声　同上

☆△词林摘艳　同上

○南北词曲随笔　明刊　范垣

○新镌古今大雅北宫词纪　万历年刊　陈所闻纂

○新镌古今大雅南宫词纪　万历年刊　陈所闻纂

○吴骚集四卷　万历年刊　王穉登辑

○吴骚二集四卷　万历年刊　张琦、王烨辑

○吴骚合编四卷　崇祯年刊　楚叔、张旭初辑

○彩笔情辞十二卷　天启四年刊　张栩辑

☆○太霞新奏十四卷　天启年刊　香月居人辑

○词林逸响　万历年刊　许宇辑

☆南音三籁（后二卷散曲）　崇祯年刊

○古今奏雅（第六卷散曲）　崇祯年刊

○吴歈萃雅　明刊　周之标辑

○南词便览　清抄

4

德栋同志：

前信和明代散曲目录等想已收到。今早又找到散曲十余种，未入目录[1]，

① 所补目录有数种已见前信。

请补上：

唾窗绒　沈仕

柏斋先生乐府　何塘

鸥园新曲　夏言

濠上斋乐府　陈所闻

步雪初声　张瘦郎

不殊堂近草　沈自晋

南北小令　张禄辑

南词韵选　沈璟选

南峰乐府　杨循吉

莲湖乐府　夏文范

方诸馆乐府　王骥德

钝吟乐府　冯班

越溪新咏　沈自晋

北曲拾遗　佚名编

月露音　凌虚子辑

以上几种需买《散曲丛刊》和饮虹簃所刻散曲。

不知老兄和中华编辑谈过没有？因为善本书规定不能复制，所以只能照相，同时要到书室抄的话，字数多，抄工更费抄钱，而且每抄一部必须校对，所以不如照像放大。这样成本甚高，所以必须事先谈好才能办。祝

好

路工　七月十二日（一九七八年）

5

德栋同志：

信已收到。散曲还可以补充：

卧病江皋　明李开先

流楚集　何处楼

四时悼内　李开先

棣华〔萼〕香词二卷　宋徵璧

续小令　丁惟恕

一位友人，已将康熙刊《满汉合璧西厢记》送到我家，价壹百元，书品良好。请您来看一看，要不要请决定。祝

好

路工　七月十七日（一九七八年）

6

德栋同志：

来信悉。

此事大概可以定下来了，我们不想多要报酬，有弍元标准即可行。我估计照相、买书、稿纸等费用，节约办理，大约壹仟五百元就可以够了。先支伍百元也就可以开始摄制工作，这样到明年底先交五十万字是有把握的。我想先将嘉靖以上人的作品先搞，按年代排次序，总集放在最后编。这样编总集时心中比较有底，知道哪些作品是重复的。不知尊意如何？

《满汉合璧西厢记》，此原刻本是比较难找的，书是我一位友人，名叫袁行云的，他希望我帮他处理，所以您需要时，请通知我。最好请于星期六下午或星期日下午来一趟。祝

好

路工　八月九日（一九七八年）

7

德栋同志：

请北图照像问题，尚未解决。原来我将介绍信给善本部丁瑜同志时，他是同意的，谁知过了一星期，馆长不同意不批。

据丁瑜同志说，因陕西出版社照了宋板《柳河东集》全部，结果出版社影印出版了，版权归陕西省出版社了，图书馆也〔未〕得到任何报酬。所以今后不能将一部书全都照，只准照其中一部份〔分〕，这样我们要照，就受到阻碍。

不知您是否能给善本部丁瑜同志打个电话，再问问他情况？这星期日，您要来一下，我们研究一下，对图书馆不让照，采取什么办法。致

敬

路工　九月十九日（一九七八年）

8

德栋同志：

从乌鲁木齐来信已收到。

前些时给您买了一部满汉合璧《四书》，已交您孩子带去，价叁元。还有一部满汉文的《文鉴》，价式拾伍元，没有买，您要的话请来信。

中华已寄来复制的介绍信，我准备去办理。

明代散曲，已买到二十多种，本想给您开一目录，因事忙，等您回来看吧！我想每种最好买二份，一份作排版用，一份将来照对清样时要用。这样不怕买重复，因此希望您回来时到兰州、西安，无论如何要到古旧书店去访一访，凡是明代散曲，都可以要。

西安故〔古〕旧书店，我是熟悉的，他们有内部，要争取进去看一看，化〔花〕一二天时〔间〕翻阅他们书籍碑帖，是值得的，可以发现很少见的东西。要是有唐人写经，写得好的，请代购。唐人版刻和唐画都可以要。明板书罕见的，亦请留意，钱不够时，请他们留我留〔名〕下，记下书名，等您回京时研究。还有碑帖，有明拓本，或有名人题跋本，价在二十元以下的，都可以要。价贵的也请记下碑帖名，请他们暂留。作家的手稿、信札、墨迹，也请注意。他们书店，有一位姓高的，和我很熟，但忽然忘了名字，好像叫高翔，您见到他时，请代问好。

新疆气候当然比北京冷得多，您又要下乡去，特请注意身体，不要着凉、生病。等候您获得丰收、胜利而回！祝

工作胜利，保重身体！

路工　十月二十九日（一九七八年）

9

德栋同志：

您好！

想您一定已回来，不知为什么给您寄去第二封信后，不知您收到没有，不见回音。想您这次一定收获很大，希望能看到您带回来的东西。

我给您买来二部满文书，一、《清文汇编》，二、《清文虚字指南编》。《清文鉴》因书店清理内部，还没有买来。

您回到家时，请即通知我，或者我去您那里，或者您来，均可。全明散曲的复制、抄写问题，需要面谈。祝

新年取得新胜利！

路工　一月十二日（一九七九年？）

10

德栋同志：

信已收到。本想在济南停一下去找您，因上海人民出版社催得很急，所以直奔上海了。苏州发现一部《吴骚二集》，我准备全部照相。

您信中说五月份可到上海，我一定在上海等您。让中华开的介绍信，或如您所说，可以写得灵活些，这样能多翻一些书，是有好处的。

我在上海，等您一起去扬州、南京、浙江，这样您最好五月初到达上海，请四十天假。我于十日离京，上海先住在我弟弟家里。地址：上海杨浦区工农新村一〇〇号四十七室，来信可寄此地。向

您和夫人祝好！

路工　二月八日（一九七九年？）

11

德栋同志：

您好！

从济南来信，早已收到，因赶写给上海人民出版社一本书，未及回信，特至〔致〕歉意。想您已回京。请接信后，来我家，最好上午来，中午我请您到新侨饭店聚餐。子弟书已找到几本，还在找寻。

我决定三月八日去沪，准备把江苏、南京、苏州、扬州、杭州、宁波等图书馆所藏散曲，全部复制，因此要请您到周妙中同志处开介绍信[①]，介绍信格式请看另纸。这次要是全部照回，今年可编成第一册。怎样编法，还得共同商定，一切面谈。祝

好

路工　二月二十四日（一九七九年）

×××图书馆负责同志：

北京图书馆研究员路工同志，去您馆访阅、复制明人散曲，特请您馆协助。

此致

敬礼

开信单位：上海图书馆、浙江图书馆、杭州大学图书馆、天一阁、江苏图书馆、苏州图书馆、扬州图书馆。

---

① 周妙中（1923 ~ 1996.6.28.），北京人。先后在外国语学院、中国科学院哲学社会科学学部文学研究所从事教学、研究工作。1961 年后在中华书局任编辑。著有《清代戏曲史》等。

12

德栋同志：

信均收到，我以为您已回来，寄到民院一信，想您一定没有看到。

现在北京也要成立一个古典出版社，约我九日到颐和园开会。上海人民出版社也催我稿很急。因此接您信后，我想千万要考虑周到、严肃认真，否则一有疏忽，就会出问题。我不是不主张您给齐鲁书社稿件，但不要揽得太多，要一仗一仗打，出一本书，总得化〔花〕费不少心血，因此多了也会受不了，当然要尽力而为，但不能疏忽、草率。

山东有几个作家著作，我认为可以出，一、冯惟敏集（包括散曲、诗文），要搜得全些。二、孔尚任，《桃花扇》可找部康熙可〔刻〕板影印，同时也可以出全集。另外山东可印一部《山东汉画像集》，这印刷条印〔件〕是否有困难？要是没有困难时，应该印，外宾一定欢迎。鲁迅先生也很欣赏汉画像的。这我藏有旧拓本很多，可以借用。以上三种，要是您有兴趣，我们俩可以和山东同志合作编辑。当相〔然〕他们愿意自己编，不需我们参加更好。

我于本月十日要到上海去，江苏、上海、浙江等图书馆所藏散曲，凡是我们没有的，都准备照像或复制，带回来，因此您回京后，请即找周妙中同志，请他用中华书局名义，给上海、江苏、苏州、扬州、浙江、杭州大学图书馆[1]、宁波天一阁等地图书馆开一个介绍信，信的格式，开例如下。您办好后，等我到上海给您信中写明地址，按地址，将介绍信寄给我。

郭老给您信中，谈的学说观点，我认为可以介绍公布，但最好要慎重一点，能写成专文在《人民日报》上发报〔表〕，影响人一点，对促进“百花齐放，百家争鸣”有好处。不要零零碎碎介绍一些，起不了什么作用。祝

您和大嫂好！

（路工　1979 年 3 月）

---

① 家父在旁边加上“南京省文化局、苏州市文化局”。

×××图书馆馆长

北京图书馆研究员路工同志，去查阅明代散曲及有关资料，特请您馆指导帮助。

此致

敬礼

中华书局盖章

13

德栋同志：

今天中午我去上海了，又接您一信，匆匆回覆。

编《山东汉画像集》，可以编，因我收藏乾隆拓很多，但可能不全，所以要编时，还得到山东调查、查对。此事等我们见面时再谈。

蒲松龄的《聊斋》，最早写本，名叫《逸史》，刻《聊斋》时删改不少。此书“文化大革命”前，北京中国书店收进来的，现在不知流落何方。《木皮鼓词》，我有抄本。曾见清初抄本，但题作者是徐文长。此鼓词究竟是谁作品，我认为是需要研究。

在上海等您。祝

全家好

路工　三月十日（一九七九年）

14

德栋同志：

我已接到您两封信。总以为您已回京，所以把回信寄到北京去了。

上图藏的散曲，我准备全部复制，但现在还没有谈，因介绍信还没有。

您所需要的子弟书，我在家时已找出，但现在我在这里，家里人也不知在那〔哪〕里，所以等我回去才能给您。给山东编《山东汉画像集》，最好省里也有一两人，共同编。要是能确〔定〕下来，七月份我带着我所藏汉画像，要山东去共同编。

不知您的爱人已调京否？要设法快解决才好。五月份您要能来时，我在这里等您。祝

好

路工　四月六日（一九七九年？）

15

德栋同志：

今天接到您从北京寄来的信，知道您已回，并盼将介绍信办好寄来。我要到五月底才回去，因稿未写完，现在每天赶快，争取五月初交出版社，这样就到浙江去查书。

今天看吕天成稿品〔本〕《曲品》，发现他有一段谈明人散曲，是从《诚斋乐府》开始，因此可以考虑元末明初诸家，是否在我们编的集子里不收。此事需给中华谈妥。否则年限和人确定不了，不好办。

您最好于五月五日前到安徽，十号能到上海，这样可以一起去浙江，回来再去苏州、扬州、南京。要是六月不开文代会，我可能在江苏多住几日，到六月中旬再回京。祝

好

路工　四月十二日（一九七九年）

16

德栋同志：

信已收到。办事的确不易，例如我在北图，要照书都不让照，这样封锁，跟“四人帮”统治时有何不同？我也办了傻事，把散曲孤本都给图书馆了，现在有什么办法？要是您去北图再不照的话，将来只有请人到善本阅览室抄了。这样我们的书编成，成本特高。这次在苏州抄的，要四角一千字，而且还需自己去校对两天，落后的不科学办法，使此书成为“难产”了！但是我相信，我们共同努力，必定会成功，因为这是随着“四个现代化”必然到来文化高潮，而且我们这个工作，是符合文化发展要求的。

介绍信争取办成，因有此好办事。当然老兄也碰了壁，顺利如意的事，是不多的，只有多跑几趟，或给周妙中同志留一封信，请他速办。

请您打听一下，全国文代会什么时候开？因开会我得回去，所以能得到个确讯，我好安排时间。

您最好下月五日能到上海，我可以等到十日。南京可推迟时间，我们一起去。您到后，在上海住几天，先到浙江去。浙江图书馆有姚梅伯藏的一批戏曲，可能有罕见的散曲。上海图书馆所藏，准备复制，我已和顾廷龙同志谈好①。

我给上海人民出版社的一部稿子，大约月底可以完成，所以希望您五月初一定争取到上海。努力争取，按时到达，我等着您。

您到上海时，不知住那〔哪〕里？我住在弟弟家中，离市内很远，五十七路公共汽车到上海柴油机总厂下车，往工农新村走不远了。来时，最好给我发个电报，我在火车站出口处等您。祝

好

路工　四月二十日（一九七九年）

---

① 顾廷龙（1904.11.10. ~ 1998.8.21.），字起潜，号匋誃，又号隶古定居主人、小晚成堂主人，笔名路康，苏州人。上海图书馆馆长，著名版本目录学家。有《顾廷龙全集》行世。

17

德栋同志：

两封信，均收到。我又到苏州去了一趟，昨晚才回来，《吴骚二集》是没有抄完。买了些书，但没有散曲。

上海图书馆所藏散曲等您来了再复制，先要商量好，从那〔哪〕位散曲家开始？断代问题要解决。编明代散曲，工作量还是很大，所以现在要趁我没有具体工作任务时抓紧做。要是文代会后，组织上决定我做具体工作，就不好办了。

您从安徽讲罢，先到上海，我也准备去南京。我在上海要住到下月二十日，因浙江省我认识的熟人下乡去了。我还得到上海图书馆看书。您到上海日期要通知我，我要是能去接您，一定去。

民研会能办研究刊物当然是好事，但是恐怕办不好，现在《民间文学》出了几期，这里文艺界同志都说水平太低。办好刊物不容易。祝

好

路工　五月廿一日（一九七九年）

18

德栋同志：

国庆节好！

您一回去，不知又忙什么？《明代散曲目录》您写吗？您要是没有时间，我写一个寄给您，反正要赶快上马。现在是北图的善本散曲，是否照照卷，要照的话，请中华书局，或您校开个介绍信寄来。要是找人抄，比照照卷更麻烦。还有《红楼梦说唱集》，我准备请人抄，您把子弟书这部份〔分〕抄、标点好就成了。

我准备十五日前去上海，和上海文艺出版〔社〕商谈好一套丛书的出版

问题。请接信后，即回信。祝
全家好

路工　九月卅日（一九七九年？）

19

德栋同志：

信来得太迟了，我于十五日去苏州。

散曲，我已请人开始抄，但我们是否编元末明初人，究竟怎么划线，这问题没有解决，请您急写信问一下。我想明年只〔至〕少要编出一册，三十万字，因为时间拖得太久，不好。您说目录你来搞，结果落了空，只好等我回来再说，我大约旧历年年底回来。

《红楼梦说唱集》，您请人抄，很好！我有弹词开篇、木鱼书、子弟书、大鼓，还有福建、浙江、四川一带说唱本。您信中说，木鱼书、子弟书由您请人抄写，那我就请人抄其它作品。您从我处借去的《红楼梦》子弟书等书，请勿遗失。祝
好

路工　十月十二日（一九七九年？）

来信可寄：江苏苏州人民路古旧书店转。

20

德栋同志：

信已收到。我刚从浙江访书回来，在宁波天一阁抄了明嘉靖年刊本《旧谱南九宫词纪》中散曲。

您信中所提问题，我想：

一、《全明散曲》，明年无论如何要交第一册（约三十万）字稿。现在立即要搞清《全元散曲》收到元末明初那〔哪〕些人？否则抄了明初人作品，也会重复，白费。因此您要立即给中华写信，弄清楚，我们是否不收元末明初人作品？我想第一册，收到陈大声为止。陈大声可以作第一册压台主〔柱〕。

二、《红楼梦说唱集》，我已请人抄弹词开篇部份〔分〕。子弟书，可由您请人抄。木鱼书也由您请人抄好了。其它说唱作品，我请人抄。争取明年交稿。由上海文艺出版社出，或者由北京人民文学出版社印，我去联系，因"人文"已出阿英同志《红楼梦戏曲集》，所以他们抄〔朝〕我要我编这本书。当然要是"上文"要重印我过去编的《说唱集》时，需要将《红楼》也作为一册放在丛书内时，可由"上文"出。我准备一月初去上海时和他们联系。

我已和周良同志说，让他编的书，寄给您一本，不知寄了没有？

散曲集子，我买了不少，可惜饮虹簃卢氏所编的，底本太坏，都靠不住，不能用。不知您能买到《散曲丛刊》否？此书现在很难买到。祝

好

路工　十一月廿四日（一九七九年？）

21

德栋同志：

曾给您写了两封信，寄到民族语言研究〔所〕，不见您回信，后询问研究所同志，说您回山东去了。很奇怪，也不见您来信。

我自去年七月回京后，在清理曲艺方面史料，也找到旧存子弟书，等着您来拿，也不见您来。十月份我参加了第四次文代会，也不见您。会后，在给今年要创办的刊物写稿。

三月十日左右我要南下，很想到济南去看您，不知能设法住三天不能。我想：明代散曲需要住下来，一、从明初那〔哪〕个人开始？二、大量散曲孤本，

藏在北图，他们不同意复制，是否请人找〔抄〕写。三、争取今年编出第一册。

请您接信后，立即回信，因为这几天我正准备行装，山东要停的话，需要考虑。祝

全家春节好

路工　二月二十日（一九八〇年）

22

德栋同志：

好久不见，不知近况如何？

周妙中同志已经向我要交《全明散曲》，我看今年下半年一定要交第一册（三十万字）。我依据妙中同志散曲目录，加了些，编了《明代散曲目录》。我看第一册，陈铎为止，他以前的人都得编进去。目录中可以看出，大多数存北京图书〔馆〕，现在不让拍照，不让复制，只有派人去抄，或自己去抄。此是需要抄的人，不去抄就编不成。我已让一个助手去抄写了，希望您放暑假时，带两位助手，也到图书馆去抄，要是您不带两位助手来京，此事很难完成。

我现在住苏州评弹学校写东西，准备于六月十几号回京。您要是能在六月二十日左右来京，那就好办了。祝

身体好

路工　四月廿六日（一九八一年）

地址：江苏苏州葑门外苏州评弹学校。

附目录一份（略）。

23

德栋同志：

您好！

苏州匆匆一别，不知您打算如何？《红楼梦说唱集》已和人民文学出版社谈好，用我们俩人名义编。请您将您那部份〔分〕校好后寄给我，或您来时带来。

曾接中华来信，他们意思让南大编，我回信说和您联系。不知您的意思是否要坚持由我们编。我有点想退出了，因为此工作，要做好，的确需要天天坚持到北图善本阅览室抄校，否则会出错，或编得像饮虹室那样马虎。要是不是从第一手资料（刊本）去编，我是不愿意这样干的。

什么时候来京，好好谈一谈。祝

夏安

路工　八月八日（一九八一年）

24

德栋同志：

您好！

请接信后，考虑好，提出具体办法，解决编《全明散曲》问题，不能再拖下去了。我的意见如下：

一、我们编。这需要集中精力，而且您要到北京住几个月，翻阅、抄录、校勘北图和北大所藏明代散曲集。《金〔全〕元散曲》有作者介绍，有校勘，格式要一致。校勘是需要化〔花〕时间，校出各种不同本不同字句。

二、我们和南大合编，这要中华编辑部提出来，而且我们俩都要带上散曲集，到南大共同研究、分工。这样很快就能完成。

三、让南大编，我们不参加。

四、等金元明清散曲集都出完后，我们来编《金元明清散曲补编》，这也是个办法，而且可以省力。因为补编的都是孤本，不要作校勘。

请考虑好后，即回信。地址：江苏苏州双塔钟楼头$6\frac{1}{2}$号。祝

身体好

路工　十一月十二日（一九八一年）

25

德栋同志：

春节好！

文研所向我们提出，他们管不了，不挂了。现尚未接到正式的文字通知。

文宝与我考虑[①]，绝大多数会员都要为俗文学事业而奋斗的，我们要是宣布解散，是不符合大家要求的，同时，薛、陈可以乘机将会员拉过去，继续称王逞霸，所以我们与民研会刘锡诚同志谈了[②]，他同意我会挂到民研会，不知您是否同意？薛与陈分不开，俩人一起搞阴谋、搞“官倒”，违反政策。薛虽承认一点错误，但至今不承认十七次常务理事会，所以在转到民研会前，要发个告会员书，说明由于薛坚持错误，文研所管不了，我们重新组会，这时不要薛、陈就可以。

《中国俗文学》第一期选目：新作品，通俗小说，中篇《东海传奇》，另一篇已写成，没有交来。论文：施蛰存《说“俗文学”及其他》，关德栋《谈子弟书》，路工《冯梦龙的〈挂枝儿〉》《谈宝卷》，魏同贤《论冯梦

① 王文宝（1929.6.13. ~ 2014.3.10.），笔名幸辛，北京通县人。曾任中国民间文艺家协会研究所副所长、副研究员。中国俗文学学会发起者和筹建者之一。著有《中国民俗学发展史》《中国俗文学发展史》等。

② 刘锡诚（1935.2.21. ~ ），山东昌乐人。曾任中国民间文艺协会党组书记、副主席等职。著有《小说创作漫评》《原始艺术与民间文化》《民俗与艺术》等。

龙 ×××》，姜彬的《序文》，关德栋《海外俗文学活动》……新的作品、论文，及其它还在组织。

古代作品：一、明末清初短篇平话三篇，均未发表过。二、乾隆年刊本《绍兴竹枝词》一本，有关风俗、戏曲史料不少；三、子弟书请您选两篇，最好解放后没有印过；四、《丁采小令》，五、《白蛇传》弹词中选两回，六、版画：任渭长《剑侠传》（上海美术出版社影印本是翻板，此为原板）。以上约 20 万字。

不知可否。因古代作品，要选有文史价值又有艺术价值作品，所以要求要严些。您处要是有更重要的作品，可以在一、二期内选用。请回复。

路工　二月一日（一九八九年）

一六、钱南扬　2通

钱南扬（1899.12.17. ~ 1987.4.18.），名绍箕，字南扬，以字行，浙江平湖人。南京大学教授，中国古典戏曲研究专家。有《钱南扬文集》行世。

1

德栋学长：

接胡宛春函，知足下有事见教，不胜欢迎之至！惟迄今未接手书，或者因不知弟之住址之故。倘承惠书，请寄：南京中央路大钟新村39号。此请

著安！并贺

年禧

弟 钱南扬　十二月卅一（一九六一年）

2

德栋学长：

拙编汤集已购得，暑假足下或不在济南，故稍缓付邮。此书乃应酬之作，一无可取，幸有以教之。《戏文概论》约十六万言，下月可以脱稿。拙书容稍暇，当有以报命也。匆复，即请

著安

弟 南扬 上　八月廿八（一九六三年）

一七、任二北　7通

任二北（1897.6.6. ~ 1991.12.13.），原名讷，字中敏，笔名二北、半塘等，江苏扬州人。扬州师范学院中文系教授，词曲研究大家。著有《敦煌曲研究》《唐艺研究》《唐戏弄》《唐声诗》等，有《任中敏文集》行世。

1

德栋兄：

承赐两件，甚感！久久未复，恐劳伫念为罪。现在投稿，大要小心！一须存副本；二须有介绍人；三、随时收回正式收据，一手交据，一手交稿；四、最好勿投外地，限投本地，好躬亲去追，日日去追。弟近有一稿，三万字，无副本，有极可靠之介绍人。但其人在南京，稿已到沈阳，我却在北京，要打官司，也没法，可恼，可恼！余再详。遇殷兄[1]，乞代道念。祝愿心情舒畅，百事亨通。旧纸佳，容日写两条呈教，惟不敢说定何日。

弟 敏拜　七、六（一九七九）

---

① 殷兄即山东大学中文系殷孟伦教授。

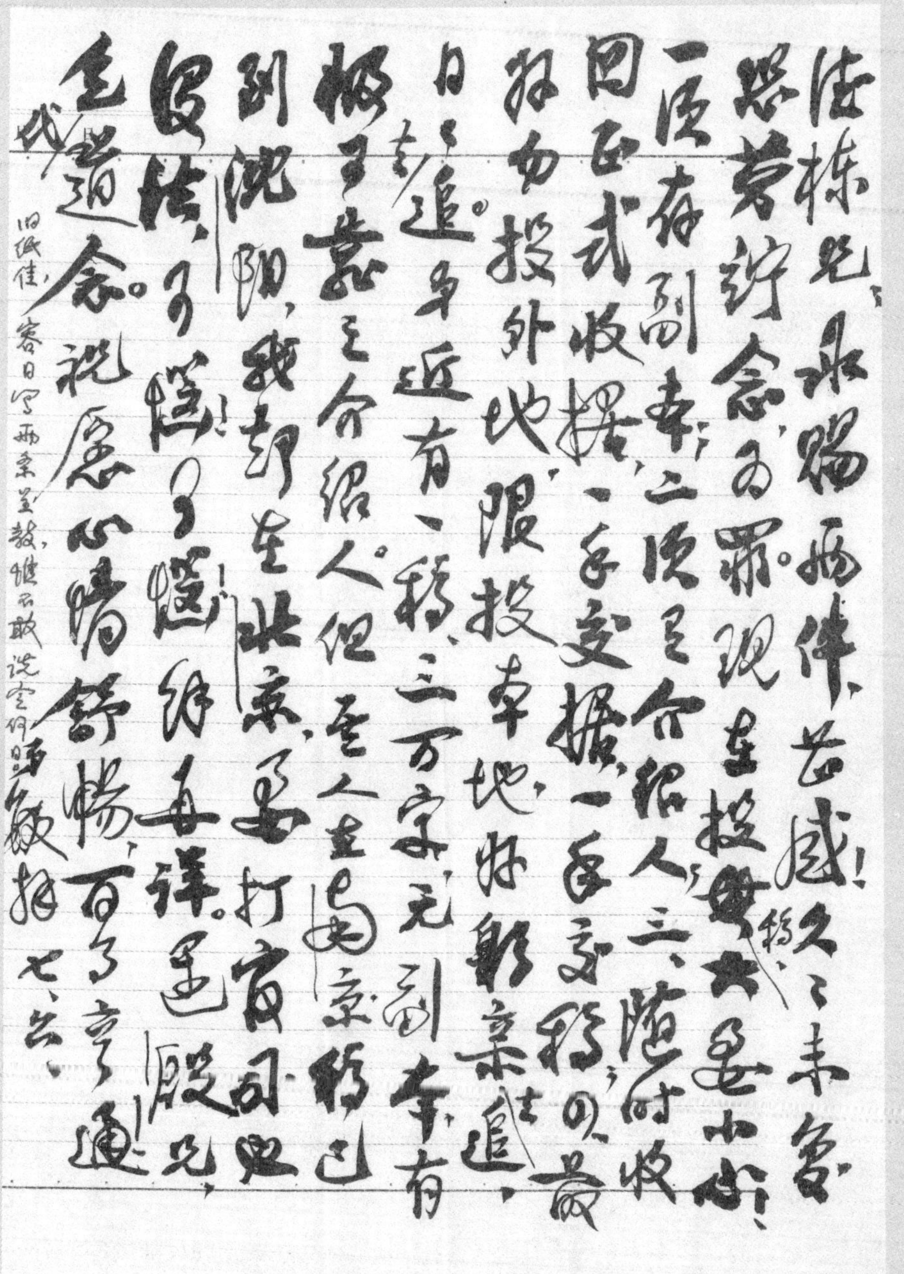

任二北1

2

德栋兄：

来书敬读。回扬，欲收回旧居四间屋栖身。鉴于函去一年多，向占屋者、管屋者交涉，都无效果，此番在京特预走苏省长的后门，取到批示，督市府办理。办了近一月久，四间仅一间有望可得，余仍在相持不下中。我又患严重的肠胃病，无力奔走和呼号。困守扬师院临时宿舍内，终日昏昏欲睡，一事不举，奈何！奈何！

叶德均搞戏曲小说考据，精力猛厉！在短短廿二年内，成绩确属可观，佩服之至！但享年四十六岁，太短了！真正可惜！而逝世情况不明，是否在“反右”运动中，遭到毁灭？乞兄详告究竟，望之！望之！

弟有意补《敦煌变文集》，对旧的两册，暂时不管。新获苏联劫《双恩记》，及俄人、台胞两方所考全新材料。拟分三篇文字表之：首《简介》须原文初校，半月内可寄兄求教。并附问题，务求协助解决，有报酬。余俟兄复函来再谈。

候安

敏上　十、九（一九八〇）

拙书八言篆联即寄上。

3

德栋同志：

兹介绍扬州师院代表〔某〕同志前来贵校洽定〔某〕同志调职事。特介绍与兄联系，凡能为力处，务求协助至成，减少阻力，让〔某〕同志早日成行为幸！〔某〕同志来，主要工作是担任我的助手，展开词曲研究室工作，故我作急，望〔某〕同志早来。我性命虽保了，疗养有进步，但贫血严重，走路上身不稳，年内仍完全病休。所搞变文《双恩记》本文，已在两期学报内载完奉上。后面还有一篇，评海外苏联、法国及〔中国〕台湾的学者研究，

因病不能及时交卷,甚憾！命写篆联,明年一定奉上。目前手仍抖战,不堪握笔。即候

著安

弟 中敏 上　十一、五（一九八〇）

山大中文系所办研究室详情如何？务求函告！

4

德栋兄：

《聊斋俚曲选》收到，谢谢！兄辑此书，篇幅虽不多，而气魄很大，重视文人如何接近民间，代表民间。惟鄙意对保存作者独创精神处，仍有不足，选得太严，顾虑一般读者不能接受。不妨多选一倍的分量出来。昨天我们约扬州市文化局付局长讨论“扬戏”“扬调”和日本人所说“扬州南音”问题，知扬州小调所唱曲牌，大多数和聊斋所用名称一样，本质怕也一样。小曲为何在地域上没有更多的异点呢？

弟身体糟极，九月廿二日出医院后，回寓两个多月。修养复修养，两个多月来，肌肉长了不少，脑力恢复不多。上半身重心依然摆不稳，在室内也屡屡摔倒，两次受伤。说明弟心上急进，而健康仍远远不适应，奈何！〔某〕君在山大是兄助手，不知真假。弟虽未知其人，却感到如我在此，得学生合力帮誊写，易实现；若求得其他帮助，颇不易易。弟在此，对用人全不参与大小意见，听之任之。弟为《词学》季刊复刊写稿写不成，固然是自己不行，也感到连誊稿也无人帮助，奈何！《文学遗产》上，弟有一文，题目被换，内容大致无改。被评为“火气太重”！不能否认。此颂

著祺

弟 敏 拜　十二、八（一九八〇）

5

德栋兄：

有几件事和兄谈谈。①〔……〕②〔……〕③我来此间，不荐一个人。既当主任，不能做成“自了汉”。若对室内他人的科研工作，丝毫推不动，我问心有愧，生平不惯如此。此间当局劝我“君子坦荡荡”，不必认真，我深以为耻。江苏四所地区师院，扬州师院成绩最坏，而当局抱定“君子坦荡荡”，满不在乎。我只好洁身自退，不同道，不相为谋。④五月初，我将入医院，割前列腺肿涨〔胀〕部分。下月打算写一付小联，裱好赠兄，以遂宿愿。开刀割治，生死莫卜。⑤我有一旧稿《优语集》，过期出版，甚愧，月内可寄赠兄一册请教。⑥七月我有一部《唐声诗》稿，交给古笈〔籍〕出版社了。它和《唐戏弄》是姊妹篇，若能在生前看到此稿印行，是一件快事。此候

春厘〔釐〕

敏 拜　二、一五（一九八一）

上述①②两点，请勿向〔某〕君露出，免生误会。敏。

6

德栋我兄足下：

弟因久病，留医院时多，致疏问候为罪？昨晤〔某〕兄，知兄厚谊，以苏联透露所劫我敦煌遗书种种名目见告，至感关顾。兹谨复如下：

（1）有关《双恩记》变文，原文及苏联文人研究报告的全部，早年在京，弟已探获，复制了全文，现已赠给扬州师范学院图书馆。其文空泛冗长，无法迻译全文。弟曾推进其译文事，终于不美满，得到不足凭信之几个残部而已。兄如要看，可凭〔某〕兄向此间图书馆转借。

（2）《双恩记》变文全貌，弟有存照片，现存成都友人处。兄如要看，弟可函嘱其人，将全文寄给兄看。

（3）有关苏联另藏《妙法莲华经变文》，弟连消息也是第一次闻知，极感兴趣！请兄寄给全部原文，一开眼界。收到后十天，全璧奉还。未知尊意如何？

（4）〔……〕

弟的科研工作，总名义是《唐义〔艺〕发微》，内容八种，半新稿，半旧稿。新四种叫《唐声诗》《唐大曲》《唐著词》《唐短歌》，旧四种为《唐戏弄》《教坊记笺订》《敦煌曲初探》《敦煌歌辞总编》，有出版社愿意承印，要三年功夫，才能印好全部。惟愿弟有余寿，等待三年也。

弟的身体原很好。最近两年，被前列腺肿涨〔胀〕部分拖累，大大不行。此部分祸根虽已割除，而后遗另一出尿管道，难于堵塞。最近方知用紧札法，即可解决，不是病症，大概快结束问题了。盼望《妙法莲花经变文》一过眼目，幸兄即有以惠我。敬候

著绥

病中草草，幸谅！

弟 敏 拜上　一、一四（一九八二）

7

德栋兄：

承赐长函，感佩之至！弟久病后初愈，体力尚亏，姑复此一页，以后再详。（一）兄等须负起整理《敦煌变文集》的整理、重编的责任！凡不是变文的，干脆删去；把确系变文的，新资料查齐，补入。《双恩记》是一篇重点。兄新获《妙法莲花经变文》，也是重点。赶快搞！勿拖拉时间。（二）命书之字[1]，已就，附上，乞察收。（三）〔……〕（四）弟年龄已到，还打算再活

---

① 指任二北题篆字联语“人言海水有时立；我信春光自此多”。

三年，印出《唐艺发微》八种东西，半旧作，半新作，已约妥出版处，不知赶得上否？此候

著祺

弟 中敏 上　三、一八（一九八二）

今年八十六了！

一八、沈燮元　14通

沈燮元（1924.7. ～ ），江苏无锡人。著名版本目录学家，曾任南京图书馆古籍部研究馆员。著有《屠绅年谱》等。

1

德栋先生：

承您在百忙之中，抽暇赐示，十分感谢。我原以为您上什么地方休息去了，（如北戴河，今年去的人特别多，其庸也在那儿①。）万万想不到，你竟在如此炎热天气中，为学术发展而奔走，实为钦佩。

贻白师的作品，我在过目时，即有“略少”之感，但大部分有关戏曲研究的文字，已被湖南人民出版社抽去（在编这本集子以前），故剩下来的不多。现我已去信上海，求助于景深先生，看他那里还有没有佚文。我把目录抄了去，请他核对，如没有补进去，我想以贻白师生前与赵老之友情，他一定能热心帮助的，只怕没有文章。关于齐鲁、曲艺二家都希望出版的问题，本来我想请先生考虑，后来仔细推敲了一下，齐鲁谈之在前，如另又答应曲艺，恐引起齐鲁误会。我看暂时还是先和齐鲁谈吧，何况齐鲁，您是熟人，又有书在那里出，容易“入港”，未审吾师意见，以为何如？现在我在等景深先生信，

---

① 指冯其庸（1924.2.3. ～ 2017.1.22.），名迟，字其庸，号宽堂，江苏无锡人。著名红学家。与沈燮元是无锡国学专修学校的同学。

如他那里有佚文，我再进一步设法去复印（抄费时间），看有多少篇幅，然后再和齐鲁洽商，你看好不好？

承先生关心我的近况，十分感谢。小说戏曲，向夙醉心，但自十年动乱后，一不见新材料，二缺乏新消息（包括日本），耳目十分闭塞，因此要叫我执笔，实在无法完成，加上工作关系，我已转向古籍目录版本。南京酷热，今夏一书未读，一字未写，加上中午、晚上，热得不能入睡，血压上升，近日持续服药，已有好转。拟在目录方面，稍有述作，将来如能成书，一定要请先生介绍帮忙。

目前出版社亦有矛盾，有的接收稿件太多（如中华、上海古籍），发稿困难，有的有力量，但出版甚少（如中国社会科〔学〕出版社等），有时反不如地方出版社，力量雄厚，手续简捷而快。不知你有此感觉否？匆此，敬请

撰安

学生 沈燮元 敬上 （19）81.9.18

2

德栋师：

前上一函，谅达左右。顷又得北京周华斌弟来信[①]，并附《〈曲海知新〉读后记》《双渐苏卿考》《红拂记与红拂三传》《中国戏曲声腔史的新页》四文，声势为之一壮，据云另有《中国小说的低潮》《南京方言考》二文，准备复制（静电复制）后寄来。我还准备把《曲海燃藜》三十三篇提要全部编入，如此则元杂剧、散曲、明传奇、清传奇、俗文学（包括子弟书、大鼓、八角鼓）小说各种类型都有。我想请你为这一本集子写一篇序文，介绍或评骘这些文字的价值，如能完全符合我的愿望的话，不仅这是一本有份量的作品，

① 周华斌（1944.2.～ ），生于江苏无锡，周贻白之子。中国传媒大学教授，北京市文史馆馆员。著有《中国戏剧史新论》等。

同时也可以慰周师于地下矣。撰序之事，谅我师不致见拒吧！另外我已去信给景深先生，请他再挖掘一下周师的佚文，我知道赵先生有很多剪报。但尚未接到回信。我上述意见，你如有机会见到齐鲁书社编辑，可顺便谈及，一俟文字齐集，我再重新编定目录，寄呈审定。如能正式出书，我执笔写一后记，以叙编辑经过，如此可好？专此，敬请

撰祺

学生 沈燮元 敬上　（19）81.9.28

3

德栋师：

来函敬悉。我并不盼您立刻回信，其理由，一、您太忙；二、您来信，一定要提到贻白师的稿子。是否如此，待考。

贻白师的稿子，除少量要复制外，其他已差不多了。《曲海燃藜》一书，已全部收入湖南人民出版社的《周贻白戏剧论文选》了，故所剩无几。然论学集所收，路子和它不同，故仍具独特风格，未审先生以为何如？您答应写“短序”，我不同意。我可将您需要写序文的材料先寄给您看，为了学术事术〔业〕，为了先师，为了学生（□我），您应该不厌其详的〔地〕写一篇长序才对。你为《山歌》《挂枝儿》写的序，不是明摆在那儿吗？！

前些时候，我做了一件从未做过的蠢事。我二次写信给景深先生，均没有回信，我昼思夜想，上下求索，不得其解，最后终于悟出了“真理”，原来在第二次给赵先生信里，附了一个著述目录的拟目，里面有一篇文字是批评赵先生的《小说论从〔丛〕》的，他看了可能不高兴，因此我请他帮忙，找周先生的佚文，他理也不理。是否如此，我想差不了多少，所以这篇文字是否要收，最后还要请先生研究商量。我的意见，我和赵先生关系一向很好，从无芥蒂，这一次，是我有生以来，在学术问题处理上第一次犯错误，没有过细的结果。套一句毛主席的话，粗枝大叶，往往容易搞错，一点也不为过。

现华炳〔斌〕弟到杭州讲学去了。等他回来后，我把最后的定本拟目抄给你，就算定稿了，不一定等明年。至于稿件由齐鲁书社编辑部派人到南京来取，还是由我寄给先生后，由您转交，均请您决定后告我。专此奉复，敬请

撰祺

学生 沈燮元 敬上 （19）81.11.9

4

德栋先生：

前个把星期，李玉山同志持先生函来找我[①]，我当时把周老师的稿子全部给他看了，他也抄了部分目录，看上去还满意。

我已和他初步商定，今年第二季度（即五、六月间）交稿，他委托我校对一下，我已答应。到此为止，他就到上海去了，李同志人很爽直，加上先生的介绍，谈了没有多久，就拍板了。

我把周先生的稿子约略估了一下，大约不到二十万字，印出来的话，就像鲁迅书简（致曹靖华）那么厚，（不知这本书，你看到过没有？）200 页左右（十一万字，是大字），可能薄了一点。我已去信华炳〔斌〕弟，请其设法再找一找，是否还有其他佚文，以便补充，但还没有回信来。另外这本书要设法取个书名（李玉山同志亦提起这事），是否请你也帮忙想了，您有何意见？请赐示。以便考虑进去。专此，顺颂

冬安

学生 沈燮元 上　1982.1.3

---

① 李玉山（1920 ~ ？），山东黄县人。曾任山东人民出版社、齐鲁书社编辑，编审。

5

德栋师：

今寄上贻白师《中国戏曲中的蒙古语》一文，排印以此为准，上次寄来的抽去，暂时放在你那里，不要给出版社了，免得混淆不清。周师的稿件您看后，是否可提前交给李玉山同志，免得他们藉口，推迟出版时间。我下星期一回苏州探亲（暂请不要回信），等我到苏后，再写信给你。我顺便打听一下苏州图书馆的许维钧（宣卷人）在那〔哪〕里[①]。专此，敬请

撰安

学生 沈燮元 上 1982.11.16

付排所以要用复制件者，因有校改。又及。

6

德栋师：

久未函候，时以为念。经过了一年业余时间的努力，终于把贻白师的遗著整理了出来，今挂号寄上，请您审阅，同时请您为此书撰一长序。书名暂定《周贻白小说戏曲论集》，不知适当否？如不适宜，另换一个书名也可。

我的编校原则是：一、把简笔字改成繁体字；二、尽可能和原文核对；三、改正个别抄错的字。我想最后写一篇后记，如写好，当先寄给您提意见。您看过后，请便中与李玉山同志联系一下，以便转交给他。他来信告诉我，此书已列入1983年出版计划。

我还是在搞全国善本书目，因子部比较繁杂，弄起来很吃力，空下来，看了闲书（如中华《学林漫钞》之类），自己的东西，要等一些时候再搞。专此，

---

① 许维钧（1908 ~ 1991），苏州同里的宣卷艺人。20世纪以来同里宣卷“许派”创始人，创立“宣扬社”。

敬请

撰安

学生 沈燮元 敬上 1982.11.18

附论文集目录一页。论文的编排，请你斟酌一下，是否合适？尤其是俗曲，我全属门外汉。（《南京方言考》放在何处？）又及。

周贻白小说戏曲论集目次

《武王伐纣平话》的历史根据

《武王伐纣平话》与《列国志传》

顺治出家与吴梅村《清凉山赞佛诗》

《聊斋志异》来源及其影响

《官场现形记》索隐

双渐苏卿考

释《庄家不识勾阑》

中国戏曲中之蒙古语

元剧辑逸与《世间配偶》

《词统》补笺

《红拂记》与《红拂三传》

《鼎峙春秋》与旧有传奇

南京方言考

昆曲声调之今昔

《曲海知新》读后记

中国戏曲剧目初探

中国剧场的起源和沿革（这二篇放在戏曲《双渐苏卿考》前也可以。）

八角鼓与单弦

说单弦

大鼓书与子弟书

蒲松龄的《聊斋俚曲》

韩小窗与罗松窗

论《莲花落》——关于《绣襦记》中的莲花落

共23篇

7

德栋师：

我已于本月二十日，由南京返苏州度探亲假，如不用，即自动放弃，因此，工作再忙，我亦只得暂时回苏。前在苏州图书馆工作之许维钧同志（即专业宣卷之老人）现因限于规定，已离开图书馆，回吴江家乡。但前几天，我到图书馆去打听了一下，据说他人在苏州城外朱家庄一所学校的训练班帮忙（看门），领退休工资还要到图书馆，你将来要找他，可能不难。

贻白先生文集的序文，未悉已草就否？念念。文稿如不用部分，可否先交李玉山同志，要用的留在你那儿。（因济南一地好办。）这样，他们可以边审边印。如何之处，尚祈吾师卓裁定夺。专此，敬请

撰安

学生 沈燮元 敬上　1982.12.29

我准备1983年1月12日回去。你如有信，请即寄：苏州市甫桥西街张家弄14号。盼复。

8

德栋师：

春节好！我又从苏州回到南京，贻白师文集序，不知已做好没有？我已去信给李玉山同志，请他早为安排付印事。你近来忙什么？甚念。我还是编《中国古笈〔籍〕善本总目》子部工作。余后谈。专此，敬请

撰安

学生 沈燮元 上 1983.2.19

9

德栋师：

惠书敬悉。关于去苏看宝卷事，我返苏探亲时，已打听落实，“文革”前，苏州戏曲研究室有大批宝卷，一度不知去向，现经打听到，都在苏州市图书馆，没有整理。如你去时，我可致书苏州馆长，请其帮忙。

上次扬师车锡伦同志来宁看书[①]，曾告诉我，说你带了一位外籍研究生，我侧面了解了一下，苏州不接待外籍读者，为免得走弯路，特为奉告。（你个人去问题不大。）

贻白师文集序，如已草就，是否请寄我看一下。另稿件可交李玉山同志或周晶同志。稿酬问题，在南京时，我曾向李同志面陈鄙见，由齐鲁出面分送，较为合适，如吾师序文稿费，即由编辑部致送，另周先生哲嗣处或我之编辑费，都由出版社出面办理，未悉如此办妥当否？又出版方面，如有阻力，当祈吾师代为疏通，俾能早日出版，了一心愿也。是否有当，尚祈吾师卓裁函示。专此，敬请

撰安

学生 沈燮元 上 1983.3.4

① 车锡伦（1937.1. ~ ），山东泰安人。扬州大学中国文化研究所特聘研究员。著有《中国宝卷研究》《中国宝卷总目》《俗文学丛考》等。

10

关师母：

我是关先生的一个老学生（今年五十九岁），二年前，承其介绍，与山东齐鲁书社李玉山同志相识，其后由我编了一部《周贻白小说戏曲论集》，并请关先生作序，于去年将稿件寄给关先生看后，以便撰写序文。大约关先生工作很忙，开始时有书信来往，去甘肃参加敦煌学会议后，还有信来，后即中断。近接齐鲁书社周晶来信告诉我，说关先生已去美国讲学，序文并未写好，我编好的稿子亦存关先生处，他们想在83年度付印，但接不上头。因此我只得来信，请您了解这件事的过程，我同时已写信给周晶同志，请他来你处，将《周贻白小说戏曲论集》稿件领去付排，序文可以后补（因排印亦非一蹴而就）。如关先生从美国写信回来，请你顺便催促一下，说我有信来，希望他早日把序写好后寄回国内，寄给周晶或我都可以。一切拜托。专此，

敬请

冬安

学生 沈燮元 上　1983.12.6

通信地址：

沈燮元 上海市南京西路325号上海图书馆206室

周　晶 济南市齐鲁书社编辑部

11

关师母：

《周贻白小说戏曲论集》的稿子已全部交给了齐鲁书社，据该社小于来信，他们准备在今年二月付排，但关先生的序文还没有寄来，他们很着急。如你去信关先生处，请您催一下，写好后先寄给我，我看后，再转寄齐鲁。关先生去美后，虽有一信给我，我也有信去，但还没有接到第二封信。专此，

敬请

冬安

学生 沈燮元 上 1984.1.16

关先生所在学校名称是否“宾夕凡尼亚大学”？

12

德栋师：

来信收到，首先得谢谢您的序文，虽还未见到清样，但我想距发排的日子也不致太远吧！于此对贻白师的著作来说，总算完成了我的一件心愿，如果周先生在天有灵，一定会高兴，您说是吧！

我有一件小事想拜托你，我想编一本八旗人的著作目录，以前见过恩华的《八旗艺文编目》[①]，（我自己也有。）但著录的书太少，知见的多，注出版本的也少。当然，这也不能全怪著者，因为以前要看书是不容易的，不比现在。后见日本太田辰夫《八旗人名索引》[②]，逾感有重编目录的必要，加之我近年参加总目工作，到各地图书馆去看书，比较方便。但出版界，我就没有你熟，未悉弄好后，有没有可靠的地方可出？民族出版社，你有熟人否？其他地方也可以。书的内容，主要是八旗人著作，一书名，二卷数，三作者，四版本，前附小传，检索起来比较方便。你对这书的看法如何？主要是一本工具书。希望你来信提提看法，并说一下有无办法介绍出版。专此，敬请

撰安

学生 沈燮元 上 （一九）八五.五.九

---

① 恩华（1876？~？），汉姓杨，字咏春，镶红旗镇江驻防蒙古旗人，光绪二十九年（1903）进士，民国间曾任众议院议员等职。纂辑有《八旗艺文编目》。

② 太田辰夫（1916.6. ~ 1999.1.30.），日本著名汉学家。日本神户外国语大学教授。著有《中国语历史文法》《汉语史通考》《西游记研究》等。

13

德栋师：

来信收到，谢谢您对我的关心。年来把精力全部奉献给了总目的编辑工作，但心里总感有些缺憾。

我身体可以，但年龄已超过六十，要做些工作，现在是最好的时候了。但书要印出来，实非易事。这一点，你的体会比我深得多。

《八旗艺文志》（暂名）是我多年来想做的工作，希望您能大力协助我。我们都是受过新制学校教育的训练，编出来的东西，肯定要超过前人。我想拟一个编例寄给您，请你提提意见，然后动手，弄成后，我想总能设法出版的。不知您的意见如何？敬请

撰安

学生 沈燮元 上 （19）85.5.22

14

德栋师：

来信收到，很高兴。我同意您的想法，《俗文学丛刊》的确是一个缺门，如编得好，能为国际间学人所利用。这一着如能成功，它的作用和影响就不能低估了，不知您的意见如何？

我不知道您如何编法，是理论性的呢？还是作品汇编？请把较详细的想法告诉我，同时附一简目，我就能知道。但作者的阵容、作品的质量很重要，这一点我想您会考虑到的。

太田辰夫的书《八旗艺文索引》，您能借我用一下吗？南图有一部，属工具书，在办公室，不便借出，因此想请您借给我。（挂号，否则易丢失。）现在我想到，编的东西，只要质量好，不愁没有地方出，写，就不那么容易。

这是我的看法，因为我对出版界，人头没有您熟悉，这方面，还请您多支持帮忙。

专此，顺颂

撰安

学生 沈燮元 上　（19）85.6.3

一九、汪景寿 5通

汪景寿（1933.9.4. ~ 2006.2.27.），河北河间人。北京大学教授。主要著述有《曲艺概论》（与侯宝林等合作）、《台湾小说作家论》等。

1

关先生：

您好！

您惠赐的大作于日前收到，非常感谢！《曲艺论丛〔集〕》过去就拜读过多次，从中获得极宝贵的启示和教益，可以说是启蒙之作。这次得到您亲赐的新版，一定要认真学习。最近因为上课，未能参加第三次全国曲代会，又失去一次向前辈和朋友学习的好机会。我跟您的助手李万鹏是好朋友[①]，请代致意。致

敬礼

北大中文系 汪景寿　4月22日（1985年）

---

① 李万鹏（1936.2.10. ~ 2016.3.5.），山东黄县人。山东大学教授，曾兼任山东省民俗学会会长等。著作有《民间文学概论》《山东民俗》等。

2

关德栋先生：

您好！

今有一事奉商。我校今年接待了苏联列宁格勒大学副教授斯别施涅夫（中国名字司格林）①，现已到京。他专门研究中国曲艺，对您仰慕已久，希望能有机会当面向您请教。根据他的计划，以明年一月或二月为宜，不知对您方便否？如果可行，请来信示知，以便办理正式外事手续。届时由我陪同前往。向万鹏问好！盼回音。致

敬礼

北大中文系 汪景寿　8.31（1985）

3

关先生：

您好！

大函收悉，十分高兴，并将您的欢迎之意转达司格林教授，他表示非常感谢！如无意外，拟于明年1月初前往济南，专程拜访。过“十一”就办正式的外事手续。万一日程有变，将及时奉告。

司格林过去是研究语音学的，有些著作和论文，并翻译过元曲（《窦娥冤》等）、大鼓段子、老舍的小说（《小坡的生日》《鼓书艺人》）等，近年来，从事曲艺研究，主要项目有：一、写了一本《中国曲艺》，已排印，明春见书；二、正在翻译陈汝衡先生的《说书史话》。他正阅读您编的《子弟书丛钞》。

来信所说“中国俗文学”研究集刊事，您太客气了，实不敢当。但有所示，

① 司格林（1931～2011.6.15.），列宁格勒国立大学教授，俄罗斯著名汉学家，生于北京。主要著作有《中国俗文学（中国曲艺）》《中国人：民族心理特征》等。

自当尽力。致
敬礼

汪景寿　9.11（1985）

4

关先生：

您好！

大函收悉。遵嘱，已与法国留学生索飞女士见了面[①]，印象颇好。但她研究的项目是我所不熟悉的，实在遗憾。我系将为索飞女士安排一位指导教师，予以帮助。

上次信里提到的苏联列宁格勒大学副教授司格林访问山东大学一事，我校已着手办理正式外事手续，国家教育委员会外事局已批准，正与山东联系之中，估计问题不大。我将陪同前往，1月6日到济南，届时登门拜望求教。向万鹏同志问好。致
敬礼

汪景寿　11.9（1985）

5

关先生：

您好！

前去一信，谅已收到。我们去山东的计划，教育委员会已批准，正在转

① 法国留学生索飞1982年至1986年在山东大学学习，撰写中国讲唱文学方面内容的博士论文。

发山东、上海。司格林最感兴趣的是子弟书和山东快书，主要访问对象是您和万鹏以及杨立德等[①]。为使访问顺利进行，已将一些初步想法函告万鹏，请其帮忙具体安排，并恳请您加以关照为盼。

拟住山东大学留学生宿舍，此事我校将与山大外事部门联系。但业务活动方面，只好麻烦您和万鹏了。专此，致

敬礼

汪景寿　11.20（1985）

① 杨立德（1923～1994.11.），山东利津人。著名山东快书表演艺术家，国家一级演员。著述有《如何表演山东快书》（合著）等。

二〇、王辅世 3通

王辅世（1919.4.21.～2001.11.3.），河北滦南人。曾任职于中国科学院语言研究所、中国社会科学院民族研究所，研究员。主要著作有《苗语古音构拟》《宣化方言地图》《王辅世语言研究文集》等。

1

德栋学长：

5月25日下午5时我到六号楼去送君登车，门房的同志说你四点半左右即赴车站，只得悻悻而返。今接手书，敬悉安抵济南，不日南下。敬祝此行工作顺利，身体健康。办完公私事务，早日耑返历下，夏天的南京、上海不是好耍的地方。

前曾托代问古籍出版社有否出版郑张尚芳古音字表的计划[①]，现听周达夫先生说他已介绍给中华书局[②]，代问之事作罢。

与兄之信同时到所的有古籍出版社致兄一信，现贴签转寄山大宿舍，望查收。余容再陈，敬颂

时安

弟 王辅世 敬上 1979.5.30

① 郑张尚芳（1933.8.9.～2018.5.19.），原名郑祥芳，浙江温州人。中国社会科学院语言研究所副研究员。主要著作有《上古音系》《郑张尚芳语言学论文集》等。

② 周达夫（1896～1979），又名谋海，湖北汉川人。长期在国家教育部、高等教育部工作。

2

德栋学长：

接奉由安徽大学寄来长信，非常高兴，但老兄在百忙中抽出时间来给我写信，未免使我有些过意不去。当然老兄的行止和南方的情况我是很想知道的。

自兄走后，我可忙得不可开交，论文要六月底以前交稿，而时至6月28日矣，尚未搞完。文章是写好了，就是抄写尚须十天左右。我的论文本想写一篇短文（关于苗语数词的），但见到别的国家的题目，觉得此次会议不可等闲视之，不拿出点惊人的东西，就要给中国丢面子，于是狠了一下心把予〔预〕备在《苗语志》中占一章的方言声韵母比较赶出来了，文章则不太长，只有13000字左右，而比较表约占80000字左右，总计得有9—10万字，文章只是对表的说明，没有表，文章就不成个东西，而表又是一页都不能省的，所以这篇论文的篇幅无法精简。老兄也许对苗语研究的行情有所了解，世界上研究苗语的人不多，有成就的更少，到目前为止只把古苗语的调类研究得差不多了，对声类只是张琨在1976年构拟了一套声母①，非但不全而且有错，至于韵类尚无人敢于问津。我这篇论文找出121个声类（相当于帮、滂、並、明等），34个韵类（相当于歌、麻、止、蟹等）。声类可能不全，韵类所丢无几，我共比了580多个字，仅为声类的5倍多，所以可能不全，为韵类的四十多倍，所以不会有很重要的韵类漏掉。您也许奇怪为何声类那么多，而韵类这么少。声类可称之为古苗瑶语的声类，因为瑶语声母比苗语简单，和瑶语比较以后，也难望增加更多的声母。韵母则正相反，我所比的韵类是丢失了 p、t、k、m尾以后的韵类，最多相当《中元〔原〕音韵》的韵类，所以比较少。如和瑶语比较，求古苗瑶语的韵类，恐要增加一倍甚至更多。

---

① 张琨（1917.12.17. ~ ？），字次瑶，河南开封人，美国籍。任西雅图华盛顿大学、加州大学伯克利分校教授。所著《苗瑶语声调问题》奠定了苗瑶语声调比较研究的基础。

傅懋勣先生在昆明尚未返[1]，可能也是赶写论文。据说王（了一）、朱（德熙）、马（学良）等先生的文章都早已写好或已印好[2]，我和傅落后了，稿尚未脱手，更谈不上付印。车到山前必有路，我是看得开的。

您在沪、宁的情况，盼回济南后续报以慰远念。嫂夫人是否取消南方之行，亦请见告。应琳仍蛮干，说她，她也不听，由她去吧！

因工作太忙，潘兄处尚未得暇前往，过十数日稿杀青，即访潘，当代为问候，不劳挂念也。已向吴泽霖先生代兄问好[3]，吴近日精神甚佳，又甚健谈，不类八旬开外之人也。纸短，话长，再写一张，又没有时间，暂止于此。敬祝

旅安，不一一。

弟 王辅世　1979.6.28

3

德栋兄：

好久未通信了，不知近况如何，时常挂念。弟一切均好，不用惦念。

我在兰州时结识西北师院毕业生、兰州女中教师王学奇同志[4]，当时

---

① 傅懋勣（1911.5.16. ~ 1988.9.13.），山东聊城人。中国社会科学院语言研究所研究员。主要著作有《现代汉语动词形容词介词为一类说》《傅懋勣民族语文论集》等。

② 王了一即王力（1900.8.10. ~ 1986.5.3.），字了一，广西博白人。北京大学教授，著名语言学家。有《王力全集》行世。朱德熙（1920.10.24. ~ 1992.7.19.），江苏苏州人。北京大学教授，中国社会科学院语言研究所学术委员会委员，著名语言学家。有《朱德熙文集》行世。马学良（1913.6.22. ~ 1999.4.4.），字蜀原，山东荣成人。中央民族大学教授。主要著作有《撒尼彝语研究》《苗语方言调查报告》《马学良民族研究文集》等。

③ 吴泽霖（1898.10.28. ~ 1990.8.2.），江苏常熟人。中南民族学院教授。主要著作有《社会学大纲下社会约制》《现代种族》《中国社会病态的症结》《吴泽霖民族研究问集》等。

④ 王学奇（1920.6.3. ~ ），北京密云人。河北师范学院教授。著有《元曲释词》等。

（1946—1947）我在兰州中学教书，同事中西北师院毕业生有三四位，王去拜访他的同学，我有时在同事屋里闲谈，得与王相识。五十年代我在语言所工作，王到语言所找过我，后来就失去联系。前几年王又和我相联系上了，他现在河北师范学院任教，负责元曲研究工作，已出版《元曲释词》前两册。最近王来京找我（他家住天津，学院在石家庄，由津赴石，道经北京，顺便来访），谈起元曲研究问题，他说他们学院需要一位研究元曲的教师，问我有无相识的人搞元曲研究而又肯到石家庄任教，我说我不认识，但想到老兄的山东大学可能有元曲专业的毕业生，我答应他给你写信问问。如有这方面的人选，可以来信告诉我，我再通知王，办理调干或争取毕业生分配到他们学院的手续。

辅忠兄时常有信来，他退休在家，以养花看书消遣，特身居异国，时有思乡之苦。回国探亲需向子女要路费（他和家嫂靠社会福利金维持生活，无余钱），他又不肯使子女节衣缩食为他们夫妻出探亲路费，所以烦恼。

我已被批准 1986 年 1 月底（27—29 日）赴美参加圣巴巴腊加州大学召开的中国少数民族语言、文化、历史国际学术讨论会。圣巴巴腊距家兄住处（Temple City）仅 100 余英里，坐高速公路汽车二小时可达。我已决定在会后与家兄聚会两星期，然后赴伯克利加州大学讲点苗语研究心得，3 月 1 日回国。我与家兄系 1946 年在西安分别的，算来将近四十年未见了。

不知近来你对满语研究有何新的心得，词典何日可以问世？胡增益等人的满语词典进度如何我未问过[①]。

我近日正准备搬家，弄得非常忙乱，仍是周转房，社科院未能解决我的住房问题，而我住的民院的房子要拆，所以又要搬家，搬到南 1 排 6 号。应琳又出差在江西、湖北，所以我可累坏了。祝

好

弟 王辅世　1985.11.11

① 胡增益（1934.2. ~ ），笔名雪梨、雪犁，天津人。中国科学院研究员。主要著作有《鄂伦春语简志》《新满汉大词典》《鄂伦春语研究》等。

二一、王钟翰　1通

王钟翰（1913.6.1.～2007.12.12.），字以行，湖南东安人。中央民族大学终身教授。著有《清史杂考》《清史新考》《王钟翰清史论集》等。

德栋同志：

您好！

上月惠书先颁，只因琐事，未克立即奉复，尚祈见谅。

您对满族语言历史研究有素，造诣必深，将来成就何可限量！我虽早年有志探讨清故，但由于资性驽钝，迄无建树，而今年逾花甲，记忆渐减，不敢奢望再多有深造。惟在沈阳三年期间，暇日抄得崇谟阁满文老档（全书系用拉丁抄写而成），每思译成汉文，时停时翻，望洋兴叹！加以此非当务之急，近来又全部停顿下来。从元白、仲荦兄获悉[1]，您已译成一半，欣喜无似，则我大可住手，专候您的新著了。

听说您已替《异域录》作注，正在付排，不日当可出版，我当先睹为快。如下次来京，能事先见告，我自亲身造访请教不误。专此奉复，顺颂

著安

钟翰　（19）75.5.10

---

① 元白即启功（1912.7.26.～2005.6.30.），字元白，也作元伯，号苑北居士。北京师范大学教授，著名书法家。王仲荦（1913.10.12.～1986.6.4.），浙江余姚人。山东大学教授，著名史学家。主要著作有《魏晋南北朝史》《隋唐五代史》《峼华山馆丛稿》《峼华山馆丛稿续编》等。

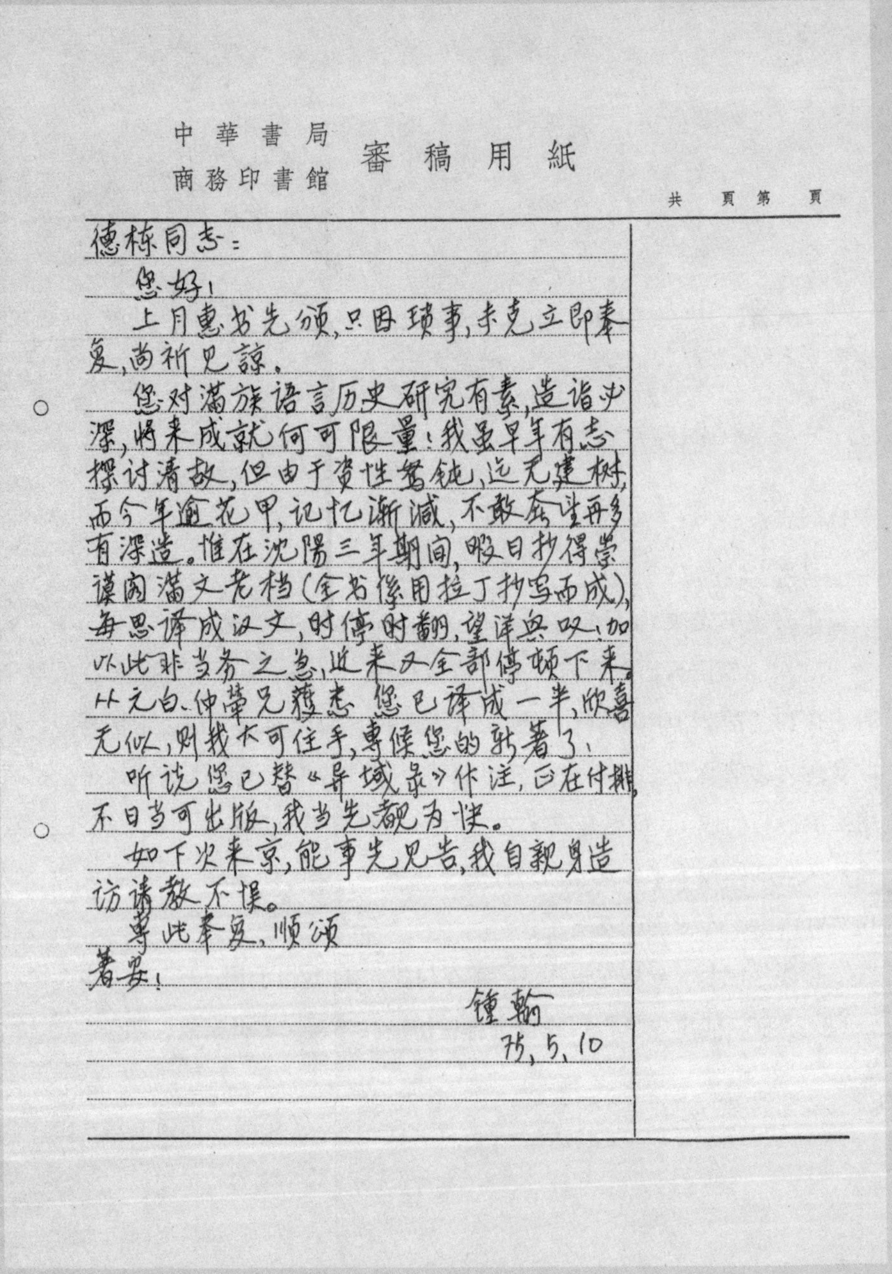
中華書局
商務印書館 審稿用紙

共 頁第 頁

德栋同志：

您好！

上月惠书先颁，只因琐事，未克立即奉复，尚祈见谅。

您对满族语言历史研究有素，造诣必深，将来成就何可限量！我虽早年有志探讨清故，但由于资性驽钝，迄无建树，而今年逾花甲，记忆渐减，不敢奢望再多有深造。惟在沈阳三年期间，暇日抄得崇谟阁满文老档（全书係用拉丁抄写而成），每思译成汉文，时停时翻，望洋兴叹；加以此非当务之急，近来又全部停顿下来。从元白、仲华兄获悉 您已译成一半，欣喜无似，则我大可住手，专候您的新著了。

听说您已替《异域录》作注，已在付排，不日当可出版，我当先睹为快。

如下次来京，能事先见告，我自親身造访请教不误。

专此奉复，顺颂

著安！

钟翰

75，5，10

王钟翰

二二、王重民　2通

王重民（1903.1.3. ~ 1975.4.16.），曾化名王鉴，字有三，号冷庐，河北高阳人。著名目录学家、敦煌学家、史学家。编著《中国目录学史论丛》《敦煌古籍叙录》《中国善本书提要》等。

1

德栋先生：

接十七日手教，知有临沂之行，想在思想上收获很大。北大已经在校内展开社会主义教育运动，参观之事要推迟了。

知兄极愿担任苏藏敦煌目录，此种翻译工作非由专家不可，在只懂俄文的是搞不好的，老兄一定能使这件工作非常成功！

苏目第一册插图有刻本《佛名经》，是南宋刻本，非敦煌所出。曾询张全新先生[①]，始知苏藏除敦煌写本外，还包括少数吐鲁番、于阗等地出土的东西。想书目内没有说明，在翻译时，我们遇到非敦煌的东西时，能注明，更好。

日本所藏，在他们近出的《佛教文化》上，得一较详目录。他们正在研究，正在发表，将来汇编成一个较详细的目录，是可以的。

旧索引的增补，日本只能重编伦敦部份〔分〕；这一部份〔分〕，刘铭

① 张全新（1913 ~ 1984），又名张铁弦，吉林市人。人民文学出版社编译所编译，致力于俄国诗歌的研究和翻译工作。译有俄国莱蒙托夫《童僧》、列斯科夫的《左撇子》等。

恕先生想续有所得（他另外有笔记两册，颇多考证，将来可多摘入一些）[①]，不难作进一步补充。巴黎部分，弟材料不少，但编出者未免简易，将来可多增补一些。任二北先生指出的两点，极好。已据以补正。

另外，最大的两部份〔分〕，一是北京图书馆的新藏，一是敦煌研究所的新得，共在2000卷上下[②]。北京图书馆已将旧卷点查完备，想在一二年内，亦能对新卷编出一目。惟敦煌所尚未外传耳。

将来出版问题想不很大，但在最近一二年内恐提不出来。愚意现在姑且不管出版问题，我们先找一些同志，把该翻译的，该研究的，和该补充的都做好，吾兄以为如何？专此，即颂

年釐

弟 王重民 顿首　12.25（1963）

2

德栋兄：

我们都是一样的忙。半年以来，我们参加炼钢的时间较少，可是下乡的时候较多。您们又加上搬家，那就更忙了。

大著《曲艺论集》即将出版，获悉极慰！又蒙允许接到样本后，惠寄一部，谨先致谢枕。另件寄上拙作三种，敬希指教。顺贺

年釐

刘修业

王重民 同拜　12.28（1958）

---

① 刘铭恕（1911 ~ 2000.8.12.），河南淮滨（原属息县）人。郑州大学教授。著有《敦煌遗书丛识》《敦煌遗书杂记四篇》等。

② 原信“共”后衍一“约”字。

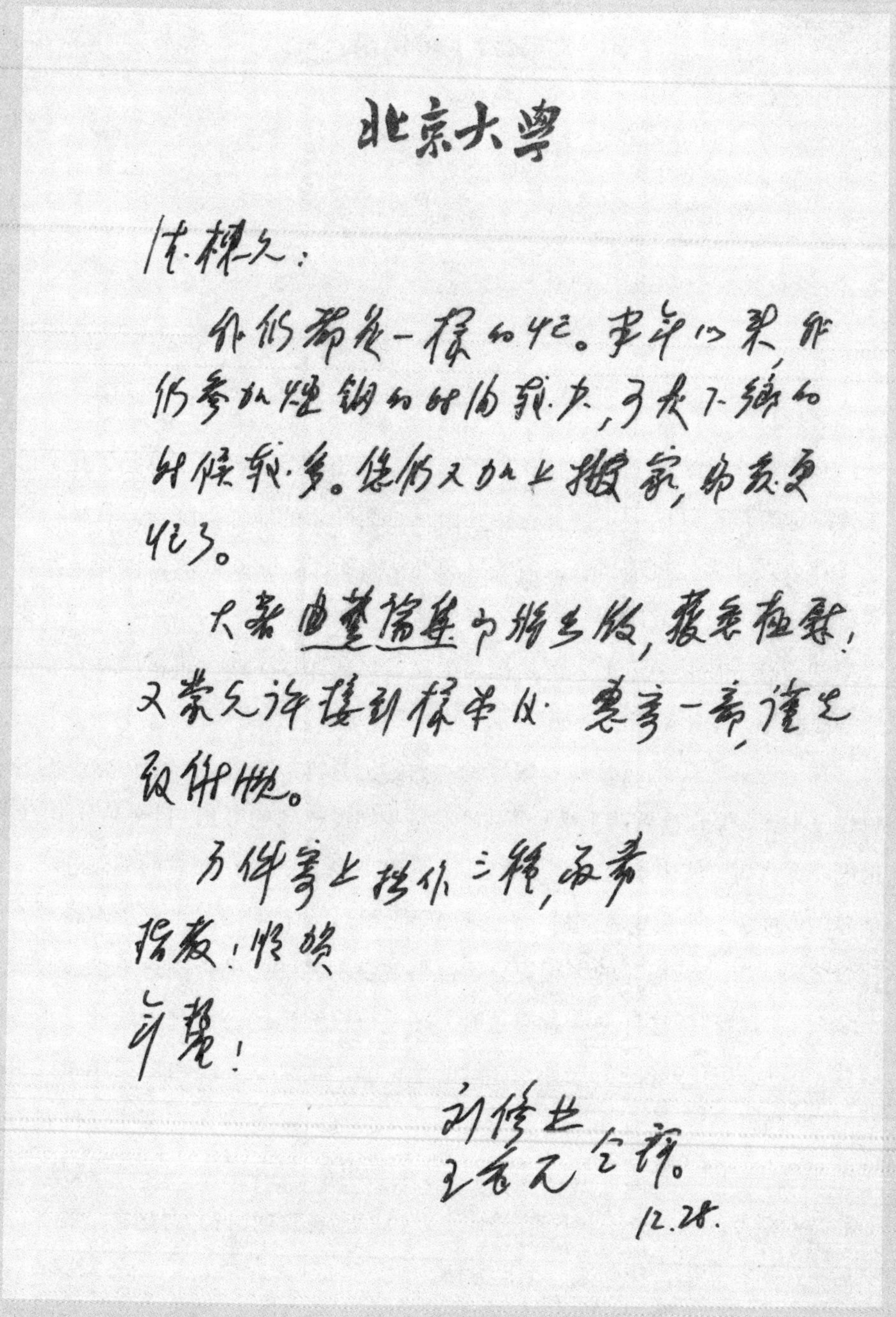

北京大學

德栋兄：

你们都是一样的忙。半年以来，我们参加炼钢的时间较大，可是下乡的时候较多。您们又加上搬家，那就更忙了。

大著曲艺论集的将出版，获悉极慰！又蒙兄许接到样本后惠寄一部，谨先致谢。

另件寄上拙作三种，敬希指教！此致

敬礼！

刘修业
王重民 全拜。
12.28.

王重民2

附　家父致王重民函　2通

1

有三道兄：

您好！

很伤神，梁希彦工作的部份〔分〕[1]，已离开张家口转移了。问了几个过去曾跟他有过联系的同志，都说转到南京，而确切的地址不晓得。看来，这里没什么人知道他目前所在，需要另想办法打听了。正在此时，读到《苏联科学院亚洲人民研究所列宁格勒分所所藏敦煌遗书目录》的第一卷，却解决了一些问题。在某一点上，倒是比起梁兄追忆还详尽了些，可惜第二卷、第三卷还没印，今年第二卷可能读到，而第三卷却要迟到明年去了。

第一卷有七七四页，残卷编号到一七〇七号，假若其余部份〔分〕的分量也差不多，那么竟到四千来号了，确实是我们没想到的事儿。目录是分类的。他们在编目时，使用了 L. Giles 的目录，所以大体上该是仿照它的编制的吧。从总的方面看，所藏绝大部份〔分〕是断片，除了与佛教有关的经著有长卷，比较完整之外，其他有的多很短。四部书数量不多的，种类倒是不少，假若其余两卷的编制按这样办，总起来看，还是可以注意的。有题记的卷子多在唐代，但是也有较晚的，比如 903 号的题记是“［夏］天庆丙辰三年十二月廿五日写勘”了，已到南宋宁宗庆元二年（公元一一九六），似乎是已知卷子中年代最晚的一个吧？书后还选印了十七种书影，有《论语》《老子》《庄子》一些杂卷断片。像《老子》只存三十行，《庄子》只存廿行，自然是全貌了。书后也还附有索引，使起来，倒也方便。

在它的编制过程中，没提到《敦煌遗书总目索引》，肯定他们是没看到

---

① 梁希彦，山东大学外语系主任、教授。

这书的。假若在著录时使用了《总目索引》，那就对我们更方便了。这缺点也许二、三卷会弥补的。

书，我想您此时也看到了，一定会发现它的更多不足处吧？这里就不多说了。在书前一个序言里透露，除梁希彦在那里时知道它的情况，还提到了一位鲍振古教授[①]。（姓名汉字可能都错了，因系音写，我只是从拼音拟写下来。）据说鲍是继梁之后去到那里的，是复大的，我因为不认识这人，所以连姓名也译不对。假若您知道，若跟他联系，也许会得到一些消息吧？我已向复旦大学的朋友去打听，听说他现任复旦大学教务处处长，看看从他那里会再得到些什么，及时我必然写信告诉您。

您近来忙吧？有什么大著可以赐教？盼甚望甚！匆匆祝

撰安

弟 德栋　四月十日午（一九六三年）

2

有三道兄：

您好！

回来后就忙着搞半工半读教学方案，直到现在还没十分订定下来，因而没能早给您写信谈谈，很抱歉。

东洋文库敦煌文献研究会出版的《西域出土汉文文献分类目录初稿》，前些时候就听说了，友人已代觅求，但是现在还没收到，想来不久即可以读到了吧！在他们计划要重编卷了目录的时候，据说是缘于我们目录和 L.Giles 目录他们感到有不足处，为了求全责备便于俭学而重编的；那么，必然有它一定的优点了。不过他们的工作究竟要受些局限的，我想，在我们因

① 此处鲍振古系指鲍正鹄（1917~2004），浙江鄞县人。复旦大学教授，后任北京图书馆副馆长、中国社会科学院科研局局长等职。著有《鸦片战争》等。

此而提出进一步要求，并努力以赴完成时，其成果仍会可观的。等我们研究那部《目录初稿》后，随之斟酌我们已着手的工作的提高吧！让我们随后商讨好了，您看对吗？《敦煌文献研究论文索引》的修订本，三月份也将出版，北京当易见，可留意。

小川环树在去年曾参加“Ⅶ International Congress of Anthropological and Ethnological Sciences”[①]，并发表了题为*Oral Folk Poetry*的文章谈“变文”。大概他看了苏联藏卷，也很可能与孟西科夫等人谈过[②]，推想他们该会注意那宗文献的，可惜详情我还不大了解。

近来挤时间读了些杂书，有些虽与西域出土文物有关，但心得却不多，愧煞！让我随后再说给您听吧！想谈的是很多了，再谈。祝撰安。同
修业先生好

弟 德　三月廿五日（一九六五年）

---

① 小川环树（1910～1993），京都大学教授，日本著名汉学家。有《小川环树著作集》行世。

② 孟西科夫即孟列夫（1926～2005），俄罗斯科学院东方学研究所研究员，著名汉学家。著有《中国古典戏剧的现代改革》《苏联科学院亚洲民族研究所藏敦煌汉文写本注记目录》等。

二三、乌丙安　2通

乌丙安（1929.11.3. ~ 2018.7.11.），笔名乌克，内蒙古自治区呼和浩特市人。辽宁大学教授，中国民俗学会荣誉会长。有《乌丙安民俗研究文集》行世。

1

关德栋老师：

先给您请安。《俚曲选》已拜读，致谢。数日前寄上拙作《民间文学概论》一册，请您叱正。元旦日我始从京城返沈，进京时匆匆忙忙未能向您告别，深以为歉，望您原谅。此次与日本学界晤谈，颇多感触，对我很有激励，日后向关老师求教之处甚多，请不吝赐教。欢迎您再来沈讲学。简此敬颂

教安

晚 乌丙安　（一九）八一年元月十二日

2

德栋师：

久违雅范，时切蚁驰。晚于五月四日飞访东京计九十五日，行前日本早

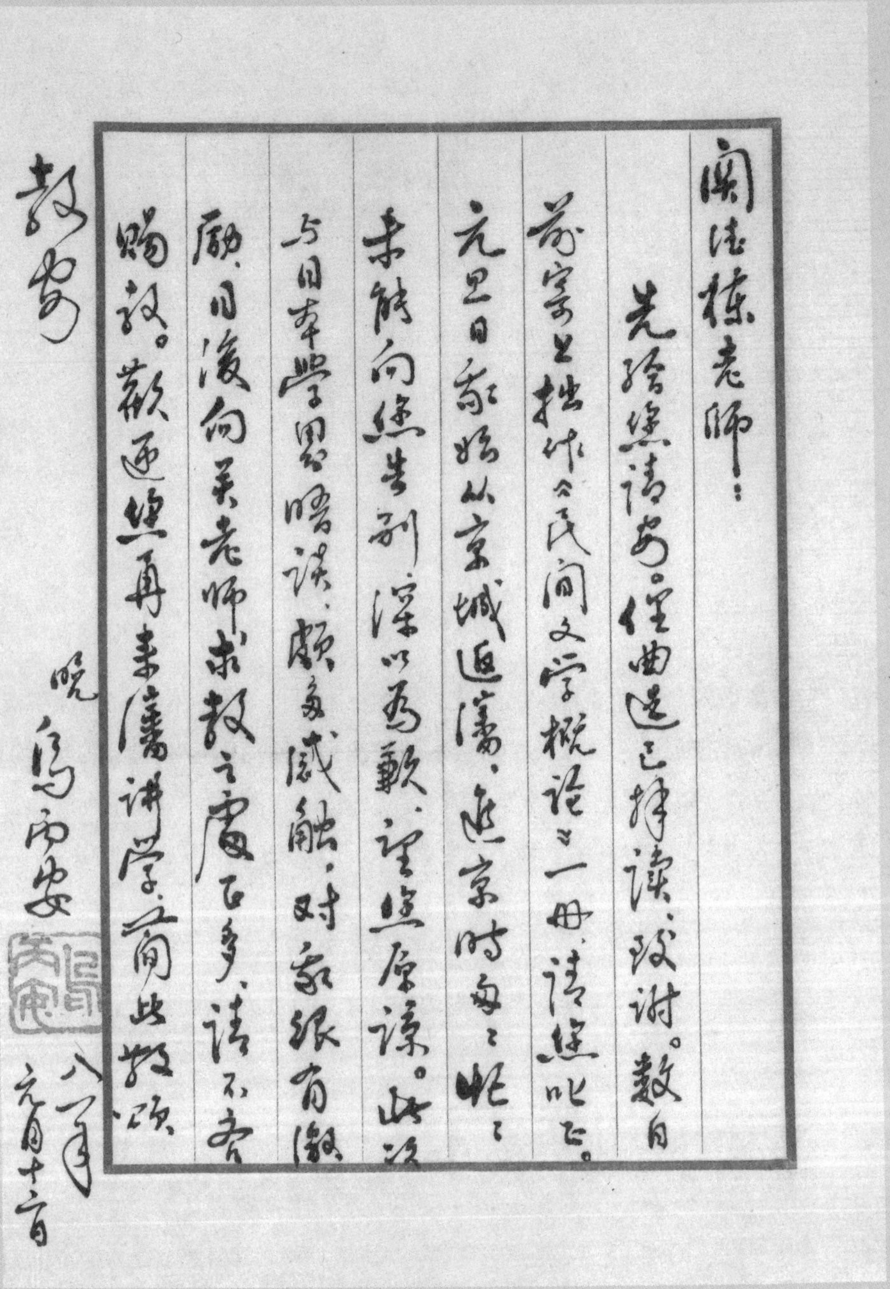

关德栋老师：

先后给您请安。隹曲选已拜读，致谢。数月前寄上拙作《民间文学概论》一册，请您批正。元旦日我从京城返沈，途京时匆匆[illegible]未能向您告别，深以为歉，望您原谅。此次与日本学界晤谈，颇多感触，对我很有激励。日后向关老师求教之处正多，请不吝赐教。欢迎您再来沈讲学。谨此敬颂

教安

晚 乌丙安

八[illegible]年元月十六日

乌丙安1

稻田大学博士研究生冈崎由美女士迫切请求拜访您，她的专业是中国俗文学，主攻方向是南戏，敬请您指点。她还希望您能将她引荐给南京大学钱南扬先生，不知可行否？冈崎现在我这里留学，我常讲介了先生的道德与学问，她很敬佩您。她已去过扬州拜会了锡伦同志。请您多关照、指点。简此

春安

乌丙安　（一九）八五年五月三日

二四、吴晓铃　6通

吴晓铃（1914.3.9. ~ 1995.2.7.），又名英甫，笔名嘿斋，辽宁绥中人。满族，镶蓝旗。北京大学教授。有《吴晓铃集》行世。

1

德栋兄：

前寄《词补》谅收到，昨日收到《挂枝儿》，谢谢！读了一过，觉得内容并不比《山歌》精彩，不知尊意如何？倒是序文好，使我多知道了许多东西。

《古本戏曲丛刊》五集有油印目录，但只剩一份校订本了，无法寄奉，祈谅！您月底来京，我把全部卡片目录给您看看吧。《天山雪》盼多为力。

晤面匪遥，不多谈。另函请转。祝

安

弟 晓铃 上　1963.3.20

2

德栋兄：

四日惠书敬悉。我自去年九月便去江西丰城参加农村社教工作，真正做了“普通一兵”，坚持三同，负责一个生产队。十二月底因病撤出阵地；返京已三周，尚未检查出是何毛病，很闷。

关于《封神天榜》和《忠义璇图》两书，如果是波多也找[①]，就请不必费心了。此公曾函游公[②]，也函我找；我在江西时已与游公通信，解铃还需系铃者，已由他负责办理矣。此书系成套预约，我虽名为责任编辑，亦无法搞出两个零种，因为发行事宜统由上海中华办理也。

和你一样，这个信封大约是两年前写的，中有中明之函，就用它发了，示未忘也。祝

春釐

嫂夫人安。

祈代候诸友。

晓铃 拜　1966 年 1 月 14 日

3

德栋兄：

《聊斋俚曲选》拜收，甚感！

蒲氏学术讨论会于去岁九月十五日举行，而文学所转来袁世硕同志的邀函（作于九月五日）时[③]，已经是九月廿九日了，我如何去得？我把这份材料放入一个叫做“罪证”的封套里，总有一天算算官僚主义者的账。晤及世硕同志时，请代我致歉。

---

① 波多也即波多野太郎。

② 指游国恩（1899.4.17. ~ 1978.6.23.），字泽承，江西临川人。北京大学教授，著名楚辞研究专家、文学史家。著有《游国恩楚辞论著集》《游国恩文史丛谈》等。

③ 袁世硕（1929.11. ~ ），山东兖州人。山东大学教授。著有《孔尚任年谱》《文学史学的明清小说研究》等。

劳洪最近见到我[①]，他奇怪我为啥没去，但是我根本不知道他去，怪不怪！李士钊兄到底在哪儿[②]？便中请示知他的固定通信地址，为感。

您介绍来的一位上海古典出版社的某君，我未接见，因为老懒余生，但求耳根清静，幸勿以方命为罪。

荷兰汉学研究院纪〔伊〕维德院长治元剧[③]，自沪来京时曾晤及之，询以见及景深先生否，云赵老因病未能相会。我至为系念之，不知他的具体健康情况如何也。香港友人函告郑因百先生瘫痪已数年[④]，知注，以闻。祝

俪福，贺新春

晓 拜　一九八一．一．七

4

德栋兄：

我自去年十一月起，连访日本、印度、加拿大及美帝，上月中旬始返，久疏音问矣。

---

① 劳洪（1923.6. ~ 2014.4.8.），本名熊白施，笔名罗方、罗隽等，四川乐山人。中国社会科学院文学研究所研究员。

② 李士钊（1916.10.30. ~ 1991.3.21.），原名李土杰，笔名勉生，山东聊城人。曾任山东省地方志委员会办公室主任，山东省人民政府参事室参事、政协山东省委员会委员等职。著有《武训画传》等。

③ 伊维德（Wilt L.Idema，1944 ~ ），荷兰著名汉学家，曾任哈佛大学费正清东亚研究中心主任。著有 *Chinese Vernacular Fiction: The Formative Period* 等。

④ 郑骞（1906.6.20. ~ 1991.7.28.），字因百，笔名蜀生、愧二陶室主人、龙渊中隐等，辽宁铁岭人。台湾大学中国文学系教授。著有《辛稼轩年谱》《景午丛编》《北曲套式汇录详解》《龙渊述学》等。

五月底在费城宾大，晤及治变文之梅维恒（Victor H. Mair）[①]，他嘱我推荐一位中国学者，以便用“路斯基金”邀至该校工作半年至一年。我当即提出老兄，他大喜，云即进行。因此，您应有个精神准备，即：收到聘函后应如何共贵校领导商酌，务期必成，如何打算在美进行工作，等等。得便来京时，可过我详谈之也。

齐鲁书社出版目录能代致一本否？七个月在外面，必须补充一些新出版的书刊，而京中关于齐鲁的出版消息则甚不了了。专颂

俪祉

弟 晓铃 拜状　七.二（一九八二）

5

德栋兄：

昨日拜赐《子弟书丛钞》一部，当即读了一遍，获益匪浅，尤以得睹《书词绪论》全貌，尤为欢喜！很想写点东西介绍一下，除了赞叹，也要提点非分要求，如：一、作品太少，二、评价有时“左”了些，等。但不知应该给哪儿也。

现有一件重要的事，拟请吾兄一筹之：哈佛大学韩南（P. Hanan）夫妇做〔作〕为我所的客人已抵京[②]。他深以你未能一访剑桥为憾，嘱拜致候。他的计划中有济南之行，（我不懂地理，不知从济南能飞或乘火车直去南京否？）我可能陪行，以了为《古曲丛刊》访书之愿。因他是自费，又是一人的钱两人用，

① 梅维恒（1943～　），美国宾夕法尼亚大学中国语言和文学教授，著名汉学家。著有《唐代变文：佛教对中国白话小说及戏剧产生的贡献之研究》《绘画和表演：中国的看图讲故事和它的印度起源》《哥伦比亚中国文学史》等。

② 韩南（1927.1.4.～2014.4.27.），著名汉学家，曾任哈佛大学东亚语言与文明系教授、哈佛燕京学社社长。著有《中国短篇小说研究》《韩南中国小说论集》等。

故我建议他俩以节省为主，钱用在有用处（如买书），不要花在咱们敲洋人的高级饭店等处。如我陪行，也赔不起。不知能否通过我所函介访济，我们就住在贵校，看书、访友、论学都方便，同时我们还可以参加个把座谈会或做个报告啥的。除此之外，还希能和贵校、省图、省博打个招呼，予以方便。也共士钊一商[①]。至于韩南之学术造诣则无需我说了。如何之处，希与当轴洽谈后见复为感。实际上也就是住在贵校，吃在贵校，照章付值而已。

《古曲丛刊》五集已开印，艰苦匪言可宣，一言以蔽之，皆因"向钱看"之故！六集正进行拟目中，关于《天山雪》必需收入，然而，你的几信里都使我如堕五里雾中，摸不着头脑，以至猜测其书就在你手里。现在要求你亮亮牌，澄清一下。贾天慈君[②]，宝林和我都想了解其踪迹所在[③]，宝林现任文化部艺研院曲艺研究所所长，还想借重贾公，聘为专职，敬祈作荐，功德无量矣。专颂

俪福

晓 拜　（19）85.4.6

6

德栋兄：

大函接悉，蒙为奔走，感激之至！

需声明者：我非韩南之"陪同"，只是结伴而行，帮他一把而已，此其一。二者，我们都是自费，一应车船店脚均不打秋风。他有美方供给，我则争取公差，故请代为说明。我们只想住在学校里，看书访友均较方便而已。至于"买路财"，

① 原信"共"前衍一"给"字。

② 贾天慈，生平不详。听家父讲，20 世纪 50 年代，曾在陕西出版部门工作。

③ 指侯宝林（1917.11.29. ~ 1993.2.4.），北京人。极负盛名的相声表演艺术家。著有《曲艺概论》（合著）、《相声溯源》（合著）、《侯宝林自传》等。

理应挂付。

韩南月之下旬去宁、苏、沪、杭，约五月中返京，然后去沈阳旅大。估计去鲁当在六月间，俟决定后便报兄知。我个人拟陪他后，去章邱、长清、淄川等地一行，如有可能，也想登登泰山，参参孔府，因为可能今秋也要出入一年。

您没答我二问：一是《天山雪》，二是贾天慈君下落。前者为《古本戏曲丛刊》五集所需，后者则侯公之研究所有借重之意也。盼赐教。颂

双福

晓铃 拜白　（19）85.4.18

二五、谢国桢　7通

谢国桢（1901.5.27. ~ 1982.9.4.），字刚主，晚号瓜蒂庵主，河南安阳人。中国社会科学院研究员，史学家。有《谢国桢全集》行世。

1

德栋吾兄：

前接惠函，藉悉一一。吾兄此时想已由沪返济？买得有何好书？工作忙否？甚念。我所近在整风期间，桢也参加学习，每日早晚开会，阅读文件，所以没有功夫给您写回信。今天晚上没有会，抽暇才给您作复。拙著《南明史略》业已重印，以俟出版，即行寄正。济南市上古籍书店有无笔记等类的书籍？《绰然堂笔记》尚能买到否？寒假是否返京？望便中示知。复致

敬礼

弟 谢国桢 上　元月十五日晚（一九五八年？）

石章是否刻好？至盼。

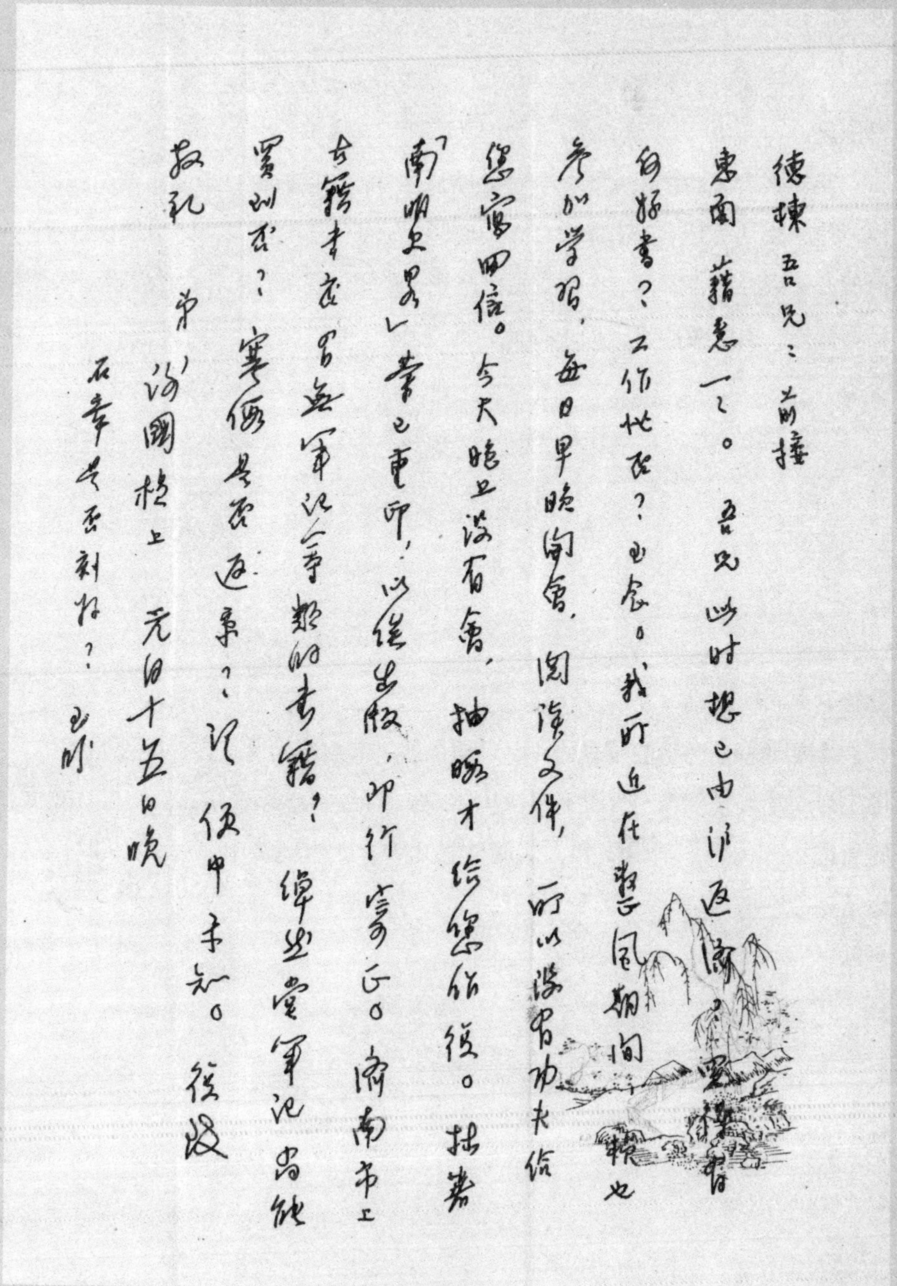

傑棟吾兄：前接
惠函，藉悉一一。吾兄此时想已由沪返济，[illegible]
自修书？工作忙否？至念。我所近在整风期间，积极
参加学习，每日早晚开会，阅读文件，所以没有功夫给
您写回信。今天晚上没有会，抽暇才给您作复。据悉
「南明史略」业已重印，以后出版，即行寄正。济南市上
古籍书店有无军记等类的书籍？绰然堂军记尚能
买到否？寒假是否返家？请便中示知。候复
敬礼
弟谢国桢上　元月十五日晚
石章是否刻好？[illegible]

谢国桢1

2

德栋兄：

惠寄大著《曲艺论集》二册，一赠辰生①，均已收到，至谢。刻因参加集体写作，克期完成，工作较忙，未能即复为憾。以俟稍暇，即当细读。尊况何似？暑假来京否？至念。印章拟已雕毕，希便中赐下。拙著《明清笔记谈丛》已看校样，出版时即寄。周末书此，即颂

著绥

弟 国桢 上　五月廿八日晚（一九五九年？），到所后最忙之时也

3

德栋吾兄：

不相通候，又将两三个月了，暑假已届，未知吾兄返京否？亟愿晤谈也。顷上海中华寄来拙著《明清笔记谈丛》，兹寄上一册，即请指正。桢近日较忙，是否能小作休息，不得而知，倘能休息几天，我想到济南一游，未知有地可以下榻否？匆匆书此，即颂

著绥

谢国桢 上　八．一（一九六〇？）

---

① 辰生即谢辰生（1922.7. ~ ），谢国桢堂弟。担任郑振铎的助手，后进入文化部文物局工作。

4

德栋吾兄：

前函计达。文学所之书，本不能借与其它人□□□□。□□□与汪蔚林先生个人关系[1]，故尔慨允。延期过久，汪先生致相呵责，桢实面愧，无以回答，虽到白下，无日不耿耿于怀。务希速寄舍下，以便归还，切盼切祷。桢大约月底必可返京，不拟赴济南矣。逼急之情，千祈见谅。此致

敬礼

弟 谢国桢 上　中秋前一日（一九六〇年？）

5

德栋吾兄：

上月曾接惠面，以赴沪杭小作休息，以舒脑力，未能即复。在此一个月间阅读了上海、杭州、苏州图书馆的藏书，得补拙辑《晚明史籍考》及《明清笔记资料汇钞》之未备，兼逛名胜，饱餐南味，今日即回京矣。以俟到京，再当奉候。尊况何似？有何佳作，亦希示知。首都图书馆小说笔记目，以内部发行，内有错误，已全部收回，俟改定后，当请其函寄。匆复，即颂

著绥

弟 谢国桢 上　三月卅日（一九六一年）

晋生兄同此致候。

---

① 汪蔚林时为中国社会科学院文学研究所图书室主任。

6

德栋吾兄：

好久不见，近想你好。何日入城？亟欲晤谈。

尊借《不下带编》及《岭南杂事诗钞》刻在需用，务祈即速掷还，无任切盼之至。因“贤者识大，不贤者识小”，桢垂老之年，不仅因以自遣，亦拟公之于世也。伫候回示。此致

敬礼

谢国桢　7.4（1978）

7

德栋吾兄左右：

台旆莅京，未能很好的招待，至为歉甚，伫候未至，想吾兄已返济南矣。尊况想福履双吉，至所企慰。拙辑《明史资料丛刊》江苏人社出版，以俟寄到，即请指教。尊著亦望示知。桢近贱躯业已大愈，不久将迁新居，离闹市较远，或可以作老年怡养之地也。专此，即颂

著绥

谢国桢　九月十六日晚（一九八一年）

二六、薛宝琨　1通

薛宝琨（1935.12.22. ~ 2016.2.28.），天津人。南开大学教授，曾担任中国曲艺家协会理事，中国曲艺家协会顾问 。主要著作有《曲艺概论》（与侯宝林等合作）、《笑的艺术》、《中国说唱艺术史论》、《薛宝琨曲艺文选》等。

关先生：

您好！

收到您惠寄之大作，非常感激您！我至少在二十几年前就读过您的大作，并在您和老一辈俗文学家的影响下，走上了现在的道路。今后，各方面仍望得到您具体的指教。国内同行甚少，身边又无名师，只能是瞎子摸象，糊里糊涂。我现在也带俗文学的研究生，但只能是误人子弟，有机会将带他们拜见您。寄上两本最近出版小册子，请指正。

大安

学生 薛宝琨　4.13（1985？）

二七、薛汕　14通

薛汕（1916.5.30. ~ 1999.4.28.），原名黄谷隆，笔名雷宁、雷金茅、伍宁、张愈、谷林辰、谷辰、严肃之、索之、庄敬等，广东潮州人。1984年中国俗文学会成立发起人之一，任常务副会长兼秘书长等。著有《雁从塞北来》《书曲散记》等，校订《二荷花史》《花笺记》《三春梦》等。

1

关夫子：

等您不来，急煞人也！也没有收到您的信，不知有些什么事。是不是身体欠佳？念念！北京的同好，等候您来，一在见面，二在有利于俗会展开工作。科学院的报告，极其重要，等候您提供。

俗会，明年增加个采风电视部，决定拍有关俗文学艺术的资料，以为交流，展览等用，打算春节前后去周庄拍片。您无论如何请来信！

留有一事，路工一直望您借他的书归还，究竟是怎么回事，我不知道，好好处理一下，千万别彼此伤了感情，切切！此致

敬礼

薛汕　1984.12.29

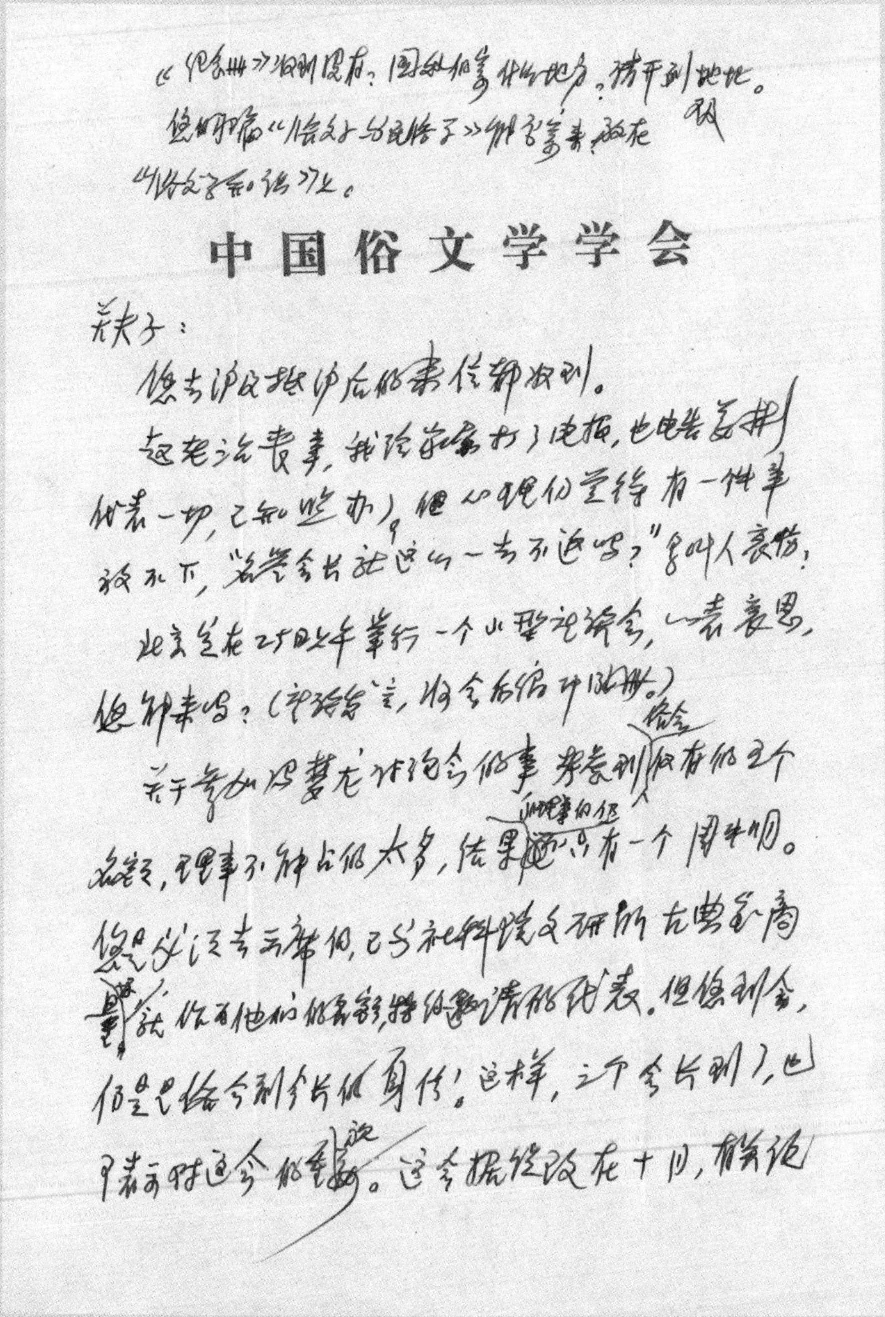
《俗文学》收到没有？因为你寄的地方？请开列地址。

您的那篇《俗文学与民俗学》作了备录，发在《俗文学丛刊》上。

中国俗文学学会

关夫子：

您去沪后及抵沪后的来信都收到。

赵老之丧，我给家属打了电报，也电告[illegible]（代表一切，已知照办）。但心里仍觉得有一件事放不下，"学会会长就这么一去不返了？"令人哀伤！

北京定在二十[illegible]日下午举行一个小型座谈会，以表哀思，您能来吗？（座谈发言，将全部编印成册。）

关于参加冯梦龙讨论会的事，本来列入会长的三个名额，理事不能去的太多，结果只有一个开明。您只是说去去就行，已与社科院文研所古典室商量，就作为他们的名额，特约邀请你作代表。但您到会，仍是以学会副会长的身份！这样，三个会长到了，也可表示对这个会的重视。这个会据说改在十月，被约

薛汕2（1）

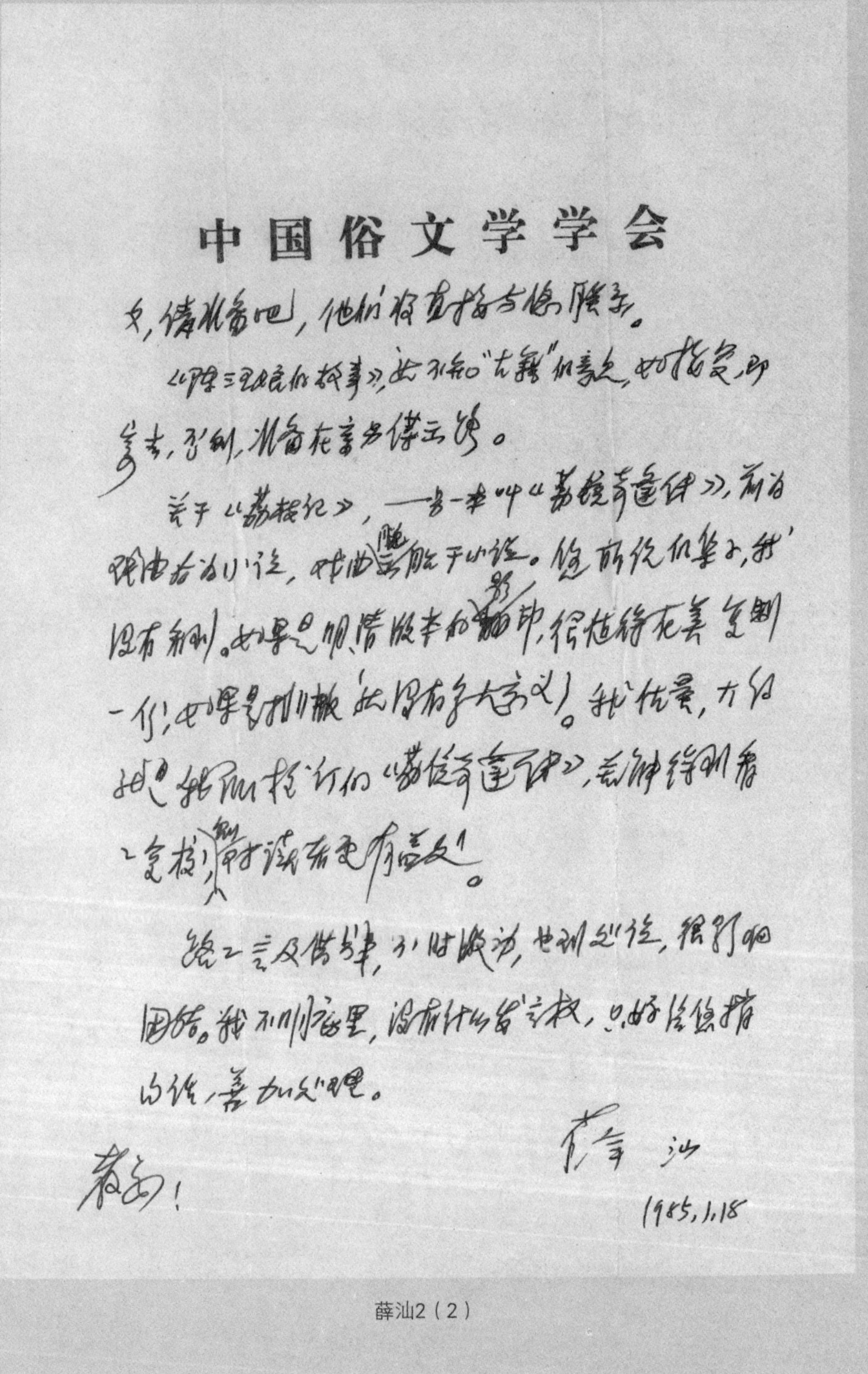

中国俗文学学会

文，请准备吧，他们将直接与您联系。

《陈三五娘的故事》，如不合"古籍"的要求，如被否定，即寄去，另刊，准备在[illegible]出版。

关于《荔枝记》，——另一本叫《荔镜奇逢传》，前者[illegible]小说，也由随[illegible]脱于小说。您所说的要求，我没有新刊。如果是明清版本的影印，很值得在[illegible]复制一个；如果是排版，就没有多大意义。我估量，大约就是我们找到的《荔镜奇逢传》，[illegible]之复校，刊误[illegible]！

您之言及借书事，[illegible]，也[illegible]，很好的团结。我不明[illegible]里，没有什么可言的，只好请您指出来，善加处理。

敬礼！

薛汕

1985.1.18

薛汕2（2）

2

关夫子：

您去沪及抵沪后的来信都收到。

赵老治丧事[①]，我给家属打了电报，也电告姜彬代表一切[②]，已知照办了，心理仍觉得有一件事放不下，“名誉会长就这么一去不返吗？”多叫人哀伤！

北京定在25日上午举行一个小型座谈会，以表哀思，您能来吗？（望□发言，将会后编印成册。）

关于参加冯梦龙讨论会的事，考虑到俗会仅有的五个名额，理事不能占的太多，结果非理事的仍只有一个周中明[③]。您是必须去出席的，已与社科院文研所古典室商量好，就作为他们的名额，特约邀请的代表。但您到会，仍是俗会副会长的身份[④]。这样，三个会长到了，也可表示对这会的重视。这会据说改在十月，有关论文，请准备吧，他们将直接与您联系。

《陈三五娘的故事》，就不知“古籍”的意见，如接受，即寄去，否则，准备在京另谋出路。

关于《荔枝记》——另一本叫《荔镜奇逢传》，前为戏曲后为小说，戏曲脱胎于小说。您所说的集子，我没有看到。如果是明、清版本的影印，很值得在美复制一份，如果是排版，就没有多大意义了。我估量，大约就是我所校订的《荔镜奇逢传》，若能得到，看看复校，则对读者更有益处。

路工言及借书事，不时激动，也到处说，很影响团结。我不明底里，没有什么发言权，只好给您捎句话，善加处理。

敬礼

---

① 赵景深于1985年1月7日病故。

② 姜彬（1921.1.12.～2004.12.16.），原名姜承阳，又名姜耋仙，笔名天鹰，浙江慈溪人。上海社会科学院文学研究所所长，上海市民间文艺家协会主席。有《姜彬文集》行世。

③ 周中明（1934.4.～），江苏扬中人。安徽大学文学院教授。有《周中明文集》行世。

④ 原信“俗”前衍一“是”字。

薛汕　1985.1.18

《纪念册》收到没有？国外信寄什么地方？请开列地址。您那篇《俗文学与民俗学》能否寄来？放在《俗文学知识》上。

3

关夫子：

等等您不见来，大约又吹风了！

齐鲁出版社处，很好，甚至可以把俗文学的书籍，全由他们出版，成为俗文学书社的旗号，让读者有这个印象，非找他们不可。我与您可合作同编书集。因此，这事，最好是齐鲁的人来，或者，我去济南一趟。光用信，很难说清。

我这儿的书稿没有问题，过去，几乎一年经手一二十部。如果我有计划做，则又不同，有去处，就放手约稿、接受书稿了。过去，作者送稿到我这里，是让看而不是谋求出版。这与我长期搞编辑工作有关。 我已不在曲协了，自由自在！

我的稿件，留在赵老处，《宋帝昺》和《吴忠恕》已弄清就是由您主编的《曲艺百种精华》。还有一部《雁翎媒》，系木鱼书四大才子书之一，很难找。我眉批后，一交赵老，他又高兴又称赞，我以为他是拿给中州，现一问没有；又问“西湖戏曲丛书”，也没有；原来也留给《精华》用。《精华》的稿在何处？是否在您身边？劳您查对一下。

《精华》的规模范围如何？不知谁在搞？如没有人搞，转至北京我接手搞也可，出版自然仍交上海文艺出版社。《精华》如果字数不能太多，则我的《雁翎媒》剔出另行出版也可。我意，可给齐鲁，再添几种，作为开场。我在校订《金丝蝴蝶》和《翁万达》，前者已煞青，还不急拿出去，来要稿的很多，打算先在杂志发一次再出书。这样，给齐鲁就不至空口说白话了。

赵老的书信，由我与您的名义合编或小组名义都可，现没有发出征求信，

想与您全说妥安排才动手。魏同贤同志不见来[①]，因此，冯梦龙在京的亮相座谈会也就开不了。盼给信，好作决定。此致

教绥

薛汕　1985.3.22

4

关夫子：

接信，我即给贾德臣捎信[②]，让他为您在曲代看能否邀请您去，成了，他会给您信息，否则，也就不了了之。

我不去曲协，因伤了胃口。对曲代，什么也不理会，不是您说，我毫不知有开会事。但等您来京，您就后去沪，甚好。

《曲艺精华百种》稿在何人手中？其中我的一部《雁翎媒》字数较多，宜单独出，您可否代要回来交齐鲁？齐鲁不要，还我处理也可。这事，您确切告我一下。学会登记已通过，但等拨款。另条劳给李万鹏同志。

敬礼

薛汕 1985.4.4

广州的木鱼书，我校订的《花笺记》《二荷花史》和《金锁鸳鸯》，今年可见书，想不到《雁》还拖着。又及。

① 魏同贤（1930.3. ~ 2015.6.23.），山东滕县人。上海古籍出版社社长，编审。中国俗文学学会发起者之一。主编《冯梦龙全集》《文科十万个为什么》等。

② 贾德臣，20 世纪 60 年代山东大学中文系毕业。中国艺术研究院曲艺研究所副所长，研究员。

5

关夫子：

我没去曲协，不知您是否被邀请没有？据说，他们在月中就开会了。您的来信，我很受鼓舞。

《雁翎媒》一书稿，赵老生前告的在“中州”出，一问，没有；超林说，可能在“西湖丛书”，一问，也没有。那当然在《曲艺精华百种》中。我急于知道究竟有没有在里面，好安置。它是广州木鱼书中才子书的四部[①]，这一部是其中一部，余三部都今年可见样书，而它，已经二年，还不知魂飘何处！所以，我问您稿在何人手中，以便查明放心。如果没有，还得要超林设法弄清。至于放在齐鲁，我早有此意，宜索来早出。因如果在《精华》中，太长，约五六万字。望您给我专为此写信问一问吧！此间压了一些书稿，急找出路，盼您来早定计。

《俗文学》，系创作稿件，已决定16开，每三月一本，每本40万字。这两天发稿，预计五月见书，自发行。您列在编委之中，对方非要我列名主编不可，（实际上，有事要找我是问！）否则不给书号，真没办法。

時绥

薛汕　1985.4.11

路工又去苏州了。

6

关夫子：

左等右等，只听楼梯响，不见下楼人。

中国俗文学学会不觉一周年将至，社科院已拨今年度补助款，十分可怜，

---

① 原文如此。“它是”二字为写信人误添，可删。

仅四千元，打算搞个小座谈会，秋后搞个学术讨论会，钱也就差不多了！您来吧！

我的稿子《雁翎媒》已知道下落，放心了。十分迫切地须与齐鲁书社等谈妥丛书等事宜，您不能来，是不是要他们派人来？至于《曲艺百种精华》，既由您主编，速定上策，久拖不是办法。上海金名、扬州车锡伦……都在等您南飞[1]，他们把信写到北京来了。耑此，即颂
教绥

薛汕　1985.5.15

7

关夫子：

您离京前写来的信收读了。

上海的俗文学研究工作座谈会定6月17日至20日止，我将去一下。北京则定6月29日至7月2日开“中国俗文学史”座谈会；同时，举行二周年座谈会。还有一个“中国民间艺术家学社”同时成立。北京的会，由后一个社负费用，我和王文宝是其中筹备成员之一，将来对学会的经费，就有保障了。可以预期得到，会期将较紧张，我希望您来，您主持二周年座谈会和“中国俗文学史”座谈会，我因要关注“社”。您这次亮相很重要，将准备一点开会的发言，供您参考。这样，北京的活动，一定很出色。北京的会“通知”，6月初发出。您也不能例外，无非您可给单位。说起来好笑，等于自己通知自己开会。

您的意见如何？如同意，您自己也可琢磨两个会的发言词，到京了，再碰一下头，就比较轻易出来了。（………）

为什么要分两处开会，没有别的，前者照顾上海、苏、浙的会员；后者，

① 金名，上海文艺出版社编辑。

按我们的工作，必然要这么发展，否则，以后的工作很难搞，说的好听的话，找个出路。一哂！即颂

文绥

薛汕　1985.5.19

会员名单，已在寄去的《信息》中，共三批，查一下即明。丛书名单，请抄一份来。又及。

8

关夫子：

我去张家口刚回，踏入家门，读到您的信，高兴极了。

您所说的，大体都同意，将分别与有关的同志谈谈。丛书由您负责主编，用会出名义，一俟签定合同，即在会中常务会通过一下。我的意思，在书上，也可标明您主编。（将来路工搞的如果也落实，照此。）这一切就偏劳了。在编的过程中，需□会做什么，您就叫我做好了。

《中国俗文学》理论集刊，我走前拟了几条简明的“规范”，给李岳南找路工谈一下[①]，然后复写分别给您、陈翔华等[②]，这两天见到李就分明了。这集刊由我集稿可以，编委会的名单，须多考虑（也写在“规范”中）。第一期的目录，必要初步写出来，我心中有点谱，稍迟即可拟出广征意见。争

① 李岳南（1917.6.22. ~ 2007.3.8.），原名李耀南，笔名力田、丘山、金石，河北藁城人。中国俗文学学会发起者和筹建者之一。著有《与初学者谈民歌和诗》《民间戏曲歌谣散论》等。

② 陈翔华（1934.12.26. ~ ），曾用名陈强华，笔名岑桦、田疆、常方、陈东、岑东、羊羽等，浙江苍南人。参与组建中国公共图书馆古籍文献编辑出版委员会并任常务副主任委员，中国俗文学学会发起者之一。著有《诸葛亮形象史研究》《三国志演义丛论》等。

取9月份就能初步确定，但集稿可不必等待，准备在《信息》上说明[①]，希至12月可审稿，以应明年发稿。

丛书的合同先定，集刊的合同后定。丛书第一年十种，商定后给我一份目录。《信息》第四号即打印，等您的文章，或如您所说的“一封信”形式也可。登在第一篇。这是您的亮相，接信速写就寄来，长短不论。

“话本小说”座谈会，不想在北京举行。张家口可去，但到那时太冷。有意在邯郸一带，可能中秋要去跑一趟。以后再谈！祝

文健

薛汕　1985.8.3

9

关夫子：

连接两信，只有迎驾，无法还礼，因为看看日期，估量没法收到。这一封，大约不至意外。

我的老伴去大连度假，一切通过她联系的都中断。您提及的那一位学生，因此，也就没有转达。此事叫人焦急，就不知嫂夫人来了，如何一个境地了。好在现在暑假，各中、小学竟成为旅客招待所，可以稍解拥挤，有证件不难解决的，真是抱歉。我老伴的电话：507722《经济日报》转《花卉报》张穆舒。

您在15日左右归来，当及时去问社院招待所。希望无论如何开个常务理事会，让您这位副会长接见“群僚”？要不，真不过意。俗会打不开局面，叫人焦急。丛书、丛刊上马，就好说些，望能早日与齐鲁说妥，即速起动。

事情很多，能有一件解决算一件，否则，一件也不解决，再多再好的想法，到头来都落空，而时间又过去了。您说是吗？即颂

---

① 指《中国俗文学学会信息》，自1985年4月25日开始编印，出至12期停刊。

旅安

薛汕　1985.8.4

10

关夫子：

我为您的精力充沛、仆仆风尘高兴！这封信，您看到的时候，想必已从淄博回来了。

俗会的“话本小说”座谈会决定在11月于长沙举行。看来您是光顾不及了，但还可能：您在广州如北返，可向长沙联系一下。如我们在，您顺道来就再好也不过了。（可写信给：长沙坡子街146号王宏志转交。）

关于齐鲁的事，就请您按说的办。我一心为《俗文学研究》准备稿件，也请您便中约人写。您的补充意见，盼告。（这刊物不拟公开征稿，采取约写、会员交研究成果，可省去收稿、退稿等事，因这样，采用率高，写一二封信就不困难，也出活。您说呢？）至于丛书十册书目，可能中把我的《陈三五娘》列入。合同签定，在十月定下来吧！

关于山大的，资料性有的好卖，有的不好卖。如果是理论的资料稿，尽亏本，恐对方不干，好卖的是作品资料，但须做好选题。我的意思：如您设想的两套，可以间插出，要不，理论恐难于出手。配搭着，也许好办。我这儿，有别的资料稿，候您大体初定，再提供书稿目吧！

路工去苏沪，据说与日本搞“通俗小说目录”，还约同魏同贤，去信征求关于《俗文学研究》的新方案，也一直没回信来。这可不管了，在会的工作上先礼，我是全做到了。至于该拍板的我可以做，才能展开工作。

福建的会，我一再叮嘱路工别忘记，想不到不去，他还约周良（苏州评弹研究会)[1]，已得到同意了。我是不能去，一去，湖南的会得吹。咱们今年就拿这一个活动给社科院汇报。去年我不在，通知去□领 2 万元，结果等我回来就吹了！很可惜，得珍惜这个会的存在。即颂

文绥

薛汕　1985.9.26

11

关德栋同志：

我 11 月 10 日去长沙，至 11 月 29 日始回。回来，案台有您两封信，简直成为历史了。喜幸的是：在广州您已见到黄雨[2]，铃木满男在京已找到王文宝[3]，勉以应事，怠慢为歉。

这次长沙的会，才花二千多元，很省钱；但参加的都很满意，学术气氛浓厚，收获丰，虽就三天，却紧张活泼，特别接触通俗文学的有关问题，群情毕涌。已决定发一个“纪要”，已草出，三四天即可打印，分发各报刊发表。(座谈会的论文，在长沙已发您一份，想收到。)我、李岳南、路工、王文宝，都与会。

回来后，一个最大的收获是：有关部门决定赞助俗会编一大套《中国俗文学集成》，每部 30 万字，每年出十本以上，可以出数年。目前，正紧张投

---

① 周良(1926 ~)，原名濮良汉，江苏海门人。曾任苏州市文化局局长、苏州市文联主席、中国说唱文艺学会副会长等职。著有《苏州评话弹词史》《苏州评弹艺术初探》等。

② 黄雨(1916 ~ 1991)，原名黄遗，广东澄海人。作家，广东省民间文艺家协会副主席，中国俗文学会理事。著有《群众写作漫谈》《听车楼集》等。

③ 铃木满男，日本山口大学人文学部教授。应山东大学的邀请，1985 年 9 月至 11 月进行中国民俗学史的研究和交流工作。

入选题草拟工作。您所想像的，该如何编选？希望即把优秀的、代表性的、不管别人已否出版的……都能列入而不漏，提供一下，以便写入“草稿”中，然后再分发征求意见。将来还得成立编委会，您看由那〔哪〕些人组成好？盼即告知。

您所编的丛书，与此没有矛盾，仍争取齐鲁出。至于《俗文学研究》，何时发稿？都要落实，不宜放空炮，盼能签订合同。就说到这里。此致

敬礼

薛汕　1985.12.3

此次座谈会会后就编《从话本小说到通俗文学》，李岳南负编务，山西要了。又及。

12

关夫子：

寄去拙作三种，想收到。赵老的老伴叫李——？[①] 请您速告知，□她寄去稿酬。目下正在忙于草拟《中国俗文学集成》目录中，七日开常务理事会，可为编审会提出个名单。随后，即征求意见，再考虑集会的日期。

现在急切要知道：齐鲁书社的合同什么时候签定？《俗文学研究》已集稿，如不签定，只好另找出路。反正今年不出《研究》是不成话的，望您速告以情况。

何时来京？必要时，我去济南跑一趟。匆祝

好

薛汕　1986.1.4

---

① 赵老即赵景深，其夫人是李希同（1901？～1995.4.14.），北新书局李小峰（1897～1971.9.3.）的妹妹。

13

关夫子：

收到信，放心了。

现在办成一事，都不是简单，因此，对齐鲁事，很能理解，不成也不必介意，更不能“闷闷”！如他们尚有意，则仍响应，继续前议。《俗文学研究》，非编出不可；我仍备好稿件，作为“书”，多方设法解决。山西北岳文艺出版社已接受《话本小说与通俗文学》论集，也是用会的名义编的！谭达先寄来一长论文，对《俗文学研究》大大生色。

山东大学出版社如你谈不方便，可介他们来北京直接谈，能争多少算多少。长沙之会，影响很大，贬通俗文学之风刹住了，“纪要”在各个报刊登出，对今后工作开展影响较大。今年将举行两次，即在《信息》上披露。

谢生保入会事，可先填表，候下半年一起批准。上半年不讨论会员，集中力量搞工作再说。今年社科院的补助款，不多也有几千元，量为出，没大问题。

何时抵京？示知。老伴不出门，打电话到《经济日报》没大问题。此致

文绥

薛汕　1986.1.28

14

关夫子：

上海的会我没有去。北京的会已筹备就绪。您无论如何来，您主持会议，请准备好该说的话，五日盼早到，好开个小会。会议期间，有个小组安排轮流主席等。

《钟无艳娘娘》初集（13万字）已校订出来，“前记”也已写出，是否

给齐鲁？稿是否寄您？盼决定。这书共六集，相信有销路。二、三集即校订。

即给我信。致此

敬礼

薛汕　1986.6.17

二八、叶德均　2通

叶德均（1911.6.6. ~ 1956.7.6.），别名叶子振，笔名均、云君、匀君、玄明、叶云君等，江苏淮安人。云南大学教授。著有《戏曲论丛》《宋元明讲唱文学》等。

1

德栋兄：

奉读大札，快慰奚似。频年以来，衰弱不堪，行年未及五十，而疲惫甚于他人。故疏懒亦日甚，更无成绩可言。今后之计，将任较轻松之研究工作或退休耳。近年以来授历代散文及俗文学史。本学期授文学史（三），止负十分之七的讲解，余为他人助讲，然亦疲惫不堪。

“口头创作”及文学史之提纲，如有可能，乞赐一二。《文史哲》第四期有《季布词补校讨论》一文，可否代补一份，乞示知。俗讲至宝卷之间的一段历史，近已略知梗概，惟此类资料殊无整理必要也。月前曾将拙稿一册寄冯沅君先生[①]，不知收到否？

德均　上　10/29 病中倚枕书（1953 年）

《讲唱文学》一书已送完，不及奉赠，歉甚。

---

① 冯沅君（1900.9.4. ~ 1974.6.17.），原名冯淑兰，笔名淦女士、大琦、吴仪等，河南唐河人。山东大学教授，现代著名女作家。著有《宋词概论》《古优解》《古剧说汇》等。

2

德栋兄：

大札奉悉，承示王文大纲，感甚。拟送函北京宣武门王君处索取。

关于《拍案惊奇》序，见另纸。此间口头文学另有他人讲授。以前曾辑宋至清歌谣史料一册，去岁曾整理一次，补充后或可刊行。今后不拟再作此等事矣。去夏曾将黄校《曲品》《剧品》，作一补注，约二百五十则。今年正搜罗明代戏曲史料，拟致力于弋阳等地方戏曲之研究。弟于教书一事允感厌倦，本拟参加戏曲研究院曲目整编工作，迄未能行。短期内可能改为研究工作也。

孔尚任晚岁所作之《长留集》（非《湖海集》），不知山大有此书否？

弟 德均 上　1956.1.13

拍案惊奇序（〔 〕括号内为尚友堂原刻四十卷足本所有）

“独龙子犹氏所辑《喻世》等书，颇存雅道，时著良规，〔一破今时陋习，而宋、元旧种，亦被搜括殆尽。肆中人见其行世颇捷，□□当别有秘本图书而衡之。不知一二遗者，比其沟中之断芜略不足陈已。因〕取古今来杂碎事可新听睹佐谈□者，演而畅之，得若干卷，〔其事之真与饰，名之实与赝，各参半。文不足征，意殊有属。〕凡耳目前怪怪奇奇……”①

按此文约分三层，首述冯辑之书，次述贾人之意图，而“因取古今来”以下，乃凌氏之自述，非谓梦龙事也。三十六卷本序文有删节，又误“因取”为“复取”，连上文读之，故易误为冯氏复取也。此原文如是，与梦龙是否加工之事无涉，盖各为一事也。

“三言”中凡与《六十家小说》残本二十九篇（即《雨窗》《欹枕》十二篇，《清

① 本段落□□为“意余”，□为“诸”。

平山堂话本》十五篇及郑藏二篇）相同而文字有出入者，不妨视为冯氏加工之作。至其个人创作，为数似不太少，凡反映晚明社会情况者，即有冯氏创作之可能。其确属冯氏之作，可得而指者，唯《老门生》一篇耳。（见董辑《曲海总目提要》卷十六“三报恩”条引冯氏为毕魏（万后非万侯）所撰传奇之序文。

“三言”“两拍”之传世者，共一百九十八篇。

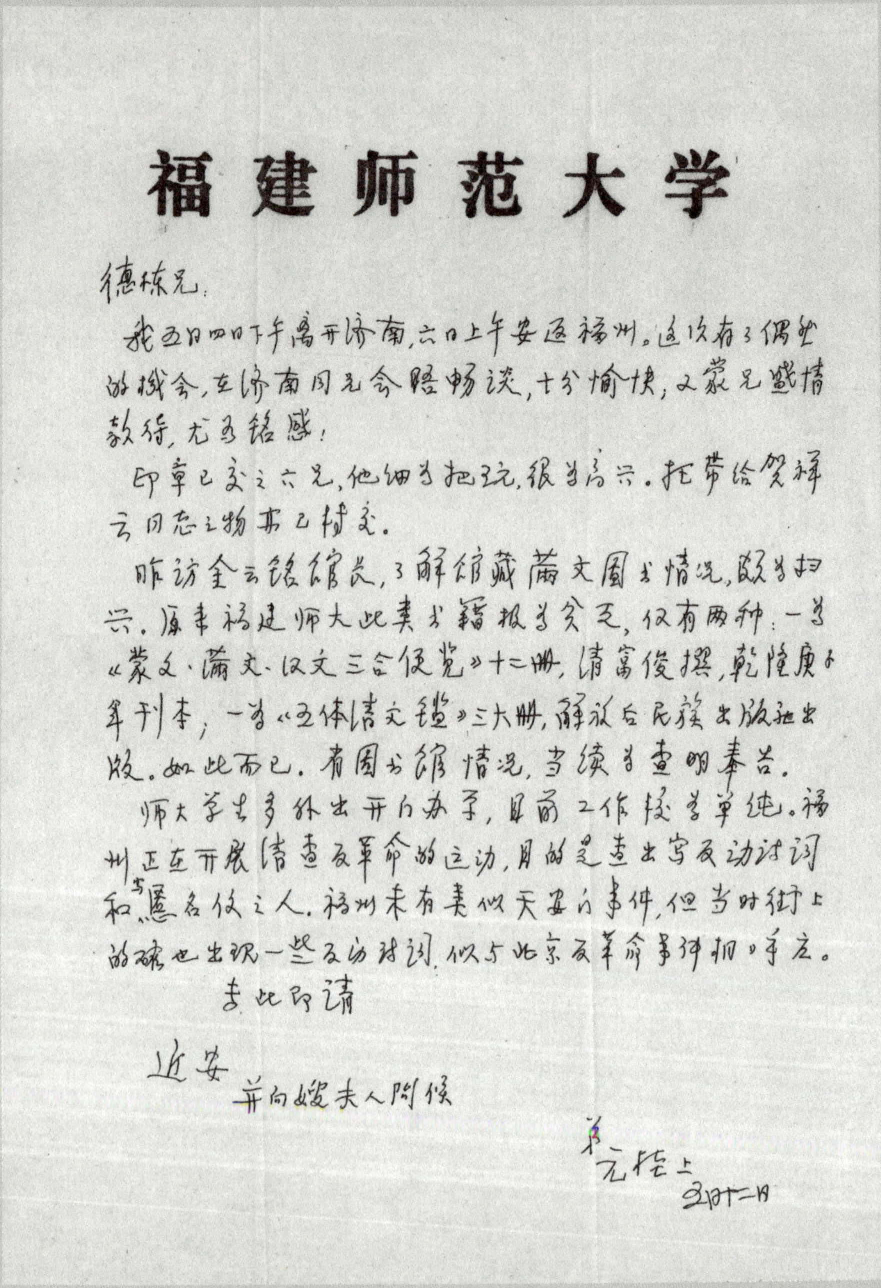

福建师范大学

德栋兄：

我五日四日下午离开济南，六日上午安返福州。这次有了偶然的机会，在济南同兄会晤畅谈，十分愉快；又蒙兄盛情款待，尤为铭感！

印章已交之六兄，他细为把玩，很为高兴。托带给贺祥云同志之物亦已转交。

昨访金云铭馆长，了解馆藏满文图书情况，殊为扫兴。原来福建师大此类书籍极为贫乏，仅有两种：一为《蒙文、满文、汉文三合便览》十二册，清富俊撰，乾隆庚子年刊本；一为《五体清文鉴》三大册，解放后民族出版社出版。如此而已。省图书馆情况，当续为查明奉告。

师大学生多外出开门办学，目前工作较为单纯。福州正在开展清查反革命的运动，目的是查出写反动诗词和写匿名信之人。福州未有类似天安门事件，但当时街上的确也出现一些反动诗词，似与北京反革命事件相呼应。

专此即请

近安

并向嫂夫人问候

弟元桂上

五月十二日

俞元桂1

二九、俞元桂　4通

俞元桂（1921.7.6. ~ 1996.1.15.），笔名吴钧、吴刚，福建莆田人。福州师范大学教授、中文系主任。著有《作品分析丛谈》《桂堂述学》等。

1

德栋兄：

我五月四日下午离开济南，六日上午安返福州。这次有了偶然的机会，在济南同兄会晤畅谈，十分愉快，又蒙兄盛情款待，尤为铭感！印章已交之六兄[①]，他细为把玩，很为高兴。托带给贺祥云同志之物亦已转交。

昨访金云铭馆长[②]，了解馆藏满文图书情况，颇为扫兴。原来福建师大此类书籍极为贫乏，仅有两种：一为《蒙文·满文·汉文三合便览》十二册，清富俊撰，乾隆庚子年刊本；一为《五体清文鉴》三大册，解放后民族出版社出版。如此而已。省图书馆情况，当续为查明奉告。

师大学生多外出开门办学，目前工作较为单纯。福州正在开展清查反革命的运动，目的是查出写反动诗词和写匿名信之人，福州未有类似天安门事件，但当时街上的确也出现一些反动诗词，似与北京反革命事件相呼应。专此即请

---

① 之六兄，指黄寿祺。

② 金云铭（1904.2. ~ 1987.8.），字文铭，号宁斋，福建福州人。福建师范大学图书馆馆长。著有《金云铭文集》《宁斋序跋集》等。

近安

并向嫂夫人问候。

弟 元桂 上　五月十二日（一九七六年）

2

德栋兄：

来信收到好久了，托办的事至今尚未办好，至歉！

本来我以为抄几条目录太好办了，可是情况不是如此。第一次我去省图，其对外出借图书总目都是普通的书，说是古籍另在一处，按指点找到后，却无人办公。第二次，我想还是找私人办或许较顺当，于是托刘蕙荪写信[1]，回信云，满文书和《商书君〔君书〕》各有五六种，但需办一公函就可抄寄。第三次，我想书信来往要花时间，就请中文系打一介绍信直接找省图参考部，结果还是锁将军把关。第四次，我想还是办公函吧！请中文系写一公函说明要了解的书目版本，贴四分邮票，请代为抄寄。结果音讯毫无。

历时太久了，对不起老友。今早去找金云铭先生，原来我不想叫老先生费神，现在看来只有这一办法了。金先生说省图只有一林列同志懂得古籍，此公被调为省编一潮汐资料，外出调查，上述四次周折才有了答案。金先生给我写一介绍信，待林列同志回省图后，即可请他协助。林何时回来，尚不可知，我当为抓紧及早办妥。

之六兄之女幼岩目前已不治去世，黄老大为伤心，十年内母、妻、女相继身故，此情实太难堪。师院图书馆所藏《商君书》多是解放后出版，解放前仅有四种，另纸抄上。即请

暑安

---

① 刘蕙荪（1909 ~ 1996），福建师范大学教授，刘鹗之孙。著有《铁云先生年谱长编》等。

弟 元桂 上　八月二日（一九七六年）

（另纸）

商君书　五卷二册　清严万里校　中华四部备要本　万有文库本

商君书解诂定本　朱师辙　国立中山大学　民 37 年

商君书笺正　简书编　民智　民 20 年

商君书校释　陈启天　商务　民 24 年

3

德栋兄：

自北京来信早已收到，那种经历受了虚惊，但也是一桩幸事。闻济南前些时候也在防震，迁居户外，想那时兄或已回济，可谓重新获得经验。福州前些日子也谈震色变，现在就少有人谈起了。

调京事进行如何？何时可以成行？暇希见告。省图已回信，兹附上，比师院稍多一二种。

弟本学期参加鲁迅古籍序跋注释工作，初步定明年二月在京定稿，估计会拖延下来。定稿时弟或可能去北京，希望那时兄已调北京，可以在京一叙。

嫂夫人请代问候。即请

近安

弟 元桂 上　九月十日（一九七六年）

馆藏满文书和商君书版：

一、满文书

①清文指要 三卷　续清文指要 二卷　嘉庆十四年重刻本　蛀残

②清文启蒙 四卷　舞格著述　程明远校　蛀残

③清文菜根谭 上下卷　蛀残

④御制增订清文鉴 三十二卷　总纲四卷　补编四卷

二、商君书

①商子 五卷　明程荣校　刊本 卷五残

②商君书 五卷　附考　1913年扫叶山房 石印本

③商君书 五卷　附考　光绪23年新化三味书局校刊本

④商君书 五卷　光绪二年浙江书局　据西吴严氏本校刊

注：平装本、丛书本、新印本概从略。

4

德栋兄：

殷先生培养的研究生某君经福州时[①]，受托来寓探视，深感厚谊。前风闻兄已离京，未悉细节，今始悉兄已回山大，惜某君亦语焉不详。仓促间，托致茶叶一包，想已收到。

黄之六兄任副校长后，系务由弟接任，杂务顿时丛集，定级调资，虚耗精神于是非之地，甚以为苦。师范院校招生任务甚重，中文系现有学生七百人，二三年后将达千人，教师无从罗致，质量下降趋势，似乎难以挽救。

兄调京之事，何以未得实现？儿女婚嫁，是否已排上日程？暇希见示。

即祝

近佳

并向嫂夫人致意。

弟 元桂 上　五月十三日（一九八〇年）

---

① 殷先生指殷孟伦。

三〇、张锡厚　2通

张锡厚（1937.2. ~ 2005.7.），笔名张弘、辛夷，江苏新沂人。中国社会科学院文学研究所研究员。著有《敦煌文学》《敦煌本唐集研究》《敦煌文学源流》《王梵志诗校辑》等。

1

关先生大鉴：

兰州赐示敬悉。感谢先生给我开列详细的论文目录，为写简报提供了充分材料，今后如需要进一步的了解，当登门求教，再次聆听先生的教诲。

我在8月中旬，曾到文物出版社访周绍良先生，向他谈及兰州会议情况，并打听先生是否已到京。周先生说尚未见到你，估计也许20日以后才能到京。近日因身体不适，没有外出，不知先生何日到京，没能面谢，祈鉴谅。

兰州聚会一堂，多次聆听先生的教诲，使我开扩了眼界，增长了见识，实是幸事。遗憾的是，我没能在兰州停留，再多向先生请教。我想今后有的是机会，只要先生赴京还是有见面机会的。如有需要代办之事，随示即办。

敬颂

撰安

张锡厚 上　8.30于京（1982）

2

关先生尊鉴：

手示敬悉，迟复祈谅。

天津会上，深夜聆听教诲，至今言犹在耳。我不仅敬佩先生的为人，而且为先生奋斗之路而折服，至于言谈身教将为我指明处世之途。说实在，象〔像〕我这样的人阅历浅不讲，而且大都不明事理，所以难免吃苦头，也难免陷入瑕瑜不分、真假难辨的境地。想当初，如果能在先生身边执洒扫，我也许会更有长劲〔进〕的。不过，今后我还会得到先生指教的，我相信这样的机会还是很多的。

天津会后，我因家中老岳母身体欠安，同爱人约定时间返京，所以不能多留，故而未能为先生送行，深感歉疚。返京以后，我即遵会议的要求，赶写出会议报导，送交锡诚、文良，不知他们如何处理，也不知见报否？宝卷对我来说是新课题，一时尚不知如何搞起，今后只有跟诸位前辈学习，才能入门的。

近日，我到文学所图书室查查卡片，发现我所收藏的宝卷也有400种上下，不过，由于该室主任在作〔做〕这方面工作，我也不便插手，待他目录完成后，我再借出来看看，也许可以写点东西。在天津时，车锡伦兄曾托我搞文学所宝卷目录，因为已有人涉及，只好婉辞了，不知车兄是否会怪我？今接高兄一信[1]，言及他的大作“论宝卷”，我已告诉高兄出书的时间尚难决定，劝他过些时间再寄，免得延误他投。

宝卷会已成立，又把我推到不该推的位置上，只好尽力而为之，先生如要让我做什么事，请明示。李世瑜先生设想明年开国际会，也是有可能的，况且他手头上还有点经费呢。江苏靖江如能开会，也是可以的。总之，明年

① 高兄指高国藩（1933～ ），笔名南坚，江苏南京人。南京大学教授。著有《敦煌民俗学》《敦煌民俗资料导论》《中国巫术史》等。

一定争取再聚一次，为宝卷研究和发展打开局面。另外，先生如要补齐通讯，可开列期号，我一定照办不误。敬颂

冬安

学生 锡厚 敬上 （19）90.12.10

三一、赵景深　33通

赵景深（1902.4.25. ~ 1985.1.7.），字旭初，幼名阿诺，笔名邹啸、冷眼、陶明志、露明女士、博董等，四川宜宾人，出生于浙江丽水。复旦大学教授。著有《读曲随笔》《小说戏曲新考》《元人杂剧钩沉》等。

1

德栋兄：

为了避免过重，我就在教学大纲后附写信给您。沂蒙山的总结和材料编好了么？人民口头创作概论的讲义着手编写了么？

你对于我的概论有什么意见，望不客气地指教。我想，不够的地方和错误一定是很多的。你带有旧的习惯（毋道人之短）和自私（恕我说得重一些，想激起你对于我的批评），怕多占你的时间，所以不向我提意见。你知道，我徒负民间文学权威（可笑，肉麻！）的虚名，倘不给学生一些较好的东西，是不应该的。倘给了他们错误的东西，我尤其不安心。

“生产实习”，我还不知该怎样搞法。为了偷懒和节约，也许替人民评弹工作团“整旧”，想整出一些“段头”来。但这样，恐怕不是苏浙人，就有一些困难了。我也许要与作协连〔联〕系一下。真是新鲜事情！

敬礼

弟 赵景深　一九五五．一〇．二五

“中国人民口头创作”教学大纲

（一）目　的

目的在运用马克思列宁主义的观点，讲授中国人民口头创作的基本问题，兼及优秀作品，使学生具有这方面的重要知识。

（二）教　材

这是中文系四年级的课程，每周二小时，一学期教完。以十八周计，共计三十六小时，悉为讲授。文选用油印，理论用口授。

（三）教学内容

主要内容分两部分：一、人民口头创作的概念、特征、内容、艺术性、种类及其与古典文学、现代文学的关系等问题；二、优秀的人民口头创作（以现代流传的作品为主，包括神话、故事、传说、寓言、童话、歌谣、谚语等）。曲艺及地方戏中确实属于人民口头创作范围的作品如民间小戏也酌量选用。章节如下：

第一章　概念

一、价值和意义

1. 人民的有价值的文化创造

2. 过去人民斗争教育的武器

3. 对今天新社会的积极作用

4. 中国人民口头创作的丰富及其世界意义

二、学习的主要目的

1. 加强对祖国文化的热爱和尊敬

2. 丰富我们道德的、文艺的修养

3. 了解历史与人民的希望和期待

4. 理解人民口头创作与作家文学的关系

第二章　特征

一、人民性

二、集体性

1. 集体创作

2. 反映共同的思想愿望

3. 人民共有的精神财富

三、口头性和变动性

1. 在人民群众中流行

2. 经常不断的变化

第三章　内容

一、中国旧社会里的人民口头创作

1. 表现人民的阶级关系

2. 表现人民反压迫的思想和行动

3. 表现人民反侵略的思想和行动

4. 表现人民的人道主义和乐观主义

二、新中国人民口头创作内容的发展

1. 对党和领袖的热爱

2. 表现新社会的优良品质

3. 歌颂幸福的生活

第四章　艺术性

一、描写方面的艺术性

1. 形象

2. 典型

二、表达方面的艺术性

1. 明确

2. 朴素

3. 简约

三、固定手法和对比

1. 固定的体例和套语

2. 重复的表现法

3. 对照的表现法

第五章　种类

一、关于人民口头创作的分类问题

二、散文故事

1. 神话

2. 传说

3. 故事——童话、寓言、笑话等

三、歌谣和谚语

1. 歌谣

2. 谚语

四、曲艺和民间小戏

1. 曲艺——快板、弹词、大鼓、相声等

2. 民间小说

第六章　方法

一、中国人民口头创作过去研究的成绩、缺点和错误

二、搜集、记录、整理中国人民口头创作的方法

（四）教学方法

1. 讲授——是本课程主要的部分。有时利用挂图作形象化的教学，有时开欣赏会，放送唱片。

2. 考试——本课程成绩考核方法为“考查”，在平时举行，按照高教部所颁布的“高等学校课程考试与考查规程”办理。

（五）主要参考书目

一、《民间文艺新论集》（钟敬文编，中外出版社，1950）

二、《口头文学——一宗重大的民族文学遗产》（钟敬文著，北京师范

大学出版部，1951）

三、《苏联口头文学概论》（苏联克拉耶夫斯基著，连树声译，东方书店，1954）

四、《苏联人民创作引论》（苏联阿丝塔霍娃等著，连树声译，东方书店，1954）

五、《少数民族文艺论集》（张寿康编，建业书局，1951）

六、《怎样写通俗文艺》（赵景深编，北新书局，1952）

七、《论歌谣的手法及其体例》（天鹰著，文化生活出版社，1954）

八、《歌谣中的醒觉意识》（钟敬文著，北京师范大学出版部，1952）

一九五五年九月在文学教研组通过

2

德栋兄：

来信收到。我就是胆子小，没有自信，不敢写，你还说要向我请教，我真惭愧极了。上次我的信用的是“激将法”，不料你不上钩，实在没有办法，我要您指正的是你所看到的我的“人民口头创作概论”，即同学们笔记的油印讲义，不是教学大纲。

我寄给你教学大纲，没有说清楚，真糊涂。那大纲是四年级用的，二小时，乃“专题讲授”。至于一年级的仍为三小时，并以散文故事为第六章，以下乃：第七章歌谣与谚语，第八章曲艺与民间小戏，第九章影响（即口头创作与文人作品的关系），第十章方法。您主张第七、八章都分为两章，我上次已去信给你同意，就照这样写好了。

沂蒙山区搜集的成绩斐然，我向您祝贺（上文当代询问），当等待着看您的大作。民间文学也有信给我，我也想写一点教学问题。例如：苏联的教学大纲近于“口头创作史”，我们的则为“概论”，究竟应该是“史”还是“概论”呢？即按时代讲还是分类讲呢？其次，曲艺和民间小戏的创作更能结合现实，在今天的中国用处似更大，但又脱离了“人民口头创作”的范围，其他课程又不讲这个。讲“怎样写通俗文艺”这问题究竟是否综合大学中文系的目的呢？当然不是。综合大学造就研究人才，不造就创作人才，但同学对这方面却劲头很大。我现在只好硬着心肠不去管它了。我只能说已有的成绩是如何写的，却不教导学生们怎样去写，仔细写来，也不大能分割。必须自己会写才能了解别人怎样写。——再想一想，难道学中国文学史，也要学会写诗、词、文、赋么？大约只须稍懂作法就行了。你看，我的头脑转了多少圈子，此可谓“混乱不清”也。

您搞得太杂，的确不好。我看就搞口头创作和宋元明清文学这两行吧。历史和梵文都可以暂时收起了。历史只能把重点放在宋元明清文学史和口头创作史，梵文也只能注意于梵文的口头创作。

我的计划又有更改，想在寒假让同学实习沪剧和淮剧。

我的口头创作选民间故事选得太少，谜语、歇后语没有选，都是缺点。工人作品的确应该注意。

文化交流，倘确为事实，无可怀疑，自然可谈，并须注意，要说明我国即使受印度等国的影响，却已经中国化了，这一点很要紧。与“外借学派”的分别，想即在此。中国有它自己的民族形式，殖根甚深。

我的大纲是根据东北人民大学汪馥泉寄给我的一份北京师大钟敬文的讲授大纲拟定的①。与他的差不多。关于您提出的问题答覆如下：

（一）第一章第二节第四项谈影响很简略。可另列第十一章详谈。教文学史的先生们也希望我详谈。

（二）“拥护新社会新制度”可以另加一节。例如，拥护婚姻法的民歌

① 汪馥泉（1900 ~ 1959），字浚，浙江杭州人。东北人民大学中文系教授。著有《文章作法》《现代文学十二讲》《中国文学论集》等。钟敬文（1903.3.20. ~ 2002.1.10.），原名钟谭宗，别号静闻居士，笔名敬文、静闻、静君、金粟等，广东海丰人。北京师范大学教授，著名民俗学家。著有《钟敬文民间文学论集》《民俗学概论》等。有《钟敬文全集》行世。

就很多。

（三）艺术性的“富于想像”是否放在“形象”里来讲呢？既提“想像”，似亦可提到“情感”了。

（四）您提的五点，我就只这一点不同意。去年，我写“概论”，面41诗歌类中有儿歌、民歌、谜语、小调、快板。但分类叙述时，又将小调、快板属于曲艺。我自相矛盾。我认为小调、快板应属于曲艺。因为这两种过去是艺人或文人的作品，很少流行性。我曾在解放后亲听大鼓书场中相声艺人唱快板，也有以快板单立一档的。小调则在“群芳会唱”（解放前大世界）中唱。又，你的大纲照高名凯译苏联大纲，作“板话”，错了。请看我的概论P77。“李有才板话”意为“叙述李有才唱快板的故事”。倘将这“板话”中的快板抽出来，只能称为快板。板话是有板有话，快板是有板无话。茅盾也说错了。郭沫若说得对。

（五）我同意“搜集记录 ”和“整理”分为两项来谈。

我的“种类”一章，先介绍英、法分类，后又介绍叶、杨分类，与苏联四家不相称，可只谈苏联，再谈我们自己，英法叶杨都不必谈了。

弟 赵景深①

3

德栋兄：

我的信刚发出，就接到您从山大寄来的信，真是太巧了。您代沅君的中国文学史宋元明清部分吧？我也讲这课明清部分，下学期教。您准备替山大学报写什么文章呢？

沂蒙山区民间文学总结等如有油印，望寄弟一份。弟今天编写《人民口头创作选》目录，发现我所选的，个人的即非口头创作的部分太多，真正的

① 此信没有写信日期，根据内容当为这个时间段。

人民口头创作，特别是民间故事选得太少。农谚、歇后语和谜语根本不曾选入。

您主张改为五章，我同意。“谜语”可附入“歌谣”中。“歇后语”和“农谚”可附入“谚语”中。普及与提高问题、方言问题插在别章内提，很好。本学期，我概论也不印了。望您陆续写好即寄我，我当拜读。倘有意见，当即奉告。敬礼

弟 赵景深 一九五五.一一.九

4

德栋兄

七日下午由郑州寄来的信已收到。这封信很有价值，使我很感兴趣。我希望油印本的郑州大学俗文学书目能够早日印好，送我一份。

苏州和上海的书摊书店大约被你跑遍了吧？昭通路（即交通路，福州路、河南路附近）、邑庙是书摊集中的地方。青岛不知什么地方有旧书店，等你回来后，你再领我去看吧。公私合营书店（古籍门市部）可怜得很，只有《四部备要》之类，现在该店要迁到即墨路去了，可能另迁移会丰富一点吧。中山路一街内有几家书摊，也没有什么值得注意的书。据说太平路口有书店，我还不曾去看过。

您要我写信给于在春[①]，介绍您去看他，我就把信附上。他的电话是78879。他养病在家，不到古典文学出版社去办公。向山源夫妇问好[②]，培茵嫂身体好些了么？

---

① 于在春（1909.3.30. ~ 1993.11.6.），曾用名于禹孙，又名再春，字熙台，笔名载琮、高则明、于是、过江鲫等，江苏邗江人。作家、上海古籍出版社编审。

② 胡山源（1897.9.16. ~ 1988.1.1.），江苏江阴人。现代作家，文学翻译家。著有《南明演义》《小说综论》等，译著《欧·亨利短篇小说集》《卡本德游记》等。其妻方培茵，长期从事中小学教育工作，著有短篇小说集《诞生》。

希望在八月三日以前能看到您。我在青岛简直成了乡巴老〔佬〕了。找青岛市区图就买不到。“青岛游览手册”将出。敬礼

弟 赵景深 1957.7.12

5

德栋兄：

《鼓词选》校样我已看好寄去。大约不久就可以出版，一出版我就给您寄去。

我认为山大可以把《聊斋文集》为世界书局所没有的（指《聊斋全集》）给印出来，油印也好，这意义会比《俚曲集》大得多。《俚曲集》只是看到一些异文而已。我不曾校阅，请您告诉我其中与路大荒本的不同之处[①]，我实在太忙太懒了。（我已收到资料三册[②]，谢谢您！）我对于其中的蒲松龄传说倒都看了，很有趣。倘若《文集》无意印，可否请您托人抄一份寄给我。抄费我出每千字三角[③]。务恳办到。《聊斋全集》中已有的，倘异文不太多，就都不要。稿纸费由我算，您有何书与我商量编例，望告知。

你教“梵语”，的确是综合大学稀有的课，像您这样的人才，全中国是不多的。关于韩小窗[④]，胡忌有新发现。他替韩小窗又增加了几篇财富。《韩小窗子弟书集》当然可以搞。

---

① 路大荒（1895.3.10. ~ 1972.6.6.），原名路鸿藻，曾用名路爱范，字笠生，号大荒山人、大荒堂主人等，山东淄博人。蒲松龄研究专家。整理出版《聊斋全集》。此句下原有划线。

② 指 1956 年暑假，家父带领学生深入淄博地区进行调查，搜集整理油印的《人民口头创作实习资料汇编·淄博和洪山卷》上、中、下三册。其中下册内容为蒲松龄资料。

③ “倘若”至“三角”数句下原有划线。后文“稿纸费由我算”下亦有划线。

④ 韩小窗，清代子弟书作家。清嘉庆、道光年间沈阳人。一说为同治、光绪年间铁岭人。

我们实习的材料不曾印，都交给文化局了。《明清传奇选》亦已排好。《元明南戏考略》尚未见校样。敬礼

弟 赵景深 1957.10.31

6

德栋兄：

我编文学史，作品选目抄起来太花时间。你过去教过明清小说一段，如有讲稿，不全的也行，作品选读和史的部分都要。我向你和沅君提过好几次了。请费神检觅一下赐寄为感。倘你无备份，且要留底，那就作罢。

《聊斋文集》你既说印行，我就不必请人代抄了。明年编好后，自当代为介绍出版；自然，出版决定权还须属之出版社。你所要的庆应大学资料目录另封借给你，同时赠你《鼓词选》一册。《明清传奇选》也出版了，北京还不曾寄给我。

《挂枝儿》你能编辑最好。叶德均所收辑的部分惜已被周绍良催讨了去，不知其中有无《挂枝儿》。我共编成《中国小说戏曲论丛》七卷，可能有三四十万字。卷一是“明代南戏五大腔调及其支流”，卷二是“郭氏曲品剧品补校”，卷三是“戏曲论丛”31篇，卷四是“小说论丛”23篇，卷五是“俗文学论丛”18篇，卷六是“曲目钩沉录”，卷七是“歌谣汇辑”。倘有《挂枝儿》，即在卷七里面。卷一、二、六、七都是原稿，卷三、四、五卷中也有原稿不少，如《白朴年谱》等。你可去信问周绍良。此书我托李平校[①]，俟排出时，当嘱李平注意其中有没有《挂枝儿》。我对这方面不曾留心，无从开简目。你开

① 李平（1932 ～ ），湖南长沙人。复旦大学教授。著有《中国戏剧史论集》（合著）、《中国地方戏剧初探》（合著）等。

的几种名贵书籍，我也没有。《最娱情》看过后即还给周越然[①]，当时对《挂枝儿》太不注意了，一点也没有抄下来。《秋夜月》我是有的，容当续寄。
敬礼

弟 赵景深　1957.12.9

7

德栋兄：

古典文学出版社由于我的建议，希望您将旧作短篇论文辑集起来，出一本书。倘蒙许可，请将书名、交稿日期先行示知，以便列入计画〔划〕。约多少字，收哪些篇短文，亦恳示及。他们急迫地等待着，望速回信。倘您稿件难找，需由我请复旦大学中文系四年级生作勤工俭学，初步剪贴、改正误字，再寄给您由您补定、改编，我们也可以办到。

民间文学研究会可能在六月间开大会，倘若您也去，可将课程提前上完，我们当可又在北京会面。

您《挂枝儿》还在搞么？《秋夜月》还要抄么？望示知。好像上海图书馆发现了比四十一首更多的《挂枝儿》，我已嘱同学去抄写，不知确实否。当再奉闻。敬礼

赵景深　1958.4.13

奉赠《元明南戏考略》，想蒙收到。最近柳文英也写了一篇《月夜闻筝考》与沅君和我讨论，在《山西师院学报》上发表。可告知沅君同志。又及。

---

① 周越然（1885～1962），本名之彦，又名复盦，字越然，别署走火，浙江吴兴（湖州）人。现代著名学者、翻译家和藏书家。著有《风俗随谈》《版本与书籍》等。

8

德栋兄：

昨天把大作由我拣出，我儿易林剪[①]，昨晚已交复旦同学李庆甲去贴、去校正错字[②]。当然那只是初步的，还须您再仔细覆看，您能加入未发表过的札记，那是非常好的。您要我写序或跋，我有时间就写，没有时间就不写了。严敦易、周贻白等人的[③]，我都没有写序跋。我谢谢您给我写序跋的荣誉，倘若我不看一遍，我就没有资格写。

书名称作“满汉兼及其他”，等于没有书名，对于这书的销路是有问题的。我意不如称作“小说曲艺散论”，你看怎样？变文也可以归入曲艺。当然子弟书和小曲也可以算作曲艺。

复旦学生勤工俭学剪贴与改正误字，暂可不必由您付工作费，我当与古典文学出版社一谈。

我的刊物好在已为此次工作剪残，无法补全，您可以不必还我了。倒是《挂枝儿》，需您先付抄写费，每千字不过三四角。下次再告诉您。可能要付二三十元。约有一百几十首。路工已抄去一份。

剪贴本寄你后，你在两周内寄还，甚好。您加上一两万字，那更好。书影一两页可以用。《秋夜月》亦可请人代抄。民间文学代表大会您一定可以参加，我这样想。冯的题字和山水画，蒙允洗好寄下，甚谢。敬礼

赵景深　1958.4.22

---

① 易林即赵易林（1927～　），赵景深之子。曾任教于上海纺专、上海业余纺院。著有《赵景深的学术道路》《家藏宝卷书目》等。

② 李庆甲（1933～1985），江苏兴化人。复旦大学教授。参编《中国历代文学作品选》《中国文学批评史》《中国历代文论选》等。

③ 严敦易（1905.9.9.～1962.6.17.），字易之，号渥圃，一作沃圃，江苏东台人。戏曲史论家，作家，人民文学出版社编辑。著有《杨贵妃》《水浒传的演变》《元曲斟疑》等。

聊斋目已收到，又及[①]。

9

德栋兄：

四月廿七日来信早收到了。《挂枝儿》已替你抄好，共五万字，约百余首，以每千字四角计，请寄二十元来。《秋夜月》中之《劈破玉》，我也请同学替你代抄了。那一部分字数大约极少。

大著《曲艺小说论集》无须由你付工作费。需要时当再告诉你。我想向古典文学出版社要。该社已经合并入中华书局去了，但一切约稿等仍照常有效。

来信不曾说清楚，好像《读书札记》已经寄下似的。我没有收到。你大约是说将来再寄给我看吧？

复旦同学开了十天左右的党团代表会议，大作贴和校的工作搁了下来，大概现在可以再重新工作了。冯梦龙的字画洗好后望寄下。

祝好

赵景深　1958.5.6

10

德栋兄：

寄来廿元已收到，并已妥交抄写人，他要我谢谢你。他抄的《秋夜月》部分，据说百分之九十以上与《挂枝儿》相同，只是简略得多。他这份是送给你的，不要钱。

复旦同学搞得很慢，到现在还不曾搞好，大约运动忙的原故。“变文目”

---

① 此句写在信封背面。

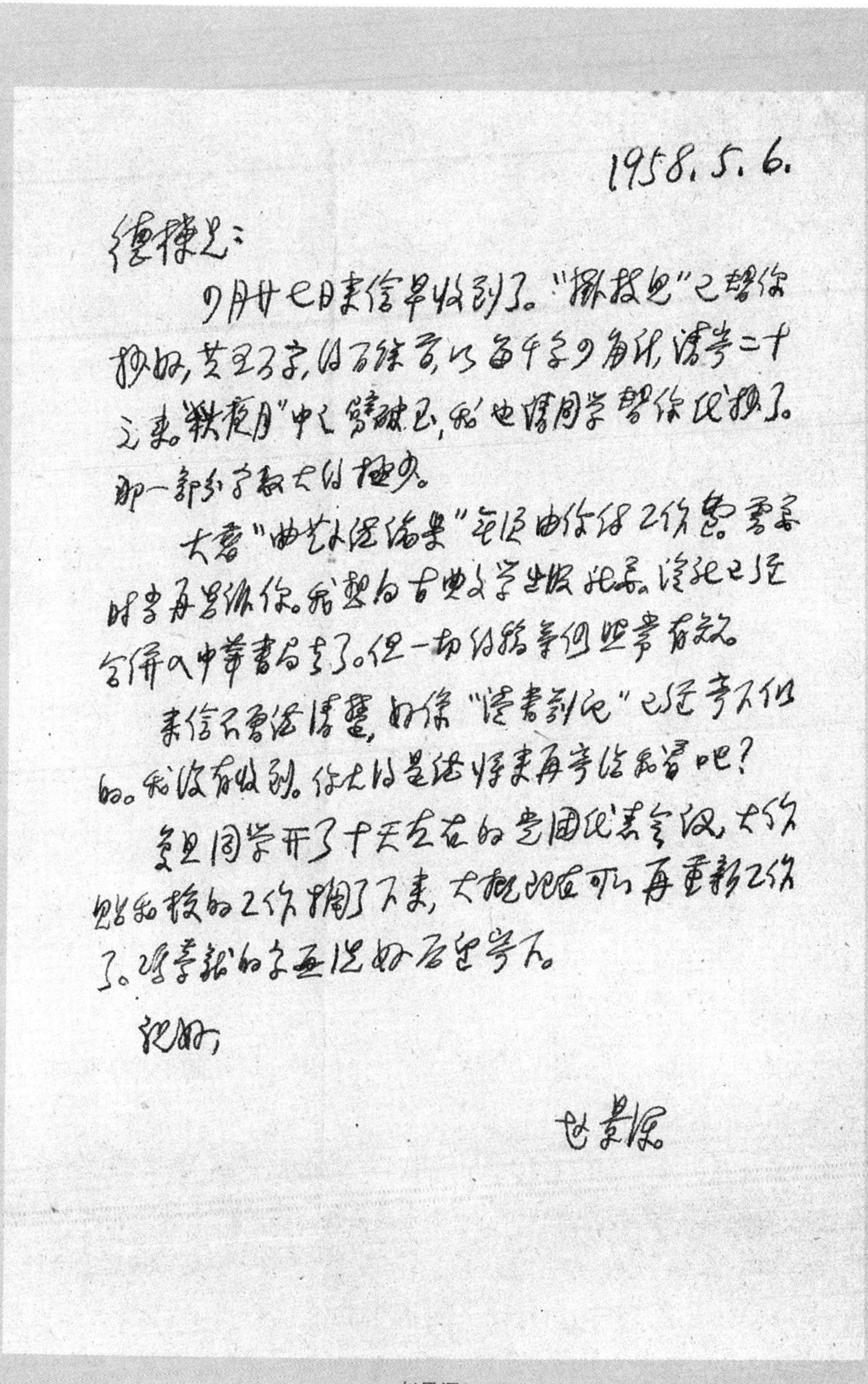

1958.5.6.

德栋兄：

四月廿七日来信早收到了。"挪拔也"已替你抄好，共五万字，以后续寄，以每千字四角计，请寄二十元来。"秋夜月"中之蓦镜[illegible]，我也请同学替你代抄了。那一部分字数大约相类。

大著"曲艺小说论集"已经由你作工作室。需要时当再寄还你。我想向古典文学出版社要。该社已经合并入中华书局去了。但一切的编辑事仍照常有效。

来信不曾说清楚，好像"读书札记"已经寄了似的。我没有收到。你大约是说将来再寄给我看吧？

复旦同学开了十天左右的党团代表会议，大约出版校的工作搁了下来，大概现在可以再重新工作了。该录就的字画还没好写下。

祝好，

赵景深

赵景深9

王重民的较详，你这目录是否要增补，还是这篇不要了呢？《最娱情》所录，可能与此差不多吧？当时我未留心研究，以致失之交臂。我连一个字也不曾抄写下来。寄给你的抄稿想已收到了吧？（指《挂枝儿》等。）《曲艺小说论集》整理完毕后，当即寄奉。

关涉到戏曲的，既然只有一点儿，可以暂时不用，否则就要以“俗文学论集”为名，而“俗文学”似乎又有些人不同意采用这名词。冯梦龙的字画洗好后望寄下。我最近不搞什么。安徽师范学院可能要我去做学术报告，时间约在六月底。大跃进的歌谣活动，我因忙于备课，不曾参加。

祝好，冯沅君同志问好。

弟 赵景深　1958.5.18

我介绍你为中国青年出版社编写《变文宝卷选》，不知他们已到青岛来看你否？又及。

蒲松龄文集事，已告诉古典文学出版社了。贾天慈来信，谈起他的几篇论文，你还不曾还给他。再及。[1]

11

德栋兄：

五月十七日和廿三日的来信都收到了，希望再过几天能收到您的《曲艺小说论集》的稿本。

《挂枝儿》据说要印行，作为内部读物，你暑期要加一把劲来搞才好。倘若振铎收入《古本散曲丛刊》，可能不会太快；倘若路工单独出版，那就也许相当快了。这书我问过抄写人，没有序跋，缺目录，只留下最后三个目；由于下面还缺一点，当然这最后三个目是没有的，可惜他没有抄下来，现在此书上海图又借给别人去抄了。第一页即为第十页，注明“挂枝儿终”，由

① “又及”“再及”两段文字写在信封背面。

于书已外借，他无法告诉你每面几行，每行多少字。

我因交心忙[①]，故此信迟到今天才覆，乞谅。

剪贴校对费我想向古典文学出版社去算。以后再与你连〔联〕系吧。“变文目”你既与王目不同，我认为还是可以增补并加说明的。你评《敦煌变文集》的文章如来得及，自然应该加进去。

您的大作《谈变文》，你只送给我《觉群周报》两份，首尾均缺。我订入“中国文学第五册”，现在撕下供您采用。您也许不曾写完吧？日本刊物谈到您的变文论的，我无所知，亦无此刊物。《最娱情》似不分栏，无论如何没有三栏，已记忆不真。冯梦龙照片望寄下。敬礼

弟 赵景深　1958.6.3

12

德栋兄：

日前江橹从好几省搜集（不，应该说是摸底）民歌后到上海来看我[②]，他谈起与您熟识，民间文艺研究会的大会已决定请您参加，届时当可又在北京碰头了。不过，民研会为了我们这些教师延迟到七月三日开，看情况不知七月三日能否走得成。政治要挂师，搞臭资个人主义思想首先重要，如果七月三日能再推迟就好了。

我非常同意您书名改为“曲艺论集”，这也符合我的原意。小说部分以后再编集子好了。你稿子迟些不妨，古典文学出版社（现在应该称作中华书局了）还不曾催得太急。编好后即请寄下可也。

---

① 交心，即交心运动，是 1958 年对知识分子进行思想改造的一项重要措施。

② 江橹（1919 ~？），浙江杭州人。民间文艺研究会编辑部主任，1957 年被错误批判与处理，下放到张家口市文化局任编剧。

《螳螂做亲》我也有，可能是……是什么呢？我搞不清。如果不念经称佛，就不是宝卷。你拟的几个题目，我都很感兴趣，很能吸引人。日本木刻曲本，我也大都没有见过。《李桂玉及其榴花梦》也是很重要的。

近来厚今薄古，振铎的木刻画也被《光明日报》批评了。但是《湖丝阿姐十怨命》应该是极有意义的。《读变琐记》也可以抄出来。

小说部分仍望寄还给我，我替你保留；或者你自己保留也可以，希望你不要搞丢了。戴全德的材料自然也重要，既一时无法搞，就让它阙如吧。

这两天我宣传总路线。《人民日报》（六月六日的）登了我拉洋片的照片，在第四版，也许你已见到了吧？敬礼

弟 赵景深 1958.6.9

13

德栋兄：

九日上午来信奉悉，您新写的几篇曲艺论文亦已收到，请释悬念。《读变文》既不全，当可不必收入，请仍还给我。蒙允送冯梦龙照片，与剪贴一同寄下，先谢谢。《太平年鼓词》四种在一篇论文里论述，甚好，说明不必加“引言”字样了。

我本来向古典文学出版社介绍时，也就说起你的那一本是“曲艺论集”了。内容单纯，对学者更有用，我非常同意你不收小说论文的办法。胡氏与胡士莹均无关系[①]。我可能没有时间拜读您这八篇文章，只等待您寄剪贴稿来，并告知排列次序后，即将大稿转给中华书局上海编辑所。敬礼

弟 赵景深 1958.6.16

---

① 指胡晨，是年为山东大学中文系二年级学生。

14

德栋兄：

陆树仑拿了你的介绍信来看我[1]，我知道您的《曲艺论集》已经排好了。在看校样过程中又修改了一些，足见你的负责。

我在病中把过去的四本小说论集合编为一本《中国小说丛考》，详情胡晨会告诉你的。他在我家住了几天，在编辑过程中，我也采纳了他的意见。他谈起你问到民间文学的教学大纲和讲义，我是一个字也不曾写。

我是七月七日动身赴北京的，八日到九日参加会议，十二日晨下三轮车滑倒，跌断左腿大胯骨（十一日下雨），进德胜门内积水潭医院治疗。由骨折引起糖尿病严重（四个加），再由糖尿病引起背痈。老子一气化三清，真所谓祸不单行。经用牵引（未上石膏）六星期后，骨折已完全结合，尚须一月，方许下地。背痈经开刀并服黑霉素，亦渐痊可。糖尿病还在控制饮食中。胡晨也会告诉你的。

祝好

弟 赵景深 1958.9.13

15

德栋兄：

九日的来信收到。得胡晨来信，知道你校迁往济南郊区，即农学院旧址，并有十五个小高炉。《曲艺论集》编得很好，把敦煌文学、弹词大鼓和小曲分为三组，眉目很是清楚。

我对陆树仑先生还没有什么帮助，因为我还不曾到校。感觉精力不够，

① 陆树仑（1931 ~ 1984），江苏南通人。任职复旦大学中文系，主要从事古代戏曲小说的研究教学。著有《冯梦龙研究》《冯梦龙散论》等。

说话也没有气力。医嘱十二日下地，我提前了两天，并遵医嘱在同济医院向宣哲〔蛰〕人医师就诊，拍了两张X光片，据说：我已经可以练习走路了。现仍支手杖，走路略似跛行。未走之时，我以为无甚困难；走了以后，方知不太简单。看样子，再过一个月，不知能复原否。

最近我已点完《南宫词纪》。今天起，在开始标点《笠翁剧说〔论〕》，搞搞这样的工作，还不太吃力。《学究自嘲》内容错落，你替整理了，那是很好的。《白雪遗音》中的若干曲词，曾见于蒲氏作品的传钞本，也是前所未知的。

《中国小说丛考》送交审查，还没有回音下来。文学史教学大纲，编到元朝为止，我这里只有一份。民间文学大纲还没有。我还不曾写。我不知怎么搞才好。五位同学勤工俭学搞《元人散套集》，与《元人小令集》配合，由我校润，大约再过几天也可以完工了。

你把曲艺跟现今的四川清音连〔联〕系起来看，注重"古为今用"，的确很好。《挂枝儿》的一篇，大约把新发现的材料都用上去了吧？在北京医院里听广播，有"太原大鼓"一种，完全是新的品种。每套分为三段，由慢而快，由民歌小调以及其他曲子组成，融化了一些京音大鼓。

我的糖尿病大致尚好，不能吃油腻，油用多了就要变坏。例如，上次吃馄饨，今天吃蟹烧狮子头（内有雄蟹的油），一化验小便，就有一个加。

敬礼，向您夫人问好。

赵景深　1958.10.14

16

德栋兄：

来信收到。您在炼钢劳动中得到锻炼，我听了很是高兴。

振铎的牺牲[1]，的确很使人难过。想不到《古本戏曲丛刊四集序》竟成了他的绝笔。今天我读了“文学研究”上的特辑和对于他的《插图本中国文学史》的批判，记住了他的话：“能不及时努力工作吗！”我要好好地学习。我希望身体能够早日健康起来。这几天走路又有了进步，几乎快与一般人差不多了。只是，精神还不大好。

《南北宫词纪》和《笠翁剧说〔论〕》我都写了序，各三千字左右[2]。《元人散套集》的序只写了一千五百字，《读曲小记》（据说已付排，这书与《元明南戏考略》《明清曲谈》实际上是一部书分成三本）的序只写了一千字，《中国小说丛考》的序也许有两千字。

我拥有不少已经快绝种的绍兴平胡调的抄本，资料不少，它与昆曲、弹词都有很密切的关系。实际上就是绍兴弹词，洋〔扬〕琴是主要的乐器。我曾在新世界听过一次，约在数年前，史实父领衔[3]。有些开篇字句简直与弹词开篇完全一样。绍兴特有的弹词为《仙花会》《白狐裘》；与昆曲有关的弹词为《风筝误》《渔家乐》等；另外还有《折桂亭》《双鱼坠》《西园记》《倭袍》《描金凤》等。特有的开篇为《禹陵》等。

我想，大著《曲艺论集》可能等书出版后再与你订出版合同并送稿酬了。你的“前记”不妨早日寄去，说不定他们会不等“前记”寄去就出版的。

教学大纲我这里只有一份，宋元部分已经借给冯沅君同志了。明清还没有。但是，本月廿五号以前，同学们准备写一部较小的《文学史纲要》呢！

树仑要问我什么，我当尽所知告诉他。敬礼

赵景深　1958.11.14

---

① 1958 年 10 月 18 日，郑振铎在率中国文化代表团出国访问途中，因飞机失事遇难。

② 原信“各”下衍一“约”字。

③ 史实父，绍兴平湖调著名艺人。1953 年，史实父等五人应华东戏曲研究院约请，赴上海举行平调欣赏会。

17

德栋兄：

来信收到。方才我去看了中华书局内部检查的展览会，竟把你的《曲艺论集》和其他花花绿绿的封面作为批评的对象。我倒觉得这种剪纸图案有民族风格，作为《曲艺论集》的封面还是适当的。不知你接到这书后的感想如何。

陆树仑日前来看过我，问起文学史《镜花缘》是否要独立成章，我要他附在《红楼等》后面。讲地位，前者是远不及后者的。

《曲艺论集》前有“出版说明”，写得相当概括。这是你新生的孩子，我感到你是慈母一样地关怀。日前偶检“文艺复兴”，发现你还有一篇谈《目连救母》等变文的文章在专号中册上。

我买《螳螂做亲》等抄本异文，就是从你介绍的苏州史依仁等书商那儿得来的[①]。侯香叶是一个多产的弹词校订者[②]，的确值得注意。你信上谈起应补的地方，足见你出书态度的严肃和谨慎。对于平胡调，我可能要做一番研究。由于现在厚今薄古有过左的倾向，我又有一些不敢搞。这里面的精华，严格说起来，实在太少了。

我在北京傅惜华处借钞了三册张大复的《寒山堂曲谱》，其中有些新资料可补《元明南戏考略》，也由于中华书局等处方向的转变，懒得写研究论文。还有，我买到抄本《菊部群英》。此书只印了上卷，下卷未有，是很珍贵的。也曾想写论文，结果也不曾写。

《明清曲谈》和《元人杂剧钩沉》本拟今年十月重版，现在也不重版了。现知《鼓词选》明年二月准备重版，这是因为鼓词是民间文学。

---

① 史依仁，20 世纪 50 年代初为苏州信记书店（后改组合并为苏州市古旧书店）员工，1969 年 12 月，被“下放”到苏北农村“安家落户”。直到 1978 年 10 月返回苏州，回到古旧书业岗位上。

② 侯香叶即侯芝（约 1768 ~ 1830），字香叶，号香叶阁主人、修月阁主人，上元（今江苏南京）人。清代诗人、弹词作家。她编写了《再生缘》的洁本，并接续《再生缘》作有《再造天》。

学生要求很高，明年春我或许要教“群众文艺”或“明清民间文学”（或“五四以后的民间文学”），三者择一，能否教好，我有些担心。一养病，人养得更加懒了。敬礼

赵景深　1958.12.26

18

德栋兄：

另封借给你《红楼木鱼书》和《云南农村戏曲史》，你看完后还给我好了。我现不需用。云南花灯戏我看过一些小戏和歌舞以及大戏《依莱汗》。大戏不怎么好，还是唱的滇剧的调子，没有一点花灯戏的味道。小戏很好，我特别喜欢《刘成看菜》，他把民歌《菜果点兵》用进去，用得很自然，并且思想性强，一开头叙茄子等伸出头颈要水喝，就很有诗意。有的舞蹈还表现隔着山头赛歌，也是令人高兴的。

你借给的聊斋四六文，易林工作忙，只抄了一小半。现在我请外面的人抄写，可以快得多。一俟抄毕，当挂号还给你。由于教学革命忙，迟覆为歉。

望转告徐邦治或胡晨一声[①]，请他们借一本《山东大学学报》中刊有中国大文学史文章或报导的那一期寄给我看看。能赠送自然更好。你长期贫血和神经衰弱，望保重。我也有糖尿病。我们俩真是“同病相怜”了。

《挂枝儿》的序，中华还不曾给我看。由于十九世纪西欧文学估价的影响，是否中华出书方向又迷惑起来了呢？贾天慈的那本叙录和论文集也不知中华是如何决定的。看来还不曾决定呢！《中国戏剧史长编》我买了一部，还不曾看。大致与过去的那一本差不多吧？你看过，觉得哪些地方改动最大呢？

---

① 徐邦治，生卒年不详，在山东大学念大四时被打成“反革命”罪。出狱后，在山大完成了最后一年学业，去了河北邯郸二中做教师，1985 年调至无锡县报报社工作。

陆树仑教学效果很好。他能够把文学史提高到文艺理论的高度上去讲。陈古虞是爱好音律的。听说他曾教同学作曲，同学都写了些风花雪月的东西，后来陈古虞还作了检讨，说是把同学引到错误的方向去了。徐扶明论沈璟文已在《文学遗产增刊》第七辑中刊出[①]。敬礼

赵景深　1960.4.17

19

德栋先生：

八月十七日和九月十四日的来信都收到了。我在北京接连参加了文代大会和民主党派会议，两次见到毛主席，九月八日方才回沪。正如您所说，回沪后许多事堆起来，且须备课（《民间文学概论》，四年级），因此无暇及时覆信，非常抱歉。

《鼓词选》中一些不是鼓词的书名，望来信列举告知，以便将来重版时改正。有错误亦望随时赐示，正像我校读《曲艺论集》一样，想您定能照着做，是么？

我在北京不住西郊“宾馆”，上海代表住的是距动物园一站路的二里沟西苑大旅社六号楼。

一个极凑巧的机会，我在演乐胡同中国书店专家服务组遇到了阿英，他谈起你给了他《女弹词小史》《小说搜奇录》等刊稿，甚为感谢。他脑子开刀，这次能治好，真是大幸。他去文代会时不多，听说只去了两三次，又在主席台，因此未能遇见。我妹妹慧深谈了一些有关他的病状[②]。

---

① 徐扶明（1921 ~ 1995），湖北浠水人。上海戏剧学院教授。著有《元明清戏曲探索》《牡丹亭研究资料考释》等。

② 赵慧深（1914 ~ 1967.12.4.），原名赵瑰，四川宜宾人。著名话剧、电影演员，编剧。著有京剧剧本《三不愿意》、电影剧本《不怕鬼的故事》等。

《国事悲》《英雄泪》二书我都没有，我是从书目上抄下来的。你能见到此二书，称为有爱国主义精神，的确是一个发现。我建议你写一篇短文投给光明日报《文学遗产》，该刊正在征求晚清文学的论述呢。《鼓词叙录》编入《曲艺论集续编》甚好。我有一种赵五娘故事的唱本《琵琶记》。叙述印度阿三生活的宝卷我不曾见过。《正容记》鼓词我不曾见过。说唐故事的鼓词似比杨、呼更多。木刻本鼓词我见到的极少。山东是较易看到一些的，因较流行。敬礼

赵景深　1960.9.21

20

德栋兄：

方才陶梦非来谈，长沙木刻唱本计 111 种，165 册，售十八元；江苏木刻唱本 83 册，售十元。共计廿八元。你可将书款汇给我，由我转交给他，当嘱他将这 248 本木刻时调小曲寄给你。敬礼

弟 赵景深　1960.11.15

21

德栋先生：

来书奉悉。陶梦非处，今晨我打了一个电话，他不在家；今晚又写了一封信去。俟得覆当再告知。他不曾售出最好，如已售出，当待你来信，将你寄来的书款廿八元另作处理，或寄还给你。

上海我看过越剧《卧薪尝胆》，没有西施出场，根本不提这个人。京剧不知如何？你的见解，我很同意，越剧没有把勾践写成人民英雄。它写勾践一度耽于安乐，经人民劝谏后才刻苦图强的。它又根据《吴越春秋》添上了

越女。

李庆甲同志处我当替你致意。他现已不搞俗文学，与安徽学院来的梅运生一样[①]，都改搞中国文学批评史了。李平则改搞写作。只剩下陆树仑，本学期开了《红楼梦研究》

你谈到《夜读经书》，说得过简，内容又很丰富，我还不够了介〔解〕。例如：京剧西皮问题、关羽扮相和护法神的问题等。我记忆中，说唱里《芦花记》还不多。沈璟《十孝记》里是有的，《群音类选》中似有佚文，傅惜华在沪版“俗文学”中引过，绍剧《鞭打芦花》，我看过两遍演出。

写故事的小曲和说唱的关系，加以比勘研究，得出发展规律，是什么规律呢？西皮的起源（？），周说如何[②]，你说又如何呢？你的依据是什么呢？“单鼓词”又是什么呢？我这方面的知识还不够，都不大了解。

滕永然同志是专搞绍兴高腔和余姚腔的[③]，对于说唱音乐可能兴趣不大。容暇时再替你介绍另一位四川籍的领导同志吧。我自己不懂音乐，跟他们是不太熟悉的。我只知有一位女瞎子艺人在音乐院教单弦（？），颇有成绩。

我校 2 号放假，廿三日上课或开学。敬礼

赵景深　1961 年 2 月 5 日[④]

22

德栋兄：

来书奉悉。我将扬州曲本你所提到的几种翻看了一下，觉得你很细心。《王

---

① 梅运生（1932 ~ ），安徽贵池人。安徽师范大学教授。著有《钟嵘和诗品》《魏晋南北朝诗论史》等。

② 似指周贻白。

③ 滕永然（1933 ~ 2007），浙江余姚人。戏曲音乐理论家。著有《浙江高腔剧种介绍及其声腔源流研究》等。

④ 第 21 至 29 封的日期，是用印章戳在信纸上的，原为汉字大写数字，今改为阿拉伯数字。

瞎子算命》倘不仔细，是看不出这里面有【剪剪花】等曲调的。《竹木相争》有数落，当亦为牌子曲。我还看到一本《对口满江红》即《怕跳槽》，内有【穿心跌断桥】【梳妆台】【正调】等，当亦为牌子曲。扬州清音我听过一次，但也听得太少。

您提到南方村镇比北方小城都要热闹繁华，流行小调究应算作市民文学还是民间文学，很有意思，这确实是值得讨论研究的问题。

于会泳同志从上海合唱团借单弦的研究给你①，我很高兴，滕永然同志是够朋友的。

我说的《妻上夫坟曲》就是指的明朝禁令。上次误写成清朝了。事后想起，信已发出，就算了。

谢谢你提出了约三十二个时调名。我在这里面挑选了下面这一些：

银绞丝、罗江怨、耍孩儿、寄生草、山羊坡、锁南枝、挂枝儿、马头调、西调、剪靛花、泗州调、凤阳歌、劈破玉。

另外下面这些，你看是否要选：

打枣竿、驻云飞、岔曲、苏武牧羊、五更调、无锡景、马灯调、杨柳青、滩簧调。

我初步选了这廿二种。望将尊见告知。滩簧调似乎不能算作调名，马灯调也不是太流行的。是的，要以今日比较最常见的为主。考虑到读者会要翻查一下的。敬礼

赵景深　1961年3月13日

---

① 于会泳（1925.6.24.～1977.8.31.），山东海阳人。曾任国务院文化组副组长、文化部部长。粉碎“四人帮”后被免去一切职务，隔离审查。后自杀身亡。著有《腔词关系研究》《曲艺音乐概论》等。

23

德栋兄：

来信收到，《啸台偶著词例》虽然只有几百字，的确内容不错。我曾与《表忠记》的实践来核对，发现他确能说到做到；惟尚无暇赴上海图书馆一读《赤松游》《化人游》《西湖扇》之类耳。潘之恒的《秦淮剧品》《曲艳品》之类[1]，我也将资料发给同学们了。

祁彪佳对于作曲谱曲的意见，还没有加以发挥；但已有同学刘健对于《曲品》《剧品》作毕业论文，不知他能在这方面作全面的考察否。

明代民间戏曲由于只讲四个课时（每节四十五分，实际共只三小时），因此只能做启发报告，未能深入探讨。陆树仑听了这两次课。最近他为三年级补课，很忙，每天要上四节课，替他们讲解作品，因为三年级是工农学生。陆树仑对授课是非常负责的。我对他表示由衷的钦服。我讲这课时，开端连〔联〕系到党的百花齐放的政策，使我能看到活的戏曲史。

现在第三部分已讲完，主要是参考欧阳予倩和顾仲彝的两篇文章[2]，也参考了阿甲、古里叶夫、奥布拉兹卓夫等人的论文[3]，大都是《戏剧论丛》《戏曲（剧）研究》《上海戏剧》上面的。二十号想请陈古虞来讲《中国戏曲表演的特征》。

---

① 潘之恒（1556 ~ 1622），字景升，号鸾啸生、天都逸史、冰华生等，安徽歙县人。明代戏曲评论家、作家。著有《鸾啸小品》《涉江集》等。

② 欧阳予倩（1889.5.12. ~ 1962.9.21.），原名欧阳立袁，号南杰，湖南浏阳人。现代剧作家，中国话剧运动发起人之一。有《欧阳予倩全集》行世。顾仲彝（1903 ~ 1965），原名顾德隆，浙江余姚人。戏剧理论家、教育家、剧作家。著有《演剧艺术讲话》《编剧理论与技巧》《顾仲彝戏剧论文集》等。

③ 阿甲（1907 ~ 1994.12.24.），原名符律衡，曾用名符正，江苏武进人。戏曲理论家、剧作家、导演。著有《谈京戏的表演艺术》《戏曲表演论集》《阿甲戏剧论集》等。格·尼·古里叶夫，苏联著名戏剧理论家和导演。奥布拉兹卓夫，苏联艺术家、木偶演员。

壹玖陆壹年 伍月 壹拾肆日

德栋兄：

来信收到。《啸余谱词例》纸上只有几百字，的确内容不多。我曾与《素女记》的宝卷来校对，发现他确能说到做到；但只有五四本上海图一隅《盘丝洞》《仙人过》《西湖舫》之类耳。潘之恒的《亘史剧品》《曲艳品》之类，我也将资料发给同学们了。

钱南扬对于做曲谱曲的意见，还没有加以发挥；但已有同学刘健对于曲谱剧本做毕业论文，不知他能否达到做全面的要求。

明代民间戏曲由于只讲四个课时（每节四十五分钟实际只有三小时），因此只能做普及教学，未能深入探讨。陆树岑听了这两次课。黄河他为三年级补课很忙，每天要上四节课，替他们讲解作品，因为三年级是工农学生。陆树岑对授课是非常负责的。我对他表示由衷的钦服。我讲这课时，开端连系到党的百花齐放的政策，使我能讲到后的戏曲史。

现在第三部分已讲完，主要是参考欧阳予倩和赵仲先的两篇文章，也参考了阿甲、古里耶夫、奥布拉兹卓夫等人的论文，大都是《戏剧论丛》《戏曲（剧）研究》《上海戏剧》上面的。二十号想请陈古虞来讲《中国戏曲表演的特征》。

我藏的《义侠记》從第五折到第八折（即后半部分，朋友送来13-14号藏本），但另有《朋友记》十五号林步青所写的改良新编《十更天》（如江浙铁路风潮，一新社唱本）。陈定将文，我不知发表在何处。（但从信笺中，确知此文已发表。）

何慧校订的《北西厢》决定影印五百部，每部价不到十元。我替他写了跋，将来山东大学可以买一部。

《南词订正》可能在北京。那上面只说他至龙剧用四类种曲调唱，有二纪字调、中州调、楚州调、古楚州调等。傅惜华在《戏剧报》四月号将有介绍。

敬礼，

赵景深。

第 号第 頁 19 年 月 日

61.3.50×100 9450本 3112 6

赵景深23

我藏的《义侠记》仅第五折到第八折（即后半部分，《月月小说》第13–14号残本），但另有《月月小说》十五号林步青所写的改良摊簧《十更天》（劝江浙铁路认股，一新社唱本）[①]。陈寅恪文，我不知发表在何处。（但从沫若文中，确知此文已发表。）

何璧校订的《北西厢》决定影印五百部[②]，每部价不到十元。我替他写了跋，将来山东大学可以买一部。《南词引正》可能在北京。那上面还谈起元杂剧用好几种曲调唱，有弦索调、中州调、冀州调、古黄州调等。钱南扬在《戏剧报》四月号将有介绍。敬礼

赵景深　1961年5月14日

24

德栋先生：

《挂枝儿》准备付印，是由于浙江图书馆姚燮《今乐府选》抄本后还抄了《挂枝儿》，竟是全十卷本的。我听路工如此说，又得到上海图书馆瞿凤起的证实[③]。这真是一件意想不到的事。

现代中国作家小传，新华书店上海发行所出版过一本《作家与作品》，1957年五月刊行，只收了六十位作家。山东师院收了一百几十位作家，是较多的。

上海图书馆藏有潘之恒的《亘史》和《鸾箫〔啸〕小品》，据路工说，这里面有不少明代的昆曲史料。明嘉靖、万历间，昆曲的“曲派”大约有上海、无锡、太康等处，还可能有北京、南京、苏州等处。

---

① 林步青（1860 ~ 1917），丹阳人。苏滩演员，工丑。

② 何璧，生卒年不详，字玉长，号逋客，福建福清人。明万历间布衣。

③ 瞿凤起（1898 ~ 1987），江苏常熟人。著名版本目录学家。与顾廷龙、潘景郑校订《千顷堂书目》。

有关俗文学的书，复旦大学的确少得可怜，过去太不注重这一方面了。我在几年前替复旦买了一些，也都是普通的本子。我还将复出的宝卷木刻本送了一些给复旦大学。

关于上海戏园等的资料，我有《海上梨园杂志》2册，《上海梨园变迁〔史〕》一册，又《剧报》（每日二小张，卅二开）合订本一册，都被李啸仓借去，迄今两年左右[①]，不曾还来。还有一本小说体的《梨园外史》和一部以演员、剧名拼凑起来的章回小说。这两部小说倒都在身边。前者阿英曾翻印过一两回，刊在《华年》或《闲书》这刊物上。

谭正璧藏有不少本较早的刻本京剧，他答应借给我看，这里面有江西的刻本。他还有让或送给我的意思。我想拿他所没有的木鱼书与他交换，因为我所藏的京剧好像比他多一些，他对于京剧的兴趣不及木鱼书来得大。但我还不曾向他启齿。

上海近来正在讨论《珍珠塔》，有人说方卿是以势利反势利。我颇不以为然。敬礼

赵景深　1961年6月2日

25

德栋兄：

十五晚来信迟覆为歉，因为我筹备给选修《戏曲研究》的同学们看的一个“小型戏曲展览”，忙了一个多星期才搞好。廿五日展了一天，直到今天方才收拾还原。展览就在我家二、三楼前楼和三楼亭子间。陆树仑同志也来看过了。

胡士莹先生已于上月底回杭州，你托他就近了介〔解〕情况是很恰当的。也许过几天我要到中华书局去一趟。似乎现在纸张又可以松动一些了。

① 原信“今”后衍一“约”字。

您谈郭沫若的《再生缘》，我告诉您一个有趣的消息：陈汝衡替人民文学出版社编《弹词选》，一搁就是两年；由于郭论述弹词，于是陈选连带沾光，现在这部书要考虑出版了。陈汝衡准备加选一篇《再生缘》。

陈适写了一部五六万字的《南戏瓯拾》[①]，现正在中华审阅中。陈适是温州中学的语言教师，对戏曲有兴趣。

《万里长城的故事》，六月号的《民间文学》上有介绍，书本比 32 开本稍狭长一些，共 245 面，不太大。

豫剧的文章有一点，似乎不太多。我在《展望周刊》上也写过一篇《谈豫剧》。河南梆子和河南曲子的石印、铅印本我大约买了二三十小薄本。都是民间形式粘订的。已逝世的张长弓写过《鼓子曲言》[②]，由正中书局出版。他还自费印行过《鼓子曲选》和《鼓子曲谱》，我转送给了复旦大学，也许不被注意，不知抛在什么角落里去了。敬礼

弟 赵景深　1961 年 6 月 28 日

26

德栋兄：

我们俩通信好像玩走马灯。你山大来信，我覆你一信，并寄给你五页《辞海》稿纸，要你写“明清小曲”条目（现在《辞海》已告一段落，分科本将付印，你那五条可以无须写了）；后来你从北京来信，我把信带到黄山，覆信给你，不料你又要到青岛去了；你四号来信，六号到，恰巧这天早晨四时我就动身离沪到黄山休养，今天回沪方看到你四号的信。

---

① 陈适（1908.11.2. ~ 1969.6.19.），原名陈夔清、陈夔柽，浙江乐清人。著有《人间杂记》《离骚研究》《青年作文读本》等。

② 张长弓（1902 ~ 1954），字英才，河南新野人。河南大学教授。著有《鼓子曲言》《鼓子曲存》《张长弓曲论集》等。

你真对树仑负责。你为了替他补充材料翻了一些书，冯氏评纂的《太平广记钞》我就不知道。最近《戏剧报》用大字刊出了树仑和李平合写的《冯梦龙论戏曲表演艺术》，我也为之快慰。这稿子是我介绍给戴不凡的[①]。

你曾两次来信提到中华要傅惜华为你补充《挂枝儿序》，此乃中华不明了情况所致。其实，惜华只是书多，钻研的辛勤是不够的。他对于材料既无可增补，自然也就提不出多少意见了。

你整理了一下北京的藏书，这是一种很有兴趣的劳动。哪些书是怎样搜集得来的，会引起你一些甜蜜的回忆，仿佛重逢故友。关于《红楼梦》的诗词，我也搜集了一点，不曾对过绍良的《书录》，几时有暇，想翻检一下。

在黄山，是与顾仲彝等五十二人同去的，还遇到巴金、孙峻青、杜宣、任干、方令孺、金焰、秦怡等。这次夏天，到黄山的人特别多，因为莫干山不开放。我们洗到了温泉浴，饱看了松、石、云海。

敬礼，向你的爱人和孩子们问好。

赵景深　1961 年 8 月 18 日

27

德栋兄：

来信很欣喜地收到。您几次来信要我替您的《挂枝儿》序文校阅一下，这事我不便向中华去说。虽然您已经向中华提过了，主要还在于中华是否想给我看。

您上火车，右手大指和食指碰坏，不知是怎样的坏法？甚念。现能写字，大概已经基本上痊愈了吧？

是的，黄山天气凉快，我写了十封回信，替全体上海教工五十三人写了

---

① 戴不凡（1922.2.18. ~ 1980.1.），浙江建德人。戏曲评论家。著有《百花集》《小说见闻录》《戴不凡戏曲论文集》等。

三封感谢信张贴出去（其中包括一篇快板），写了四篇日记体的游记（其中《黄山归来不看岳》于十五日刊《文汇报》；《黄山慈光寺看远峰》于廿日刊《新民晚报》；还有《芜湖，我的第二故乡》投中国新闻社，他们是为国庆日南洋华侨报刊征稿的；《芜歙道中》投《光明日报》，尚未刊出），校阅了陆树仑的元明清文学史教学大纲一万余字，胡锡涛《戏曲选注》五万余字①，看完了文学研究所《中国文学简史》元代部分。但是，回沪以后，天气热得要命，只好多睡眠，什么事也不能做。你对于黄山的感想，我在感谢快板中也提到："黄山胜景天下传，咱们过去只能想望在梦寐间。刮民党瞧不起咱们教书匠，解放后咱们居然也能游黄山！"此乃开场白也。

正璧在我去黄山前夕，借去宝卷七十余册，大约又要搞宝卷提要了。

纪振伦的确搞了不少通俗文学的著作，特别是署名秦淮墨客的《杨家府演义》。我还不曾对他作过系统的或较详的研究。敬礼

赵景深　1961 年 8 月 22 日

28

德栋兄：

九月五日来信收到。你同意我对于熊稔寰所收《劈破玉》乃《挂枝儿》的翻调，我很高兴。这次中华印《挂枝儿》，我看是不附校记的，估计那个词语好些，就径自用了。好在只是一两个字的问题，经过胡士莹、编辑部和我自己的三读，我想大致不会出太大的岔子。中华对于《挂枝儿》的逸编，大概兴趣不大。还是那句老话，出版这套丛书只是点缀一下，应付上海市委

---

① 胡锡涛，复旦大学教师。1965 年 4 月调入中共华东局由姚文元任组长的内刊当编辑。1972 年 3 月调入《红旗》杂志工作。1986 年 3 月被定为"犯有严重帮派思想的人"，后"下放"到湖北社会科学院文学研究所从事文学研究工作，1997 年退休回京。

的督促。这次准备印《山歌》，大约是由《童痴一弄》《二弄》引起的，觉得不印就不全，这才想到加上一本。你对于郑州大学图书馆所藏的旧抄本的线索提供，应该是对于编辑《山歌》非常有益的一件事。希望他们能够设法校勘。胡士莹着手整理《山歌》很好。解放后，他对于这方面很努力，我们又多了一个同道。过去我们所出的《俗文学》《通俗文学》他都借去看过。

《董西厢》的汤评本，发现了一件有趣的事，即另有一个商务影印本以外的汤评本，评语完全不同，于此可见二本必有其一为伪本，说不定两本都是伪本。倘若他们肯将《董西厢》和《花间集》作为“附录”（这只是我的建议，他们是不想作为附录的，认为这两种是真的）的话，那末，自然其他各种汤评本都可以作为附录了。

华东师大的潮州、长沙俗曲目，我有，等你来信后再寄。我不知应寄青岛，还是济南。那边有一位黄华（真名曹真良）在搞。校《挂枝儿》的中华编辑名叫朱金城[①]。白坚不知是谁[②]。《天山雪》是那〔哪〕儿见到的？（传奇）

敬礼

赵景深　1961年9月1□日

29

德栋兄：

欠了不少信债，首先覆你的来信。近日来忙于备课和看苏昆剧团的戏，以致迟覆，歉甚。你九月廿、廿二日的两封信我都收到了。我不曾订《人民日报》，路工的好多文章，我都未能见到。几时想到图书馆去翻翻看。《红楼梦》和

---

① 朱金城（1921.6.～2011.11.4.），字兰客，江苏南京人。中华书局上海编辑所编辑、编辑室主任。著有《白居易集笺校》《白居易年谱》《白居易研究》等。

② 白坚（1929.2.～　），原名王朝玉，字真如，江苏淮安人。江苏省社科院文学所研究员。著有《杨文骢传论》《夏完淳集笺校》《南社人物散论》等。

旧抄百回本《绿野仙踪》的出版消息，我也不曾听说过。黄华是搞戏曲和版画的。我所说的黄教授即黄轶球[①]，他的通信处是广州广东师范学院，几时我想将来信中所说缪艮的著作和生平等告诉他。我不曾见过缪艮的《中外群英〔会〕录》。

华东师大所藏的长沙曲本的确跟我俩所藏的差不了多少。长泽规矩也的《续校勘絮谈》[②]，我也不曾见过。我藏的一篇叶德均的梁德绳等年谱，被章秦笙（苔深，《中国小说史料》合作者；《痛史》整理者，指吴趼人小说）借去，不曾还我。陈汝衡借去《再生缘》有关资料（《光明日报》），最近两个月的，我还不曾剪借给他。《容居堂三种曲》是周稚廉（冰持）作的，不是周坦伦作的。《珊瑚玦》和《双忠庙》当于近日另封寄借。

老艺人的话的确有些是不可靠的。没有确据以前，我仍坚持京音大鼓的段子如《三国》等不是摘唱，就是独立的段子。

敬礼

赵景深　1961 年 10 月 1 日

30

德栋兄：

来信收到。《山歌序》已照尊嘱，删去开端《湘山野录》数语，《曲律》《诗筏》等四书不引原文，大致说《诗筏》《曲律》和《南音三籁》认为山歌“为近日真诗一线所存”，“修大雅者反不能作”，并且比时行曲写得妙。卓珂月甚至称这些“吴歌”为“我明一绝”，堪与唐诗、宋词、元曲媲美。

---

① 黄轶球（1906 ~ 1990），别名黄嘉。暨南大学教授。著有《越南汉诗的渊源、发展与成就》《宫怨吟曲之研究》等。

② 长泽规矩也（1902.5. ~ 1980.11.），日本著名汉学家，主要从事中国文学史、日本汉文学史及版本目录学研究。有《长泽规矩也著作集》行世。

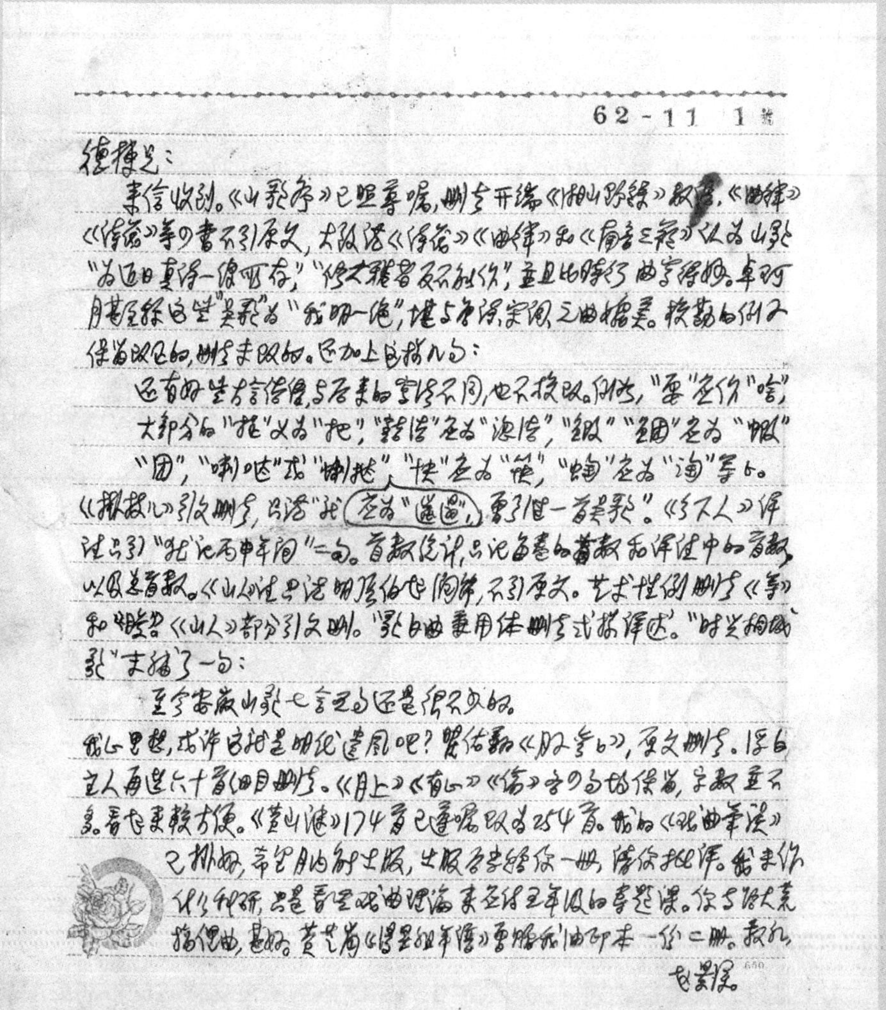

62-11 1

德樸兄：

来信收到。《山歌序》已照尊嘱，删去开端《相山路録》数语。《曲律》《词谑》等四书不引原文，大段讲《词谑》《曲律》和《詹言三藕》以为山歌"为近日真诗一线所存"，"得大雅者反不能似"，并且比时行曲写得好。卓珂月甚至称它是"吴歌为我明一绝"，堪与唐诗、宋词、元曲媲美。较前的例子便当改正的，删去未改的。还加上它揭几句：

还有好些方言俗语与原来的写法不同，也不校改。例如，"哩"写作"嗲"，大部分的"拕"又为"把"，"鹘俗"写为"温俗"，"纽""细"写为"蝴""团"，"喇哒"或"喇挞"，"快"写为"筷"，"蚰"写为"油"等等。

《捉拷儿》引文删去，只说"我（写为"遥遥"）有了但一首吴歌"。《乡下人》评注只引"此记丙申年间"一句。首数统计，只记每卷的首数和评注中的首数，以及总首数。《山人》注只说明有何色陶辞，不引原文。艺术性例删去《孝》和附录《山人》部分引文删。"歌与曲兼用体删去或改写述。"时兴捐歌"未错了一句：

至今安徽山歌七言四句还是很不少的。

我心里想，或许它相当是明代遗风吧？贺伦勤《月子弯弯》，原文删去。得与主人再选六十首曲目删去。《月上》《有心》《偷》等四首均保留，字数并不多，看起来较方便。《黄山谜》174首已遵嘱改为254首。我的《戏曲笔谈》已排好，希望月内能出版，出版后当寄给你一册，请你批评。我来作什么研究，只是替空戏曲理论来合作三年级的专题课。你与路大荒搞俚曲，甚好。黄芝冈《汤显祖年谱》曾嘱我油印本一份二册。敬礼，

赵景深。

赵景深30

校勘的例子保留改正的，删去未改的。还加上这样几句：

还有好些方言俗语，与后来的写法不同，也不校改。例如，“要”应作“啥”，大部分的“提”义为“把”，“额结”应为“总结”，“蝦”“蛔”应为“蝦”“团”，“喇哒”或“蝲挞”应为“邋遢”，“快”应为“筷”，“蚼”应为“淘”等等。

《挂枝儿》引文删去，只说“就曾引过一首吴歌”。《乡下人》评注只引“犹记丙申年间”二句。首数统计，只记每卷的首数和评注中的首数，以及总首数。《山人》注只说明张伯起润饰，不引原文。艺术性例删去《等》和《睃》。《山人》部分引文删。“歌反曲兼用体删去式样评述”。“时兴桐城歌”末补了一句：“至今安徽山歌七言五句还是很不少的。”我心里想，或许这就是明代遗风吧？瞿佑翻《月子弯弯》，原文删去。浮白主人再选六十首细目删去。《月上》《有心》《伤》各四句均保留，字数并不多。看起来较方便。《黄山谜》174首已遵嘱改为254首。我的《戏曲笔谈》已排好，希望月内能出版，出版后当赠你一册，请你批评。我未作什么科研，只是看些戏曲理论来应付五年级的专题课。你与路大荒搞俚曲，甚好。黄芝岗《汤显祖年谱》曾赠我油印本一份二册。

敬礼

赵景深　（19）62年11月1日[①]

31

德栋同志：

十月卅一日来信收到。波多的那篇三千字左右的短文，我已请胡忌的父亲行之先生代为翻译[②]，想付油印或试投《文学遗产》周刊。看样子还是油印

① 第30至32封信的日期，是用印章戳在信纸上的，原为阿拉伯数字。

② 胡行之（1900～1977），20世纪20年代曾留学日本，归国后曾在上虞白马湖春晖中学、浙江省博物馆、中国农业银行等处任职。

或复写传观的好。

厦门大学下学期想请一位教古典戏曲选的老师，你愿意去教这门课么？我已向我的女学生应锦襄（现在该校教现代文学）表示[①]，可由厦门大学向山大借聘半年。主要还在于山大是否肯允许。倘若厦大要你去教曲艺，应该更合你口味一些。

《散曲常识和小令欣赏》已分成十小段，想在《文汇报》零碎地刊出。清人散曲已由谢伯阳（凌景埏的女婿）编好[②]。元人散曲亦已由隋树森编好[③]，且已排好。明人散曲似尚未有人搜集。

我已将你谈明抄本小曲的两封信托中华书局徐稷香同志转交给陈向平同志了[④]。《百花小曲》倘能印行，功德无量。

近来我阅稿的事总也没有一个完，好像我已经在担任书局的编辑工作了。暑假一些稿债好不容易算是还清了，接连又来了不少稿子。古籍书店要印《南音三籁》，嘱我帮他们写一个《出版说明》；陈适著《南戏小记》，要我替他写一篇序。……

我自己的《戏曲笔谈》，原来打算作为1959年国庆献礼的，一搁就是三年。现在总算排好，本月内大致可以出版了。出后当送你一本。敬礼

弟 赵景深　1962年11月4日

---

① 应锦襄（1927.10.12. ~ 2011.6.24.），上海人。厦门大学中文系教授。

② 谢伯阳（1931.11. ~ ），福建福州人。扬州大学教授。编有《近三百年散曲家传略及书目》《全清散曲》《全明散曲》等。凌景埏（1904 ~ 1959），名敬言，字景埏，号玄黄，江苏吴江人。南京师范学院教授。著有《撷芬室诗稿》《玄黄词》《敬言曲稿》《鞠通先生年谱及其著述》等。

③ 隋树森（1906.1. ~ 1989），字育楠，生于北京，祖籍山东招远。供职于人民教育出版社。编著有《毛诗楚辞考》《文学通论》《全元散曲》等。

④ 徐稷香（1916 ~？），上海人。时任中华书局上海编辑所第一编辑室负责人。陈向平（1909 ~ 1974.10.13.），原名增善，上海人。曾任中华书局上海编辑所副主任、副总编辑等职。

32

德栋兄：

谢谢你抄给我的聚卷堂的弋腔目和柳子腔目。前者请与拙著《读曲小记》中《说弋腔》校读一下，大约即可知道北方流行的总是这些弋腔戏，这也是很有兴趣的。最近发现安徽岳西高腔，不仅腔调与弋腔不同，恐怕剧目也另有它的一套，与绍兴、江西等地高腔，倒是连剧目也有不少相同的。[①]

赵景深　1963.6.30

33

德栋兄：

来信收到。在报上看到冯沅君任山东大学副校长，请代我向她祝贺。

方才我已跟吴晓铃同志通了一个电话，他准备后天（十二月一日）来看我。我在电话中告诉他，我接到了你的信。

看样子阿英很健康。胖胖的，剃光了头，穿了件大衣，很神气！我向他提起了你搜集了一些晚清的曲艺，也谈到钟敬文新近在北师大学报上发表了一篇关于晚清革命派民间文学的理论〔的文章〕，他另有一文谈革命派民间文学创作投《民间文学论丛》，引了章太炎的《逐满歌》等。大概也引了秋瑾的《精卫石》吧？

戏曲、散曲的书目望先抄一些来看看，不必抄全，你可以兴尽而止，不妨分几次抄。希望后天晓铃来时，能看到你借给我的孙默的小书，是《梨园身价录》吧？

这几天正在看修正主义的电影。今天晚上要看《一个人的遭遇》《一年

① 原信后半部分损毁。

中的九天》。明天上午要听林默涵对于修正主义文艺的报告[1]。敬礼

赵景深　1963.11.29 北京

---

① 林默涵（1913.1.10. ~ 2008.1.3.），原名林烈，福建武平人。文艺理论家、作家。著有《浪花》《在激变中》《林默涵文论集》等。

三二、郑振铎　1通

郑振铎（1898.12.19. ~ 1958.10.17.），笔名二西、西谛，别署幼秋、幽芳阁主、玄览居士等，福建长乐人。曾任文物局局长、中国科学院考古研究所所长和文学研究所所长、文化部副部长等职。著有《文学大纲》《插图本中国文学史》《中国文学论集》《中国俗文学史》等。有《郑振铎全集》行世。

德栋先生：

得到你的两封信，已经很久了，总以为要仔细的〔地〕答覆一下，反而延搁了下来，歉甚，歉甚！“中国文学研究号”共有三册，现均已出版。中、下册我这里有。上册则需从上海寄来。先生的《降魔变……》一文，刊于中册，当即设法着人送上。此文的稿费，不知已送上否？如尚未送上，当写信到上海，嘱他们即日奉上也。近来“变文”又发现数种，我在上海曾购到《维摩变文》的《文殊问疾》第二卷，首尾相当完整，恰好可以与罗氏所印行者相配①，殊为得意。近又见到《李陵变》一卷，尚无法购得之。我以后办公的地点在北海旁的团城里。大约每天都在那里，除了出去开会之外。有空，请来谈谈。专此，顺颂

近祺

郑振铎 拜启　十一月二日（一九四九年）

---

① 罗氏所印行者，指罗振玉刊印的上述变文，见《敦煌零拾》卷四，又见《西陲秘笈丛残》影印本。

三三、周绍良　14通

周绍良（1917.4.23. ~ 2005.8.21.），安徽东至人。任人民文学出版社编辑、国务院古籍整理出版规划小组顾问、中国佛教学院副院长等。著有《敦煌文学刍议》《绍良丛稿》《清墨丛谈》等。

1

德栋兄：

信收到，稿也收到，已交责任编辑拜读中，俟有结果，当送覆。

年前寄上《评〈敦煌变文集〉》文一篇，请转交《文史哲》，不知可能采用否？甚盼能早日得知。如不能录用，希即赐回。因京中两反之后，各处催书评稿甚多，或可拿来应付别处一下也。希便代为一询为荷。专此，敬颂

教安

弟 绍良　四、十一（一九五八）

2

德栋兄：

承赐大著，谢谢。内中“榴花梦”条下，“蠹斋”字样如系指弟所存之残本，

则应以“蠹斋”为是。另一册已转肃秋兄矣[①]。何日能来京小聚否？自从山大搬到济南，似乎又进〔近〕一点了，火车不过十小时，大可来此一玩也。

前曾允将拙稿《评变文集》一文见还，何以迄未见寄？殊以为念，果何故耶？非敢追索，实以曾允《佛学月刊》一稿，而此篇乃随手写成，又无底稿，无法再抄一份也。故万恳能检出惠还，实为至感。

尊著中关于聊斋文字甚多，我社《蒲松龄集》不久也可出版，此后研究起蒲氏来，方便殊多矣。甚思为蒲写一年谱，但太懒于着手。不是资料缺乏，而是把《聊斋志异》和他所写的诗文与俗曲等联系起来看，彼此思想太悬殊也，此何故欤？因现在写年谱，只编写事实，不讨论思想，实在没用。但像蒲氏这样，非有深刻对他的认识，无从说起，不知老兄以为然否？专此，敬颂

教安

弟 绍良 再拜　二、十三（一九五九）

我早已搬家，下次赐信，请寄北京东四五条后坑十九号为荷。

3

德栋兄：

信及拙文并收到，谢谢。《书录》手头已无书，现在正在二版，略有修正。也好，等印了修正本送您一本，比初版又好一些了。阿英已来信，可惜这份东西，在剪下大作后已扔掉了，甚歉，甚歉！已作函复之，望兄也代告一声。

《榴花梦》序缺字处，是“于朝堂，是古之英主无以加也，况乎治国”十六字。“□”处是“起”字，可在下一版中补足之也。李桂玉曾写过一部《三奇缘》，这《榴花梦》是继《三奇缘》写的，她在《榴花梦》开首就写明了。这点可补尊文之不及。

---

① 指黄肃秋（1911 ~ 1989），吉林榆树人。人民文学出版社编辑，中国人民大学教授。著有诗集《爱与血之歌》《寻梦者》，校注《醒世姻缘传》等。

弟今日去江苏劳动，归期约在年底，来信可寄江苏高邮县委转中央文化部下放干部大队王士菁同志转即妥。

祝好

弟 绍良　三、十九（一九五九）

4

德栋兄：

信收到，迟覆为歉。关于尊著论文，本拟印行，后因其中右派人物作品过多，所以决定暂时放一放。现在如果你需要，请即函肃秋兄洽谈取用可也。

近来到城上开会，已近十天，大约明后天回去。下次来信，请寄高邮龙奔公社兴隆大队部中央文化部下放干部小组收即可。

高邮地方还好，虽然生活苦些，但在我是无所谓的，因为我在劳动之余，正全力收集高邮的民间文学——号子、锣鼓书，虽然已抄得不少，但可惜是太低级趣味了。不过我并不灰心，仍然在发掘，希望能弄到一点精华作品。将来过济时，可以给你看看，或者也是一般学者们所没有看到的罢！

我的一些鼓词、弹词，现在已经装了箱子，我不回去，恐怕不容易拿出来，您只好稍微等等罢。

现在下来之后，深深感到我们民间文学是很丰富的，只是没有人下来深入找找。（这个找找非同吃同住同劳动，他们不说给你、唱给你听的，绝非一时体验生活一下或专门收集，就说给你、唱给你听的。这些民间文学是不同于市民文学的。）所以我希在这儿除了锻炼之外，能系统的高邮民间文学搞一下，愿意这个希望不至于落空。

济南高粱饴，是不是能送我二三斤？我现在很想它。专此，祝好

学弟 绍良　5/18（1959）

会上写的草草不恭。

5

德栋兄：

连奉手书并糖，均已收到，甚谢甚谢。因目前农作正在大忙，起早睡晚，致未即覆，良为歉然。弟远处僻乡，离城殊远，高邮地方本已艰苦，而乡下犹甚，得此嘉惠，受益良多也。弟归期恐在秋收之后，故暑间聚首，恐难如愿也。

《聊斋文集》，据弟忆中所及，大约是十二卷，又连俚曲在内，也不算诗词两门。弟南下时已看过校样，大约十月份前总可出书也。惟因蒲文内容并不适合普通供应，故恐是控制发行，需有介绍信始可以向新华书店买到也。蒲之作品，实可不必再花更多功夫（除好好的用分析研究来写一本蒲的年谱外）。因为蒲到底是一文人，并且目前注意他的也很多也。老兄钻研蒲作有年，不如暂时放下，等一个时期，看看到底研究《聊斋》有什么成绩出来，然后抓起，岂不事半功倍！未卜老兄以为如何也？

胶东一带，据弟所知，各处俚曲甚多，老兄似可乘人地之便，大肆收集一下，为研究中国现存俗唱开一新路。弟目前即走此路，现在农作之暇，即以收集高邮地方特产“锣鼓书”及“号子”等，虽来此三个月，抽空访借，已钞得约二十万字矣。不过内容太色情一些，几乎篇篇如此，无法公开出来耳。大书有《封神榜》《五郎出家》《刘全进瓜》等。闻有《西厢》《祝梁〔梁祝〕》《孟姜女》《琵琶记》，则尚未寻得，正在努力中。调子则有《五更》《送郎》《日头》等。虽然太色情，但为研究一个地方俗唱，故弟仍耐心抄了不少。将来历上把晤，定奉借一读也。故老兄来示，嘱全意地方戏曲，实则弟为研究一些民间文学，固随时注意也。

老兄得到满语小曲，实可贺，此等东西，殊不易得也。老黄懒甚，弟处亦久无信来，已代函追之矣。并告。专此，即颂

大安

学弟 绍良 六、十九（一九五九）

何日去青避暑，盼见告。

前书写竟，偶尔思及，我国民间文学甚为丰富，而由来搜集无人。弟此

次下放，即以收集高邮地方民间文学为附带目的。居然此行不虚，未曾化〔花〕几分功夫，已甚可观，若努力一搜，当甚可想而知矣。由此思及，假若有学术研究机关，能每县派一两个人，驻上三个月，把该地方的民间文学，做一初步收集和研究。全国二千多县，其丰富可见。假如山大能从山东一省着手，也甚好，老兄又常主持外出搜集工作，何不一考虑及此。弟忝身出版社，无次〔此〕良好机会，每一思及，殊心馋也。附笔及此，上

德栋兄

弟 绍 又拜　六、十九（一九五九）

6

德栋兄：

信收到，承示一些有关《红楼梦书录》资料，殊感。弟在《书录》中著录者，以有印行或载籍记录或得见原本及录附者为限，尊示“山东大鼓”“山东琴书”“闽戏”“蒲仙戏”“龙溪木偶戏”“东北二人转”各剧本，实未前知，是否能设法录一副本见惠？抄费若干，当由弟负担也。万希鼎力代为设法。

山东大学近况若何？暑假之后，我兄拟开何课？甚愿得闻也。

现在我们初步劳动已小结，此后或将参加一点社会工作。但农村基层工作，实在没搞过，怎么样自己一点信心没有，希望能有一点接近编辑或研究工作者，但教书又非弟所能也。归期约在冬初，假如有机会，希望能到济南晤谈一下。

假如您在济南，有旧家有旧墨出让者，希望随时代为注意。因弟编了一本《曹素功墨录》[①]，资料已收集不少，而实物拓本却不多，故不得不在这方面努力收集一下。这当然是我兄从来没搞过的东西，不过这里奉托注意一下罢了，也见弟搞之杂也。专此，祝

---

① 曹素功（1615 ~ 1689），原名圣臣，号素功，安徽歙县人。清代四大制墨名家之一。

夏安

弟 绍良 7/17（1959）

7

德栋兄：

信收到，知已由京返青，暑中清适，殊以羡羡。

老黄为人，本属鲁男子，殊不足计较，且请宽怀。好在弟可能在冬初返京，即可报命，如果追他，恐怕到手也得此时期。

高邮锣鼓书，收集到一些，但篇篇都带有毒素，殊为可惜。现在已抄了，打算能有一点可观之时，全部寄给你看看。如果有时间，也想把高邮说唱情况写一点，如此对认识锣鼓书，更方便一些。但是我相信你会先看到锣鼓书，至于我何时写出，那就难以预卜了。

子弟书选，傅惜华曾搞了一本，到现在还没完功。依我想，您是不是搞一本子弟书集？想法交上海出版，跟路工他们搞的《祝梁〔梁祝〕说唱集》相似，请您考虑。我相信上海中华书局会接受的。

民研会的宝卷、弹词，我是知道的，不过没看过。我藏的宝卷约一百多种，将来回京，可开一个目录给您。收到一些满文说唱资料，殊可贺。想这些材料，大可集中一下，出一本资料集，供给研究民间文学者之用。

师大编的一本民间文学史，近乎新瓶装旧酒，不单中间错误百出，有的似乎连原资料都没仔细读通。明明非“民间”，却硬说是“民间”，岂不笑话？我现在只希望大家真的到民间挖一挖，然后集中起来写一本好的民间文学史。不知老兄以为如何？李世瑜同志我不认得，殊以为歉。

您来信用的500字的小稿纸，请代为买300张寄我。共需多少钱，请示知，当即呈上。专此，即颂

暑祺

弟 绍良 8/26（1959）

8

德栋兄：

接到您从青岛和济南来信，并邮寄稿纸300张。当初所以没回信，实在因为学习反右倾鼓干劲的文件，同时又搞社会工作，以致没能即时就回您，实在抱歉的〔得〕很，现在这儿告罪了。稿纸也谢谢，共款若干，请示知，承赐实在不敢当的。

高邮锣鼓书，抄到的约得二三十万字，但可采者实在太少，因为内容多少都带点不健康的。现在虽然已抄得此数，但距离所知，只不过百分之一二罢。听说有《西厢记》、《孟姜女哭长城》、《梁祝故事》（只抄得《十送》一出）等还待访求。据说抗日战争中还有一本《会师井岗山》，可惜也不能找到。这种锣鼓书，据弟所知，是和泰州的“七字段子”是一类的东西，可惜泰州的没看到。将来有机会，一定设法弄来比一比。

高邮民歌也是有名的，所谓“高邮号子”。但都是口传，而无文字记载，因之无法收集。将来打算托文化馆代为搞一点。本来是可以自己动手的，实因言语隔阂，到了唱就更隔一层了，因而无法着手记录。

锣鼓书的东西，过几天清理一下，因为现在正赶秋收，所以没空闲。一俟清理一个眉目，当先寄给你一点看看。不过，你也会失望的。但是我所以收集它，实在不愿意这种东西就此湮没了而已。

我们大约年前可以回去。那时候蒲集也可以出来了，我当送你一部。可惜这本书没有一本好年谱附在后面，现在用的路大荒写的一篇，实在要不得。将来书出了，我们大家好好给他编一个年谱，起码有纪事，有分析的，不知我兄以为如何？

今年没讲课，那太好了，大可就此机会，研究一点东西出来。为建国十周年，为更多快好省的〔地〕建设好我们这个社会主义国家，祝您有更大的跃进。

祝

好

弟 绍良 9/23（1959）

9

德栋我兄：

出去学习了一个多月，今天才回来，看到您给我的两封信，一自五莲来，一则临离济南去沪时所发，得悉我兄曾去沂蒙山区一行，又将南下买书，行色匆匆，但收获也将不少也。

来示多予鼓励，至深感激。锣鼓书收集约四十万字光景，惜内容不健康者占一大部分，所可看者，只《封神榜》《西游记》、祝梁故事数种而已。下月可能北返，当寄上一看。如有机会得来历下晤谈，实深企望，惟不知能单独行动否？如有机缘，当即奉告。

实在此种锣鼓书，据弟所知，与泰州所流行的"七字段子"实是同一源流，惜不能得泰州者一比耳。假如有暇，当将写一小文，把这种锣鼓书介绍一下。

沪上收得何种好书？见告一二，以慰所怀。弟现所存鼓书唱本，包括石印、木版、抄本、稿本，约百余种，前老兄曾思一看，不知何时能北去一看。此等书近来甚觉堆在那儿，没什么大用场，自己想得一点功夫详细看一下，但这两年自己计划中实在容不下。假如老兄能搬去加以利用，也未常〔尝〕不可也。

假如来信，请寄高邮县委组织部王士菁同志转，此后恐常在城中矣。匆此，

祝

大□安

弟 绍良　12/9（1959）

10

德栋兄：

弟于元月十一日返京，沿途托庇平安，是堪告慰。现在集中文化学院学习，大约为期一月，再行工作。如果春间有暇，甚思来历下一游，以图晤晤，

但不知能如愿否？

《福建戏曲传统剧选》买到了，有可补红目者，如此在闽剧方面，又补上一篇空白，皆我兄之赐也。忆老兄过去在《俗文学》上曾有《敦煌本的〈还冤记〉》一文，弟甚思能拜读一过，不知能见假否？如荷见惠，拜益良多矣。

高邮锣鼓书，现在正在装订，候弟返来后，当寄上请研究。专此，敬请
教安

弟 绍良 再拜　元、十七（一九六〇）

11

德栋兄：

奉手教，敬悉一是，迩来殊懒散，致稽奉覆为歉。承示致力鼓词方面之研究，功力日深，殊足为贺。惟弟则近来对此，殊觉意兴阑珊，盖其中糟粕实在太多，且故事情节大多一类，未免使读了殊不起劲耳。不过也觉得虽然这样，还是不能没人搞。今得若吾兄者罄三五年之力，定可得一眉目，也就算尽了一番力了，也就可以弄清到底好的有些什么，是些什么了。

弟近来则还是看看变文而已，初步打算还是给它做一点订补定字等工作，再进一步，研究它就当如何分类？何者是变文？何者是讲经文？何者是劝善文？何者是话本？不过，虽然如此想，却进度还是慢得可以，一则是现在正在搞下放干部支援农业第一线，同时又搞精简人员，弟今后何去何往不可知，所以什么也打不起劲来，总得定局之后，方可安排研究计划也。

《中国小说史稿》不知已买到否？如尚未得到手，此间当代买一本，希告。香烟希望能（好的）为设法买一点，下月弟或来济一行，当谋一罄聚情也。唐人笔记兄有木刻本否？希为一检，将书名是告。匆此，祝
好

弟 绍良　十二、元（一九六〇）

德棣兄：

奉手教，敬悉一是，近来殊懒散，致稽奉覆为歉。承示致力鼓词方面之研究，功力日深，殊足为贺。惟弟则以近来对此，殊觉意兴阑珊，盖其中糟粕实在太多，且故事情节大多一样，未免使读了殊不起劲。不过也觉得既然这样，还是不能让人搞，今得若吾兄者，费二三年之力，定可得一眉目，也就算尽了一番力了，也就可以弄清到底好的有些什么，是些什么了。

弟近来则还是看看变文而已，初步打算还是给它做一点订补究字等工作，再进一步研究它，就当如何何者是变文？何者是讲经文？何者是劝善文？何者是话本？

周绍良11（1）

不過，雖然如此想，却連二度迅見慢得可以，一則是現在正在搞下放干部支援農業第一線，同時又為精简人員，弟今后何去何從不可知，所以什么也打不起勁來，總得定局之后，方可安排研究計划也。

中國小説史稿，未知已到否？如尚未得到手，此間當代買一本，奉告。

香烟亦望能為（煩附）設法買一點，下月弟或來滬一行，當謀一罄鄙懷也。

唐人筆記見有木刻本否？亦有一種，得書名是否。

專此，即祝

好。

弟 紹 十二、六。

周绍良11（2）

12

德栋兄：

想不到你会去得这么远，一下子到了新疆去了，估计这一行必大有收获，但不知是收集什么材料。这种地区是我们过去很少接触的地方，一定有一些没被人说过、提过的新鲜玩意儿，不管是传闻、实物，都是很可开开我们眼界。我想你回来，一定会带回一些教我们增广见识的东西。但不知有什么唐代东西没有。如果有些碑板拓片，给我留意一下。

现在我正在搞唐墓志的汇录工作。当时估计不足，以为几千篇是轻而易举的事，那〔哪〕知道这也不容易。现在钞录了两千多篇，竟很难继续下去。当然首先怪自己太懒，懒得跑图书馆，其实是坐图书馆太不出活，而这些拓片图书馆又不准借出来，所以现在也意兴阑珊了。

谢老南下观书，大概还很得意，只从扬州来了一封信，即再无下文，可想兴致还是很高的。回程是坐飞机还是坐火车？为什么不顺便去敦煌一游呢？

匆此

祝好

弟 绍良 11/30（1978）

13

德栋兄：

好久不通信，今天突然接到您的《聊斋俚文〔曲〕选》，喜出望外，知故人正在有所述作也。

前承允为《红楼梦研究集刊》撰稿，迄今未见惠下。现虽出了三期，但发稿已八期，五部为出版社积压下来，可见今日印刷之难。现仍盼我兄不忘前诺，以光篇幅。

近来听说齐鲁书社印刷颇有全力。弟在各处发表之有关《红楼梦》之论文，已编好一集（三十五万字），本来打算交上海古笈〔籍〕，但上海古笈〔籍〕《红楼梦》论稿积压四五部之多，所以轮到我只〔至〕少得八二年之后，因为书的种类也需平衡之故。现在想请代为打听一下，齐鲁是否可能。如有意，当寄上请审阅，但希望能放在今年出版计划中。

寒假中亦有机会来京一行否？专此致谢，并祝

撰安

弟 绍良　元、九（一九八一）

14

德栋兄：

许久未通信，但无时不在惦记中，近惟起居吉羊为欣。

弟终日为人做嫁，每天不知忙的是什么。现又为文物局文献研究室担任编《敦煌遗书》变文卷，目录即将拟出，印好后一定寄你请教。正因为如此，所以现在需要那本《项托与孔子问答书》，请为检出寄下。

台湾已经出了三十本《敦煌宝藏》，全是按S、P、北顺号印，也未整理。我们是有计划、有次序地编印，打算先编变文非佛经部分。台湾没有录文，我们要录文，要校记，这样比较有学术性一些。

明年敦煌研究所将开四十周年纪念会，想你一定早已知之？我们《变文论文集》大约七月份可见面。近来作何研究？暑期能来京一聚否？匆此，并问嫂夫人好！

弟 绍良　五月十八日（一九八二年）

世俗部分是张政烺先生[①]，经济史料是王永兴同志，还有地理、韵书等。

---

① 张政烺（1912.4.15. ~ 2005.1.29.），字苑峰，山东荣成人。北京大学历史系教授、中国科学院历史研究所研究员。有《张政烺文集》行世。

三四、周贻白 2通

周贻白（1900.12. ~ 1977.12.3.），原名周夷白，曾用名周一介，又名周慕颐，湖南长沙人。著名戏剧史家。著有《中国剧场史》《中国戏剧史讲座》《中国戏曲发展史纲要》等。

1

德栋先生：

来示奉悉。承您提出的两项资料，足补本人以往读书不多之缺失，谢谢！

关于“西皮调”名词，我曾说“道光以前，无人提及”。戴全德“小曲”既为嘉庆三年刊刻，则“西皮调”或早流行。不过，戴曲谓：“要听西皮调，必须是真正老西……十八梆唱一句，更一声，钻入云眼里。”所说似为早期的蒲州梆子或同州梆子，不必即今之“西皮调”。《油漆匠嫁女》，即《一两七钱漆》，小生上场，确为唱“西皮摇板”，但实传自梆子（山西或陕西秦腔）。《马光青换妻》，即《老少易妻》或名《老少换》，亦为梆子老剧。“十八梆”之说，亦可证明其为“梆子”之“梆”。今之西皮调，如“五花调”之“十三叹”，要腔最多宛转，其来源实起于咸同间青衣胡喜禄之学“梆子”[①]。因此，这一“西皮调”恐怕指的是“山西的旧有梆子”。因为“皮”是一段唱词的后台术语（湘汉班今仍有此称）。“西皮调”之说，亦即“来自山西或陕西的唱调”。

① 胡喜禄（1827 ~ 1890），名国梁，一名长庆，字艾卿，一作蔼卿，号丹芬，江苏扬州人。京剧演员，工青衣。

假令戴曲所指“西皮”即“山陕梆子”，由此可以证明京剧或汉剧的“西皮”，源出“山陕梆子”，更无疑义。不过皮黄同台，究为先有徽，后有汉；抑先有汉，再有徽，容俟再考。

至于关羽与佛教伽蓝，事实上应为两人。崇祀关羽，既为唐建中时事，这是您家的故实，我当然搞不清楚。所以我在《舞台美术》一文中说：“假令有人考证出此事，算我联系错误。”不过，佛教东来，发展到各处立寺，似为后汉至六朝这一时期。当然，关羽可以被佛教徒予以利用。尽管玉泉山显圣是关羽的事迹之一，但关羽本身并非佛教的信仰者，则可断言。那么，关羽被认作佛教伽蓝，究为什么时候的事？为什么佛教伽蓝十九都是关羽？这问题没有解决，则关羽与伽蓝的形像，仍彼此相混。因为“佛教护伽蓝之神有十八个”（见《释氏要览》引《七佛经》——《辞源》“伽蓝”条），关羽或为中国式的一个。但非因有关羽才有伽蓝神，所以“佛教寺庙中的中国式伽蓝神是从关云长开始”，仍可研究，不知您以为何如？

拙著《中国戏曲论集》，随函另自赠寄，其中想必还有不少问题，敬希赐以指正。匆匆布复，顺颂

文祺，不一。

周贻白 敬礼 1961.2.2

2

德栋先生：

来示奉悉。关于中国戏曲，我不过一知半解，承您不弃，连赐教言，顿增惶悚。“山陕梆子”的流行，早在十八世纪初叶进入北京，《广阳杂记》所谓“秦优新声，有名乱弹者”，实即“山陕梆子”。稍后如《秦云撷英小谱》“祥麟”条，亦提及“祥麟故习秦声，出山后，由汉中渡江南至武昌”。故十八世纪末叶“山陕梆子”流行广泛，端有自来。而魏长生以四川伶工而

能在京立足[1]，亦即根据此一基础而有所发展。戴全德的“清平调”，作于何地虽未能详，如有材料可以证明其所说“西皮调”是长江下游的唱腔，那就大可为鄙说张目了。不过，在徽班而言，“二黄”实先“西皮”而来京，至少，徽班是以“二黄”为主。我个人的看法，即汉班的“二黄”亦当源出徽班，与黄陂、黄冈无关。我数年前曾指出：黄陂、黄冈的本调是湖北花鼓戏——楚剧，其直接来源是“弋阳腔”，亦即湖北所谓“清戏”。当时一些湖北同志也表示怀疑，甚至有人要我“说话要负责任”。近年楚剧同志发掘古老剧目，居然找出了《拜月亭》一剧，原唱“高腔”，证明实为“清戏”的直接传统。所以“皮黄同台”，我认为汉班或先于徽班。但不能说徽班在汉班入京前就全不唱“西皮”，如程长庚擅场《法门寺》赵廉[2]，便是一例。那就是说，徽班有其“二黄”本调，而汉班则以徽之“二黄”及陕之“西皮”为其本调，其真正的本调“花鼓戏”反被挤到城市以外去了。如果要论先后，汉班无徽之“二黄”，即无所谓“皮黄同台”。故论本源，徽班仍当先于汉班，不能把源出徽班的京剧去和汉班画成等号，不知您以为何如？

戴全德“小曲”或“短剧”用调较杂，是不能用“南北曲”的联套方法相绳的。所谓“泛调”“北河调”“沟调”，实际上都是当时流行的俗曲。您的说法是正确的。至于钱南扬先生认为“与梆子有关”，他或者不常听“梆子”，只把《缀白裘》作为根据，那就远离实际了。戴全德懂得的东西很多是无疑的，但曲艺中参杂戏曲声腔的调名，却不能说明他对戏曲有什么成就或贡献。这不比蒲松龄之运用俗曲撰了许多类似剧本的“俚曲”，实际上开辟了山东“柳子腔”这一剧种的门径。“柳子”这个名称，我在《长编》及《讲座》都曾加以解释。最近湖南地方音乐调查报告，证实湖南沅陵一带的“花鼓戏”，便叫“柳子戏”。广西的“彩调”原名“调子戏”，“调子”也就是“柳子”的别称，同时也就是“小曲”的意思。去年“山东柳子戏”来京，

---

① 魏长生（1744 ~ 1802），字婉卿，四川金堂人。清乾隆时著名秦腔旦角演员。

② 程长庚（1811 ~ 1880），字玉珊，也作玉山，安徽潜山人。京剧形成的奠基人之一。

有人把其中的“二板柳子”一调，据为其本调，质问我：“为什么把它和迷胡、花鼓归于一系？”其实，其所谓“二板柳子”，基本上是“梆子调”的变格。同时，它既有“西皮调”，也唱“二黄调”，如《玩会跳船》一剧，唱昆曲【步步娇】，但又带“帮腔”，已冶昆弋于一炉了。所以，您读到的“柳子剧本”有“西皮调”，那是毫不足异的。

至于关云长做伽蓝的问题，您的引据，都是我所不曾寓目的。我当日作此联系，无非说明舞台上历史人物的扮像，与神庙或佛寺的塑像有关，也可以说神佛塑像和小说、戏曲互为因果。比方玉泉寺的基地原为关羽殁处，建寺后关羽成为寺的守护之神，这很明白是西来的释子对中国英雄的依附。其所依附者必为流传人口的偶像人物，否则便不能借此号召信徒。以后则小说、戏曲又以寺庙塑像为蓝本。这样说，不知道是不是可通，敢以质诸高明。

我们曾在上海相见，我虽然记不起您的面影，但您在“俗文学”上写的文章我是读过的。所以您前次来信，我一看署名，仿佛如对故人。不错，十几年了！但我仍能不意获得您的来信，并不吝教诲，这应当不是偶然的事。至少，咱们仍站在一条战线上迈步前进，这是多么值得忻慰的事啊！[1]

余容后叙，顺颂

健康

周贻白 敬礼　1961.3.2

---

① 下划线为信件原有。

三五、周一良 3通

周一良（1913.1.19. ~ 2001.10.23.），字太初，安徽东至人。北京大学历史系教授。著有《魏收之史学》《唐代密宗》等，有《周一良集》行世。

1

德栋先生[①]：

（略）………

王重民先生拟就敦煌所出土“十二时”曲作详考，其文弟尚未见，恐犹未完成也。渠谓《传灯录》载《十二时颂》或为最早者，曾函弟商榷。鄙意则以为《十二时颂》不可能为梁时宝志作品，因：

（一）诸书记宝志事皆属神异寓言一类，绝不似此种作品之作者。

（二）此种思想，实以传心之禅宗大发达后始有，萧梁时不会发生。

（三）文词不类六朝。

盖是唐代禅僧为之，其根据当即《僧传·保志传》，信如尊论也。（王君请发表渠文时，将取弟函作附录也。尚乞正之）。函中亦曾举《隋志》之文，唯以十二时为歌曲之体裁，恐怕以《伽蓝记》宝公十二辰歌为先见耳。

前致王君函中，弟亦以为“宝公”即诸书之“保志”或“宝志”。然近

---

① 家父《关于“十二时”》和《再记“十二时”》两篇短文刊出，周一良读后，写信与家父商榷。此信件题为《关于“十二时”》，刊载1948年3月1日《大晚报·通俗文学》周刊第69期。

复思及，前代僧人简称名之一字者，必用下一字。如“道安”称“安和上”，以及“远公”“什公”之比，从无单用上一字者，此为不破之例。故《伽蓝记》之“宝公”，盖为“□宝”而非“宝□”矣。于此更足证明《传灯录》为糅合《伽蓝记》“宝公十二辰歌”与《僧传·志公传》十二因缘在十二时中之□诸传说，而造出《保志》十二时颂也。

以上所述尚是枝节问题，十二时曲之起源固犹待诸公考定也。（以下略）

弟 一良　一月十三日灯下（一九四八年）

2

德栋同志：

多年阔别，近从舍亲俞琳处得悉尊况，甚以为慰。又奉到大著，不胜感谢！良多年荒废，近几年重理旧业，拟就魏晋南北朝讲史撰写札记，以后定当就正。变文问题尚继续研究否？日本学者再接再厉，国内反似沉寂矣。不一一，专此奉谢，即致

敬礼

周一良 谨上　（一九）八一．一．十一

3

德栋同志：

承惠赠景深先生《中国小说丛考》，至为感谢！并请向赵先生转致谢忱！因暑假外出，返校始得见，故而迟迟作复，并希谅鉴！

中国小说不仅影响东南亚，受汉文化〔影响〕最深之朝、日、越三国尤显著。日本方面向来研究者颇多，如有名之日本小说《八犬传》即仿《水浒》而成。朝鲜著名之《春香传》，实亦在中国影响下之作品，而越南自诩为文学珍品之《金

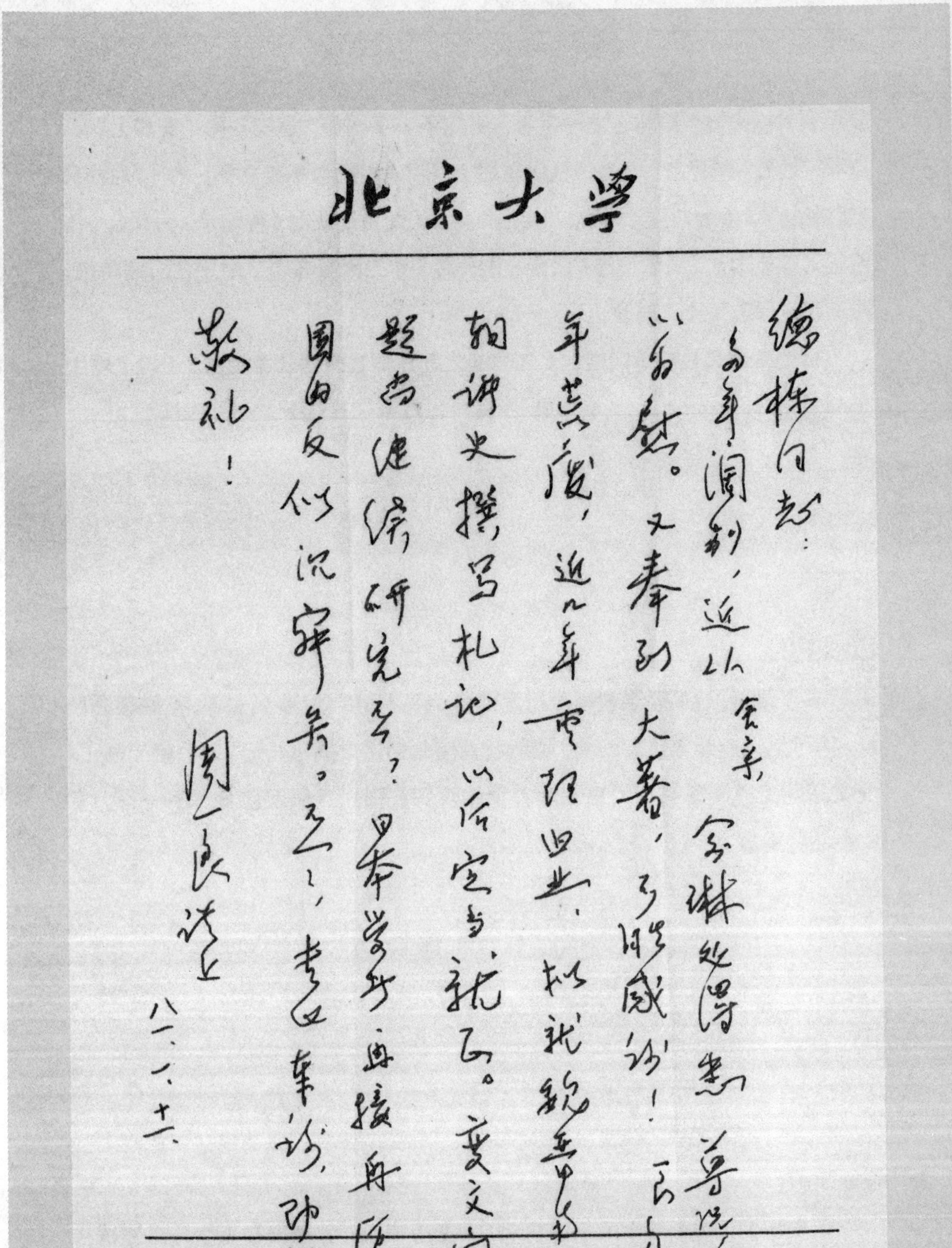

北京大学

德栋同志：

多年阔别，近从舍亲令琳处得悉尊况，至以为欣慰。又奉到大著，不胜感谢！良自年迈后，近几年重理旧业，拟就魏晋南北朝史撰写札记，以后定当就正。变文问题尚继续研究否？日本学界再接再厉，国内反似沉寂矣。匆匆，书此奉谢，即致

敬礼！

周一良谨上
八一、一、十一

周一良2

云翘》，本是中国小说，内容极为平庸，越人奉为瑰宝，实属可笑。我兄与赵先生不知对此问题亦有兴趣否耶？余不一一，专此奉谢，并致

敬礼

一良 谨上 （一九）八一、七、廿五

三六、朱眉叔　12通

朱眉叔（1922.12. ~ 2006.9.17.），沈阳市人。辽宁大学教授。著有《红楼梦的背景与人物》《李汝珍与镜花缘》等。

1

德栋砚兄如晤：

久疏问候，给您拜个晚年！

关于参与《满族文学史》工作一事，屡承劝导，感激非常。年前俞林〔琳〕兄来函，言及在京曾与吾兄晤面，相谈甚欢，并建议再加考虑。吾兄盛意，自难漠视，当前仍处于半推半就中，实因其中颇有难于处理之处。

〔某〕等返沈后，曾言吾兄有《论“寻夫曲”》一文。目前《满族文学研究》第一辑即将发稿，因稿件质量多数不高，急盼大作到来，以光篇幅，希于日内赐示。如尚未脱稿，亦请函示，以便安排第二辑刊出。耑此，敬请
教安

弟 眉叔 再拜　2.3（1982）

2

德栋学兄：

欣奉长函，至幸至幸！

吾兄学识博赡，见闻广阔，至为钦佩！奉读大作，获益良深。

《满族文学史》编写任务，我系不度德量力承担下来，省委、民委虽甚重视，但不了解下情，用人不当，不了解研究满族文学的特殊情况和科学方法，一直收效甚微。最近我系〔某〕同志和〔某〕主任同赴宣传部长〔某〕处，请求准许《满族文学研究》出版时，〔某〕副部长批评说："搞了四年，还没搞出来。"他根本不了解为什么搞不出来。

领导此项工作的我系付〔副〕主任〔某〕同志，素喜名利，不做实际工作，而且思想方法颇成问题。实际从事研究者仅〔某、某〕二人。〔某〕为人好虚夸，不踏实，喜搞权，并常在同志间搬弄是非，〔某〕特别倚重。满族文学资料极难搞，我多次建议设法复制，以供专家研究，〔某〕主任长期不予重视。昨年，他有了雄心壮志，不仅说经费没问题，而且要盖大楼，对〔某〕夸下海口，说来沈后，住房一定比内蒙大学优越。目前因省里缩编，民委又来了一位正主任金某，他的计划顿成泡影，不仅民族研究所搞不成，连已调来的〔某〕等工作安排已〔亦〕成问题。为此〔某〕要求我校向上级申请成立民族研究所。岂是易事！〔某〕相信民委有实力，今日看来，实力有限。而且拟议中在今夏召开满族文学会议上，〔某〕想让〔某〕拿出《满族文学史》编写大纲，供大家讨论。知情者纷纷认为〔某〕究竟看了多少满族作品，一个人就敢拿出大纲，参与讨论者又有多少人看过满族作品，能否提出中肯意见？〔某〕此举确实不做认真考虑。此公是"大跃进"时期上台的，善长大撵大揄，不讲科学。我多次提出反对意见，均置若罔闻。《满族文学研究》稿，大部分我看过，很有一些篇章，不够出版水平，提过意见，一些自负者不得不折服修改。〔某、某〕急于出版，不顾质量，只图稿费，我深惧受连累，多次提出千万不要署我为副主编之名。〔某〕则认为我要求过高。因系多年同事，仍强行让我担任。《满族文学研究》非有一笔特殊经费不可，仅赖我校有限经费确有困难。为此，赴外地复制资料之素愿，也心灰意冷。如五、六月分〔份〕工作得暇，也许去关内转转，口袋无钱也未必能复制多少。

宣传部口头已答应，准许《满族文学研究》印行，第一期正印刷中，不过两三千册，多赠送，不算公开发行。稿费正在研究中。在今夏可能出第二期，我已声明，如无稿费，即将尊作退还。有关同志说，肯定要给，不主张退还。只得再看看形势。

这里盛传吾兄已着手编写《满族文学史》，如实有此事，可喜可贺！满族文学确有研究价值，但非下大功夫不可，也非一朝一夕之功所能获得成就者也。有个刊物边探讨，边积累，边编写，涉及面广泛些，确是好事。目前民委并非撒手不管，开会拨几千经费还是可以的。我系虽补充了两个研究生，仍处于半死不活状态。组织如此，我不抱乐观态度。

弟已届花甲，一事无成，吾兄学有专长，成果丰硕，相形之下，愧悚不已。因此，对一些琐事，极乏兴趣。最近省文学学会又强令我组织明清文学研究会，还有人希望我主持地方志学会，令人头痛万分。唯愿多读两本书，写点东西，了此余生，别无他求。我校领导多属“老外”，经常开会，虚耗精力，徒唤奈何！

连日为评硕士学位事开会不已，复信稍迟，千祈原宥。如有机缘，当造府拜谒，亲聆雅教。耑此，敬叩

近安

弟 眉叔 再拜　4.20（1982）

3

德栋砚兄：

您好！

原拟去京、津、济，但五月十五日到京后，就陷入北京图书馆，象〔像〕饿狼一样吞食满族文学作品，虽然吞食了近一个月，仍感到腹内空空。本月十一日返回沈阳，遂即琐事缠身。

经了解，当我在京期间，〔某〕主任和一些编委已决定，满族文学史学术讨论会在七月下旬召开，确切日期另行通知。看来很可能和敦煌会议发生

矛盾。这次会邀请的人较多，启功、溥杰、胡絜青、侯宝林都将参加①。筹备工作正积极进行。地点在沈阳。通知已否发出，尚不得知。

这次会重点是讨论《满族文学史》编写大纲，附带也有一些论文。我在京看了几部书，只有幼儿园小班水平，也准备写点东西。满族文学还是不能等闲视之的，一个月的阅读课，使我有了新看法。

满族舞剧《珍珠湖》在京打炮了，〔某〕主任兴头极高。返沈后，又向省委汇报了。可能中央有精神，〔某〕又提出建立满族文化研究所。

《满族文学研究》第一期即将出版。第二期也将下稿，争取在会前印出。吾兄大作，在第二期发表。如兄所言，这个刊物只能办成非定期的丛刊，原拟办成季刊是不现实的。刊物出版后，当即奉上。

我计划在年底以前，编一本《满族作品选》，选注一些诗文精华。吾兄是否有兴趣？请予具体支持。吾兄有很多高见，获益匪浅。七月末时间有矛盾，如何解决？在京期间，多次到俞林〔琳〕处畅叙。这次未能造府聆教，实为憾事。美好的希望总是不能都实现的，留待明年，再追求吧！

敬礼

朱眉叔　6.15（1982）

4

德栋学兄：

您好！

因开会日期没确定，两次信均为〔未〕及时作复，请原谅！

---

① 溥杰（1907.4.16.～1994.2.28.），爱新觉罗氏，清宣统帝溥仪胞弟。著有《溥杰自传》《回忆溥仪》等。胡絜青（1905.12.23.～2001.5.21.），原名玉贞，号絜青，北京人。满族，正红旗人，老舍的妻子。出版《胡絜青画集》《胡絜青百菊图》等。

开会时间定为七月二十五至八月三日，请柬即将发出，如有变，以请柬为准。地点暂定沈阳。辽宁大厦如有困难，也可能在辽阳“辽化”招待所。

昨天〔某〕主任请辽大中文、历史两系教师，对拟议中的辽宁民族文化研究所的任务和编制提出建议。初步商定研究所由民委领导，以研究满族文化为主，下设文学、历史、语言、民族学四室。研究人员一部分专职，一部分由辽大教师兼任。现在草拟报告，请省政府批准。

研究所一事原因缩编已搁浅。前月〔某〕主任带《珍珠湖》舞剧去京，请乌兰夫、杨静仁，人大常委和各国驻华使馆人员观看，引起重视。杨静仁说“在发展民族文化方面要有紧迫感”。对成立研究所事，中央表示有兴趣，所以〔某〕向省委汇报后，省委态度积极。我们国家办事还不是集体研究认为必要，而是上头发话，下级奉命唯谨。不管研究所是怎么诞生的，只要能诞生就好。能否应运而生，我是眼见为实。

研究《满族文学史》编写提纲，固属应当，可惜能拿出去的太粗糙。此项工作至今我仍有看法。这次会请人不少，务希光临指导。专此奉复，并请

近安

弟 眉叔　6.30（1982）

5

德栋兄：

两次来信均收到。第一次信因〔某〕去西北民研所事迄无进展，加上去大连，所以未即作复。这次刚从上海回来，适接手谕。

至今〔某〕尚在西北随歌舞剧演出《珍珠湖》。据系内知情者说，〔某〕已委托民委两位同志组织班子，负责人是〔某〕，还想从辽大调两个人，可能是〔某、某〕。〔某〕无意去该所。因地皮紧张，有拟在辽大院内建楼房之说，可否尚难预料。《满族文学研究》第二期正校对中，一俟出版，寄去十册、二十册没问题。

六二年出版的《文学遗产增刊》第九集，载有拙稿《梁启超与小说界革命》一文，我保存的此书在“文革”中已禁毁，现因急需，托人在北图、首图遍寻不得。麻烦吾兄在贵校或同事间查询一下，如有请暂借，挂号寄来，以便复制，以应燃眉之急。如贵校能复制寄来，亦可。但请在付款收据抬头写“辽宁大学”，以便报销。

在沪遇到吴晓铃、周绍良、廖仲安等人[①]，还有比我低两班的邓云骧老同学，（他和辽博物馆闫焕章〔阎万章〕、“曲艺”编辑冯尔祐同班。）老同学见面分外亲热。关于民研所，有新消息，当随时奉告。专此，敬叩

教安

眉叔　11.8（1982）

6

德栋兄：

手谕奉悉。文章找起来有困难，就无须徒费精力了。最近评教授，我准备把过去写的不象〔像〕样文章集中起来充数，也有留作纪念之意。这两天又通知，只拿两篇请外地专家鉴定即可，所以早写的就不急需了。

是否能找到你，也说不定，因为其中有评满族诗歌一文，（是手稿，省《社会科学辑刊》已发排，明年一月出版。）也许找到吴晓铃，系里还在保密。纯粹走形式，评谁上头心里有数。

原拟请吴晓铃来讲学，因学生课程太满，只有改在来年春天。明天〔年〕三月在大连，省出版社召开小说座谈会，已请吴参加。吴在上海讲的是《西厢记》题材流变问题，反映良好。

〔某〕可能回来了。他的亲家〔某〕关于他已否回来说得吞吞吐吐，可

---

① 廖仲安（1925.11. ~ 2017.4.19.），原名尹彦辉，四川西昌人。北京师范学院教授，山东大学兼任教授。著有《陶渊明》《〈水浒〉浅谈》《反刍集》等。

能有文章。〔某〕还说请〔某〕是〔某〕早定的，不好改口。目前是他不找我，我也不找他。〔某〕劝我还要帮搞《满族文学史》。走着瞧！校方今年给学术带头人一部分专用款，我已有伍千元，复制资料今后不犯愁，只要抓紧，准能做点工作。《满族文学研究》第二期尚未印完，工厂要印费五千元，民委尚未支付。据〔某〕说，有了正主任，〔某〕一人说了不能算数。介绍考古出版物，碰碰可以，希望不大。陈北辰把吴晓铃一部稿子交了出版社[①]，一直在压着。辽省从不重视学术著作。目前全国性出版社滞销，他们更望之却步了。他们看的是“钱”。

敬礼

弟 眉叔 11.17（1982）

7

德栋兄：

手谕奉读。因近来每周十二小时课，且舍弟患癌症，为之奔走，心力交瘁，殊感不胜，久乏问候，诸希见谅！

民研所，〔某〕正积极筹建中，除〔某〕外，拟将我校历史系中年副教授〔某〕调去当副所长。从岫岩也调入两个。〔某〕面临退休，他表示在退休前搞好两件事：一办民族出版社，一民研所。能否如愿，只能拭目以待。民研所开办费五十万，报请中央民委，尚无回音。《满族作品选》，我已在校内筹划，决心今年争取搞出来。现教育部通知整理古籍，并拨专款，我们拟申请几万。

《满族文学研究》一期，印刷费、稿费已发，唯二期至今经费无着落。〔某〕答应一月给，现已过月半。印出后当多寄几分〔份〕，祈勿念。

① 陈北辰（1915.3.27. ~ 1983.9.25.），原名陈兰徽，曾用名陈京，辽宁沈阳人。曾任辽宁大学党委书记，辽宁省政府副省长，省人大常委会副主任等职。

整理古籍之风很硬，中央出版工作会议通令各省出版社都要搞，省古籍整理小组更责无旁贷，教育部又通知高校负主要责任，看来将形成热门。吾兄科研硕果累累，使人羡煞。谨祝
冬安

眉叔　1.18 夜（1983）

8

德栋兄：

去大连开会前接来信，返沈后琐事缠身，一直忘在脑后，复信迟迟，请原谅！

五月十四民研所召开请有关单位同志对其规划提意见会议。会由〔某〕和〔某〕主持。我讲了个人意见。原说会后再找我们，迄今没来。看光景将分道扬镳。道原因可能是：一、调辽大同志去民研所，只一人（历史系〔某〕）尚在犹豫中。二、所方拟出《满族文化》包括文学，我们主张另外续办《满族文学研究》，有助文学史编写。意见不一致。三、据说中央民委听说《满族文学史》编写者，多汉人，少满人。显然是〔某、某〕等人制造的舆论。排汉独揽是其今后方针。四、我在上次会上提出担任领导工作，就要亲自动手，不能别人干、个人享名。听者都知是指我系副主任〔某〕。而〔某〕和〔某〕亲家〔某〕关系至厚。〔某、某〕不会甘心的。四〔五〕、去年中央民委拨五万元给“满族文学史编委会”，《满族文学研究》经费本应从此项款中拨出，而两期印刷稿费请拨千难万难。日前又说改由人大常委会拨，致使此项费用（二期）至今无着落。他们懒得给，我们有烦言。五〔六〕、〔某〕为人，不为人喜，〔某〕既倚之为肱股，必唯〔某〕言是从。总之，道不同，不相为谋。我们和他们合作兴趣不大。

〔某〕是搞政治的，这次会上他也公开这样说：“我抓满族文学史就是搞政治。”学术靠此类人领导，难得有成。我校历史系毕业研究生〔某〕现

在该所，她说民研所象〔像〕衙门，净打杂，啥也干不成，一心想离开。我的既定方针是："你走你的阳关道，我走我的独木桥"，"吃民族文学的饭不易，可以另找饭碗"。我校给我个人科研费今年是一万。明天去北京，也能写点东西。不是非指望民委不可。

有人选注一本《康熙诗选》，省出版社准备出，我给写了篇序，对满族文学研究又吹嘘一番。我们搞学术，不搞〔某〕一套忽左忽右的统战。

据说嵇穆教授对没让他看满文老档颇有意见[①]。嵇是福克斯的学生，福在伪满时在沈阳居留十几年。嵇说福有满文资料上万卷。

年初校点了清初小说《云仙啸》，写了篇校后记。又为即将编印的《明清小说研究丛刊》写《论〈续金瓶梅〉及其删改本〈隔帘花影〉〈金屋梦〉》一文。准备把顾太清、奕绘夫妇集子校注出来。如能如愿，也算没白吃饭。

吾兄德高望众〔重〕，访美自在意中。向洋鬼子传播中国文化也是斗争。谨祝一切顺利。今冬我校和大阪关西大学交流教师，我拟去三个月，目的也在此。洋人高楼大厦于老头子毫无兴趣。

这次去京将探望晓铃同志，届时当代为问候。谨请

近安

眉叔 拜上　6.15（1983）

9

德栋学兄：

大函四月末收到，现在才回信，首先应叩头请罪。

迟复主要原因是想在判明《温凉盏》写作年代后再复信，不料迄今未能得出结论，加上公私事务繁杂，弟孑然一身，经常疲惫不堪，于是得拖且拖。

---

① 嵇穆（Martin Gimm，1930 ~），德国著名满学家和汉学家，德国科隆大学、慕尼黑大学教授。

您的解答对我大有裨益。实际弟于满语一无所知，且不长于考证。

关于此书写作年代，首先我想从所使用的稿纸来判断。此书稿纸有四分之三是使用旧书，还有四分之一是使用带有方格的恭楷抄录的文章用纸（什么文章看不清）。旧书，经研究使用的是《浙江通志》。经过和校图、省图所藏《浙江通志》核对，这部通志不是乾隆元年以后版本，很可能是康熙23年版或明嘉靖17年板。后两板本，校图、省图均无藏书。即使核实无误，恐也无助于判定写作年代。

此书共34回，和您所示的《温凉盏》内容不同。我纳闷，此书如产生在乾隆或乾隆以后，满人学汉文、说汉语已属普及，还搞此注音读物有何意义？如果是雍正、康熙年代抄录的，一、抄录的人是汉人，还是满人，从满文书写流利、汉文多舛误看，抄录者可能是满人。二、此书作者是满人，还是汉人，就颇费解了。如果是汉人所著，必有原书作底本，有底本就不应错别字特别多，尤引人注意的是，颇有一些地方有对译的满文注音，但相应的却无汉字。显然，此作者不会写某一汉字。此外，全书满文无一字涂改、勾勒，而汉文却不少。很容易使人认为是精通满文的人先写的一部音译的书，而后注以汉文。这样作品，清代有没有？弟孤陋寡闻，还须吾兄指示。

戏曲中既〔有〕《温凉盏》，将来向我的学生孟繁澍〔树〕了解一下。他是专攻地方戏的。

《满族文学史》主要是〔某、某〕搞，我很少过问。规模庞大，亦非易事，现在已有初稿。我负责搞《清代满族文学菁华》，实际是作家作品选，因入院耽搁两年，决心明年底以前搞出来。但出版不易，学术著作没人买，也令人头痛。张菊玲等《清代满族诗词选》在吉林只印1700册。日前，教委有人来校了解古籍整埋情况，我开个玩笑："校点书籍稿费如此低下，一元钱买不了三个咸鸡蛋，谁还搞？将来就得写色情小说了，现在很多国家出版社不都是借此抓钱吗？"

〔某〕等，最近搞个"满族文学基金会"，正向国内外化缘。满族文学学会上学期已成立，计划明年上半年开一次年会。届时吾兄光临指导。余容再叙。恭请

秋安

学弟 眉叔 叩上　（19）87.9.18

10

德栋兄：

您好！

上学期因为有课，闲事太多，加上贱躯孱弱，一直未能把《温凉盏》介绍文字完稿，有负雅望，惭愧，惭愧！

最近放假，又拣了起来，但又碰到难题。经过仔细观察这十册书封皮上署名处，所署名各不相同，如果第一个叫“高勃”，其他又叫什么呢？我这“满文盲”徒唤奈何，只有请教老兄了。现将 2 至 10 册满文作者名模写如下：

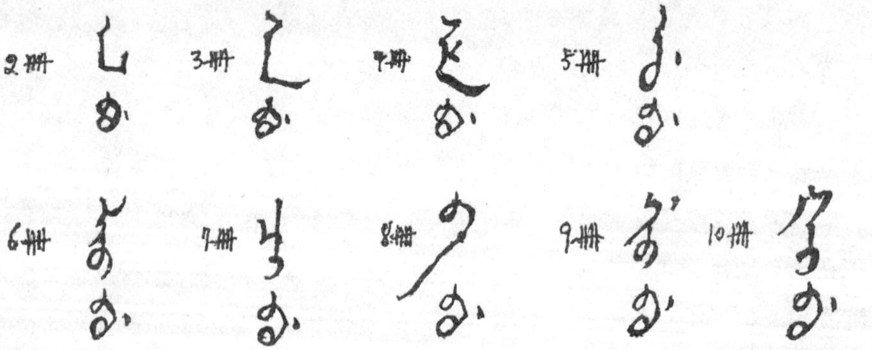

看来，每册的第二个字都读“勃”，而上一个字各不相同。如果是抄录者、译者的名，也不应是十个样，令人不解。

勉为其难的滋味，真不好受，尚希长兄赐教。专此，敬叩

春节阖家欢乐

弟 眉叔　2.5（1988）

又：从书中正文看，均译成汉字“不”音，为什么作为封皮的作者名

念“勃”。满文音译有无四声？书中很多讹误都是因为读四声有误，写成别字，是否和满文无四声有关？

11

德栋兄：

大函奉悉，多谢，多谢！

评介《温凉盏》的初稿，今天已写完。这是《满族研究》来催稿，草草成篇的，一俟抄清后，即奉上吾兄一份，务希及时指正，以免贻笑大方。这篇稿写得实在费劲，一不懂满文，二不懂满语在清代发展史，所以很怕说外行话。今已成篇，肯定有不少观点荒谬绝伦。发表后挨批，已有精神准备。老兄匡正，自然和风细雨，如遇无情棒，也甘愿皮肉受苦，多长点见识，不无好处。好在丑话说在前头，本人是“满文盲”，难免说外行话。

前请教满文有无四声事，因为我感到此书有大量别字，都是四声咬不准造成的，所以推断汉字的书写者是满人。吾兄指示满文无四声，恰好进一步证明了汉文书写者是满人，而且和满文书写者是一个人。

俞琳很久没和我通信，只在电视上看到他一次当评委。他已不在文化部艺术局，现任中国戏曲学院院长（大约在陶然亭附近），还兼任梅兰芳、徐悲鸿两个展览馆馆长。职务繁多，肯定很忙。

今秋开满族文学年会，希望你来。辽宁民研所办的《满族研究》也很需要名人供稿，随便给他们写写。最近都忙什么？谨此，敬叩

节安

弟 眉叔　（19）88.2.13

12

德栋学兄：

您好！

久疏问候，甚念！

十月在扬州红学会上，逢周中明同志，获知您并未出国，不知忙些什么？昨逢辽大出版社编辑黄永恒，据他说您将把《通俗文学史》编写提纲寄与他，迄今月余，未见寄来。

我近况依旧，已开始有衰老之感。已届七十，行将退休，但仍不甘寂寞，仍想写部有关红学的书。现需宋孔显《红楼梦一百二十回均曹雪芹作》一文，此文刊载在1935年5月上海《青年界》第7卷第5号上。这一杂志只有贵校图书馆收藏。渴望吾兄分神复制乙份掷下，实万分感谢！匆此，敬叩

冬安

代候嫂夫人近好。

眉叔 拜 （19）92.12.8

三七、朱星　8通

朱星（1911.2. ~ 1982.12.4.），字星元，江苏宜兴人。著名语言学家、教育家。著有《中国文学史通论》《金瓶梅考证》《中国文学语言发展史略》等。

1

德栋同志：

您好！

自解放初在华大相晤，一别忽已三十年。此三十年中，沧桑大变，今尚视息人间，不可谓非大幸矣。

山东出版局孟繁海同志[①]，据云是您高足，来信为我所写《金瓶梅版本考》纠谬，并告我通信地址。今特修书问候，并致歉意。因年老耳聋（已六十八岁），范宁同志告我：作者李开先一说本是左右所提……无意中造成误会。我将去函吉林《战线》请予纠正道歉[②]。又我据维利英译本[③]，说满文《金瓶梅》序提出作者是芦柟，我问过钱锺书同志，他说维利是满文专家，我查问

---

① 孟繁海（1931 ~ ），山西文水人。齐鲁书社社长、编审。著有《王刻聊斋志异校注》（合作校注）等。

② 朱星在《社会科学战线》1979 年第 3 期刊文考证《金瓶梅》的作者，误写“亡友关德栋亦有此说”，故有道歉一说。

③ 维利，指阿瑟·戴维·韦利（Arthur David Waley，1889 ~ 1966），英国汉学家，研究中国思想史、绘画史、中国文学和日本文学。

北京图书馆，并无满文译本。足下是满文专家，必知此事。《小说考证》上也提康熙子侄译《金瓶梅》传阅，后被禁斥，不知此译者究是谁，务请指教。（解放后我一直讲语言学、古汉语、汉语史等课。正是心血来潮，弄此闲笔。全书共八篇，考证只三篇，交吉林《战线》连载。）

今年七月，我已由中组部调到中国大百科全书，助编语言文字二卷，共二百多万字。我是五八年从天津调到河北北京师院，一直在北京。运动中，书亡妻死，真是家破人亡，一言难尽。何时回京开会，务望来舍谈契阔。山东情况如何？是否全部恢复旧观？成老在人大[①]。最近学生游行罢课，今已解决，想已略闻之矣。专此奉候。不尽一一。

敬礼

弟 朱星　十、廿六（一九七九）

通信处：北京崇外幸福楼北三楼四层六号。

2

老关仁兄：

昨接大覆，详示金书满译作者问题，原原本本，非满文专家不能道一字，十亿人中能解答此问题者，亦唯兄一人而已。如此奇才，垂垂已老，不加爱惜，可乎？默存亦是奇才[②]，与我同年（六十八）。怀瑾握瑜，而藏之椟，未尽其

① 成老指成仿吾（1897.8.24.～1984.5.17.），原名成昌想，又名成灏，字仿吾，湖南新化人。著名文学家、教育家、翻译家。有《成仿吾文集》行世。

② 默存即钱钟书（1910 .11.21.～ 1998.12.19.），原名仰先，字哲良，后改名钟书，字默存，号槐聚，江苏无锡人。著名作家、文学研究家。著有《谈艺录》《管锥编》等。

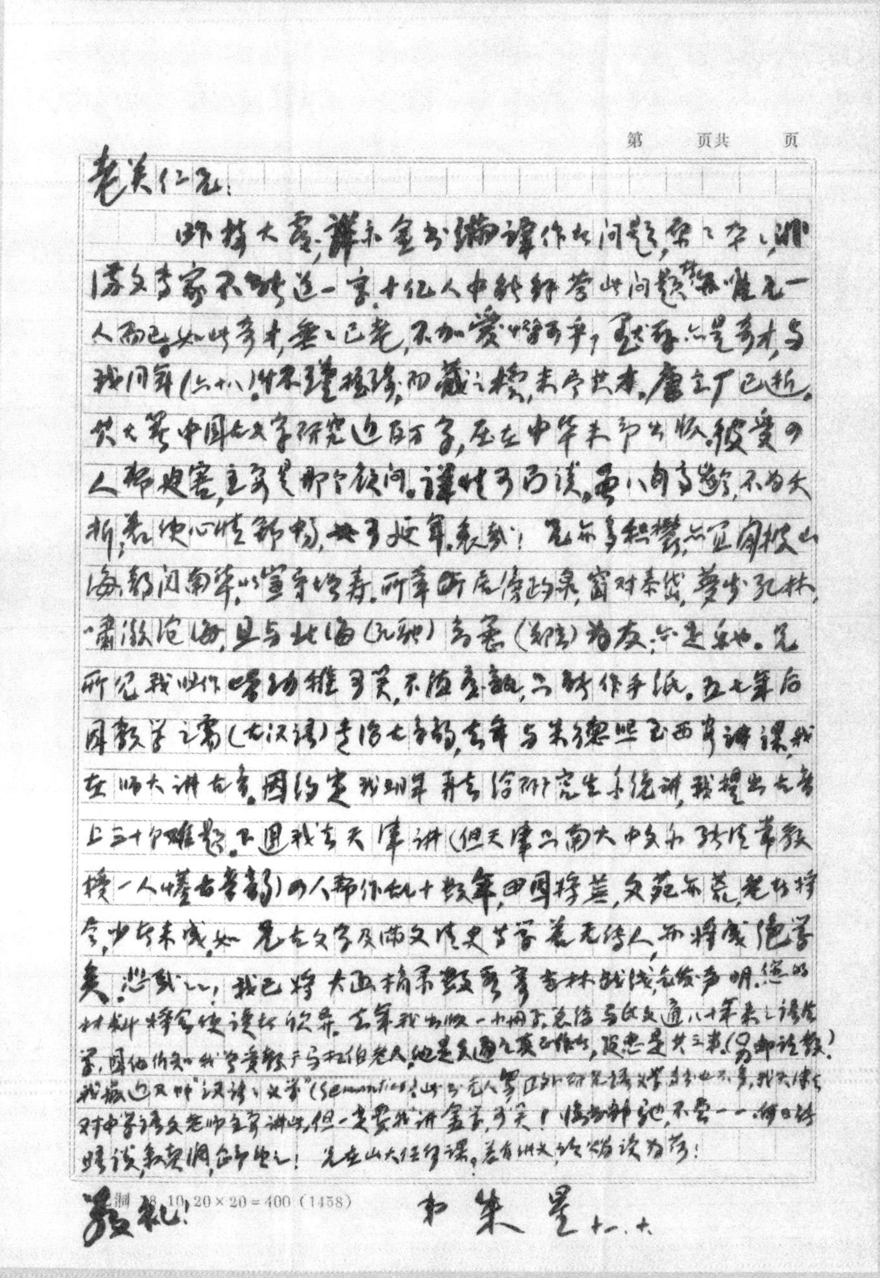

第　页共　页

老吴仁兄：

……

敬礼！

弟 朱星 十一、六

制 18.10 20×20=400（1458）

朱星2

才。唐立厂已逝[1]，其大著《中国古文字研究》近百万字，压在中华未予出版。彼受四人帮迫害，主要是那个顾问。详情可面谈。虽八旬高龄，不为夭折；若使心情舒畅，必可延年。哀哉！兄亦多积郁，亦宜闲披山海，静阅《南华》，以宣导增寿。所幸居傍趵泉，窗对泰岱，梦步孔林，啸傲沧海，且与北海（孔融）高密（郑玄）为友，亦足乐也。

兄所见我旧作皆幼稚可笑，不值覆瓿，只能作手纸。五七年后，因教学之需（古汉语），专治古音韵，去年与朱德熙至西安讲课，我在师大讲古音。因约定我明年再去给研究生系统讲，我提出古音上三十个难题。下周我去天津讲。（但天津只南大中文系张清常教授一人懂古音韵[2]。）四人帮作乱十数年，田园将芜，文苑亦荒，老者将尽，少者未成。如兄古文字及满文、清史等学若无传人，亦将成绝学矣。悲哉，悲哉！

我已将大函摘录数段寄吉林《战线》，乞发声明。您的材料将会使读者欣异。去年我出版一小册子，总结《马氏文通》八十年来之语法学，因他们知我曾受教于马相伯老人[3]，他是《文通》之真正作者，建忠是其之弟。（另邮请教。）我最近又草《汉语语义学》（*Semantics*）。此书无人写，国外研究语义学专书也不多，我天津去对中学语文老师主要讲此，但一定要我讲金学，可笑！

临书神驰，不尽一一。何日能晤谈，叙契阔，企盼望之！兄在山大任何课？若有讲义，请赐读为荷！

敬礼

弟 朱星　十一、十（一九七九）

---

① 唐立厂即唐兰（1901.1.9. ~ 1979.1.11.），原名张佩，曾用名佩兰、景兰，号立厂、立庵，浙江嘉兴人。历史学家、文字学家、考古学家。有《唐兰全集》行世。

② 张清常（1915.7.13. ~ 1998.1.11.），贵州安顺人。语言文字学家。有《张清常文集》行世。

③ 马相伯（1840.4.7. ~ 1939.11.4.）；原名建常，后改名良，字相伯，晚年号华封老人，江苏丹徒（今镇江）人。教育家。有《马相伯先生文集》《马相伯国难言论集》等。

3

关老学长仁兄：

顷接惠赐《山大集刊》与《文史哲》二册，谢谢。鸿文二篇亦已拜读。《聊斋俚曲》《论子弟书》均不经见，可长知识，钦佩，钦佩。

《尔雅简说》亦极好，乃殷孟老新著[①]，深受启发。弟亦曾治《尔雅》，生平服膺陈玉树前辈《尔雅释例》一书，（陈是钟凡先生之叔父，苏北盐城人。钟凡先生之侄与我同班，暌违五十年，已忘其名，王绍曾兄可能犹忆及之[②]。）六二年，弟讲汉语史，曾写《尔雅释诂三篇释例》作参考资料。运动中已亡佚，可叹。运动中，山荆屈死，图书万册散亡殆尽。上二周去天津、唐山讲课，又去遵化东陵参观乾隆、慈禧墓。此等帝王作威作福，误国殃民，今日展出罪行，供人笑骂。又备患唐山震情，实是九级左右，外国人说八级上，我报说七级多，是古今中外所未有。天灾人祸，均属罕见。唐山市一百二十万人口，仅数秒钟被毁，片瓦无存。呜呼，虽曰天命，岂非人事哉！

今附上讲稿一份，请赐阅指正后，转赠殷孟老。因印数太少，无法分赠。文末附古音韵三十个难题。明年八一年，西安市师大中文系约我去给研究生讲宋元等韵学以及若干难题。我借天津师院讲课之机，附印在讲稿后，广泛请教，至希转达为荷。（二十余年前殷老《神珙〈反纽图〉研究》一文，我犹珍藏未失。）

今夏教育部拟组织小会在青岛给《现代汉语》教材提意见修改，是兰大黄伯荣同志等编写[③]。果能成行，弟必趋前访谈，并谒见殷孟老。去年友人唐

---

① 殷孟老指殷孟伦。

② 王绍曾（1910 ~ 2007.4.13.），字介人，江苏江阴人。山东大学古籍整理研究所教授。著有《目录版本校勘学论集》《近代出版家张元济》等。

③ 黄伯荣（1922.8.12. ~ 2013.5.12.），笔名苗木、莫木，广东阳江县人。著有《祖国的文字》《现代汉语》等。

兰、魏建功同志等相继溘逝[1]。我亦六十九岁，精力日衰（钱锺书兄与我同年，精神健旺如昔，已去牛津大学讲学，使人健羡），无可奈何，叹息而已！

敬礼

弟 朱星　四月三十日（一九八〇年）

4

德兄学长：

来示已拜读，知焕先同志垂问敦敦[2]，甚为感荷。今日兰大黄伯荣同志来舍，云已定七月二十号开会，届时必趋前候教。我还要请教梵文读音。我去年曾写《中外语法比较》（汉语与英、俄、日、法、德比较），由北京语言学院给我打印出一个简本（二三万字），可供教语法者参考。又拟写《四种古语法比较》（希伯来文、梵文、希腊文、拉丁文）。我藏有四种基本文法书，用英、法文写的。梵文文法是1870年德国大语言学家马克斯·缪勒所写。我童时曾在教会当小和尚，学拉丁文数年，故对烦琐文法有兴趣。我亦想学点满文，此亦须拜您为师。老年戒之在得。七旬老翁，犹孳孳为此，有违古训，不祥之兆。奈何，奈何！

刘光裕同志我早闻其名[3]。辱承征稿，敢不从命！《汉语语义学》一稿尚未动笔，然去年已在天津师院讲过，上个月又在天津语言学会召开的中学语文老师会上讲过，作为宣传提倡。我可到六月份把我讲稿再加工试写一下，

---

① 魏建功（1901.11.7. ~ 1980.2.18.），字天行，笔名文狸、山鬼，江苏海安人。语言文字学家、教育家。著有《古音系研究》《魏建功语言学论文集》等。

② 殷焕先（1913.11.13. ~ 1994.11.19.），字孟非，别号居养室主人、蜀友室客，江苏六合县人。山东大学教授。著有《反切释要》《字调和语调》《殷焕先语言学论文集》等。

③ 刘光裕（1936 ~　），江苏武进人。山东大学教授。著有《先秦两汉出版史论》《历史与文化论集》等。

寄呈刘同志指教。深恐这是新问题，要把古训诂学和外国的语义学吸取而消化之，裁为中国装，实吃力而不讨好之事。兄有何高见？务请指教。把晤在即，不禁神驰左右也。

敬礼

弟 朱星　5.24（1980）

5

老关学长仁兄：

大示早收读，因赶写此文，并请人誊正。今挂号寄上，请指教，并请转交刘光裕同志，说目前还无人提过，且内容有兴趣，可使广大语文学界重视。若有不当处，请斧正为荷！

奉上拙稿《中外语法比较》，可供语文教师参考。我曾带到昆明、西安，看了均喜欢。但云大、西安师大都印不出来。到北京语言学院，因许多教外国人汉语之教师们要求，才由学报部勉力印出，已将许多外文例砍掉了，可叹！

我前年曾在山东烟台师专《语文教学》上连载拙文《篇章结构分析》[①]，但被砍掉一部分，只刊出三万字。我共有五万多字，登出后，读者纷纷来信索取，并要求出单行本。我考虑最好由山东人民出版社出版。因念出版局孟繁海同志是您高足，就是他来信要我纠正。望兄何日有晤，给我介绍一下。若他有意接受，我即把全稿挂号寄他，请他审查修改。我既已写书，且对社会有用，且有期待者，自应设法正式出版，未知兄愿助一臂否？

又您系专搞古音韵学者，除殷孟伦同志外，还有何人？请示知。我提出的三十个问题，我今又有些修改。我已写答案，但不先说，要多向各方指〔请〕教后再谈。王力先生最近在《社会科学战线》上连载二期讲古音学，与章、黄出入颇大。西安师大中文系主任高元白教授明春还约我去给研究生讲专题

① 原信“拙文”前衍一“我”字。

（古音）[1]。我建议他用语言学会名义讨论古音学。您处是否也有此种打算？您系的主任是谁？专仁大教，不禁神驰。

敬礼

弟 朱星　六、十二（一九八〇）

6

关兄学长：

山东大学邀请信附言及二信均拜读。所嘱购书事，当即找到中华编辑部赵诚同志（南京大学毕业，搞古文字音韵的）。他说周法高一部已出版（他买了一部，近二十本，四十多元），已售罄[2]。他将来可给您设法。日本人一本要八月中出版，他可设法买到，七元多，影印的，是他经手的。我已嘱我爱人肖大夫去催办，争取买到寄您。不要寄钱，是我赠您的。还有一部，您须与赵诚直接通信，求他设法。我已介绍：您是罗福诒〔颐〕的学生[3]，他甚为钦佩。在古文字方面，他是您晚辈。此人还不到五十岁，很能干。通信处：北京灯市西口中华书局编辑部。

青岛会八月三日开完，只能开完再过济南趋访。劣文全仗大力，初次问世，可能引起注意。我已送乡贤叶老圣陶先生提意见，他创中国化语言学。我正在尝试也。又另稿无时间性，是一小册子，何日有便，给山东人民出版社推

① 高元白（1909 ~ 2000），原名崇信，陕西米脂人。陕西师范大学教授。著有《我国文字形体的源流》《汉字的起原发展和改革》《汉语拼音课程》等。

② 周法高（1915.9.29. ~ 1994.6.25.），字子范，号汉堂，江苏东台人。台湾大学教授，美国华盛顿州立大学及耶鲁大学客座教授。著有《经典释文反切考》《中国古代语法》《中国语言学论文集》《中国音韵学论文集》等。

③ 罗福颐（1905.5.11. ~ 1981.11.8.），字子期，自号偻翁，浙江上虞人。罗振玉之子。古文字学家。著有《汉印文字徵》《古玺印概论》等。

荐一下，（山东烟台师专连载过，今又加补充，五万多字。）至为感荷！
敬祝

弟 朱星　七、十（一九八〇）

附信请交王绍曾兄。

7

德兄学长：

我已见到嫂夫人严〔阎〕同志，备知济南气候酷热，且距车站远，又大驾要于八月初去上海开会，弟又因病体未全愈，考虑之下，势不容在中途颠沛。失之交臂，既愧且憾。把晤畅叙，只能托之旅梦矣。好在兄常去北京，促膝之机必多，后会有期，谨扫榻以待矣。我已定八月三日回京。
敬礼

弟 朱星　八、一（一九八〇）

8

德栋学长仁兄：

在青晤大嫂严〔阎〕同志，备知左右起居佳胜，恍如睹面。则因身体不适，又因晤您系张主任[①]，相约十月武汉语音会议后来济山大盘桓，乃决定此次不再莅济，改在十月暑气已消之后，以免冒暑病倒。曾草数言，交严〔阎〕嫂带上请罪矣。张克〔可〕礼同志年壮有为，声称对左右十分倚重，并派一助手，请主讲专题民间文学云云。弟亦盛称兄乃满文专家，全国罕见，士从共仰，宜受尊遇与珍视。焕先先生亦已晤面，甚为投契，实是彬彬儒雅朴实笃学之人。

---

① 张主任，指张可礼。

青岛风景甚美，名不虚传，惜弟不能入水，徒望洋而兴叹，辜负湖山多矣。后三日移居汇泉饭店九楼，海滩全景，映窗如画，使人心醉。吾兄在此胜地仙界设讲座，“艳”福不浅。车过高密，想见郑氏绛帐弦歌之趣。午夜至济南，灯火辉煌，依稀当日稷下谈者千人之盛。所惜未能谒吾世界最古最伟大之素王文圣（远比伯拉图、亚里士多德为高），且登太山而小天下。若十月能成行，将不负此生矣。

又接文史哲编辑部来信，告以拙文已刊出，请回信示知就近银行地址，以便汇寄稿酬云云。甚为感愧，拙文实不足取，蒙兄推毂，乃得登龙门。此文初稿我曾呈乡人叶老审阅，叶老以八十六高龄，又经胆积石大手续〔术〕之后，竭数日之力，始阅完全稿，且覆信二纸，亦竭二日之力，奖勉备至。且嘱早日写出全稿，获先睹为快。前辈奖掖之古风盛德，使我感戴，不敢不勉。叶老曾倡中国特点之语言学，拙稿正欲奉为指针，故深加赞许也。弟拟请教梵文、满文读音之宏愿，亦只能待诸十月矣。

又叶氏《双梅影盦丛书》中五秘卷，不知您校所存仍是全帙否？（附函请交王绍曾同志，烦有机〔会〕一查。彼是馆中人，可直入金匮秘府中一查也。北京图书馆已失去，因京中多达官贵人，以借阅为名，以攘夺为实，借而不还，致或残缺，罪恶滔天，死必堕阿鼻狱，可叹可悲。）日本古文字何日买到，即快邮寄奉也。

敬礼

弟 朱星　八月四日

附函一封，请即派人转致，恕其不恭为幸。

后　记

家父自20世纪40年代投身于俗文学研究的大潮，直至2005年去世，60余年间，一直在学术研究的道路上孜孜以求，勤奋耕耘。因为学术的因缘，他结交了众多学术界的朋友。师友之间，时相过从，谈学术，叙友情，往来书信一直不曾间断。

十多年前，笔者在编撰《二十世纪俗文学周刊总目》的过程中，查检到一些家父珍藏的师友来信。阅读这些书信，发现其中很多内容与俗文学研究有关，当时初步萌生了一个想法，就是将这些书信加以整理校订，编辑成《俗文学研究信札》一书，希望为俗文学学术史的研究提供一点资料。

在网络和电话尚不普及的时代，学者之间学术的切磋琢磨，书信往来是必不可少的。书信较之其他文体，更能体现一个人的人格、思想，更能让人体会到那些未加掩饰的性格和情感。阅读书信，往往能加深对一个人乃至一个时代的理解。基于这种认识，笔者陆续整理出一批知名学者的信札，并在《新文学史料》等刊物发表。计有:《阿英的佚札》(《新文学史料》2002年第3期)、《郑振铎先生佚札》(《新文学史料》2003年第1期)、《读王重民先生佚札——有关〈敦煌遗书总目〉的一宗史料》(《敦煌学》2003年第24辑)、《赵景深先生信札十七通》（《新文学史料》2017 年第 1 期）等。书札的内容涉及面广，时间跨度较大，笔者深刻体会到编著之不易。

本书所收的家父师友书信，仅是一部分，作者大多是学术界的名家，涉及的内容也不仅仅局限于俗文学研究。这些书信，其中一部分是经历十年浩劫，截留后归还的，另一部分则是作于改革开放前后。它们不仅记录了家父与师友之间真挚的友谊，也是一代文人和知识分子的心灵写照。

整理过程中，得到了浙江古籍出版社陈小林编辑的大力帮助，在此对他表示由衷的感谢。同时也要感谢家父的学生车振华博士，在遇到漫漶不清的字词时，他总是不厌其烦给予帮助，并就书信的整理和注释提供了很多好的建议。

由于个人视角的局限和学识的不足，本书难免会有错漏缺憾，恳请各位专家不吝赐教，希望有机会增补、修订于将来。

关家铮

2019 年 7 月 7 日于山东大学